Luo Lingyuan

Das Mädchen, der Koch und der Drache

Roman

QUADRIGA

Für meinen Vater, der uns Kindern mit seiner Kochkunst viele schöne Frühlingsfeste beschert hat.

Inhalt

Kapitel 1

Der Wind weht eine Melodie herbei

Es ist kurz nach Mitternacht. Der Himmelswächter lehnt sich kopfüber aus seinem Tor, lässt seinen Schädel gähnend zwischen den Wolken herunterbaumeln und wirft einen Blick auf die Erde. Aus dieser Perspektive erscheint ihm Berlin ganz anders als dessen Bewohnern: Der Himmel sieht aus wie ein schwarzer Wok und die beleuchtete Stadt wie ein Haufen leckerer Zutaten, die früher oder später unweigerlich in den Wok fliegen werden. Die Kuppel des Reichstags – ein glänzender Blumenkohl. Das Sony-Center mit seinen hell erleuchteten Restaurants und dem violett schimmernden Zeltdach – durchsichtige Weintrauben, die auf einem Rotkohlblatt segeln. Und der Mercedes-Stern auf dem Europa-Center? Das ist der knusprige Zwiebelring, der dem Hauptstadtgericht den prägnanten Geschmack gibt. Die Menschen rollen wie Pfefferkörner herum, und gerade bei diesem Anblick läuft dem Diensthabenden das Wasser im Mund zusammen. Der Riese isst nämlich gern scharf.

Oswald Großstern ahnt nicht, dass er das Interesse eines Himmelssoldaten erregt hat. Er ist jung und schlank und hat im Dunkeln ein milchig schimmerndes Gesicht, das ein bisschen an Perlmutt erinnert.

Eigentlich kein auffälliges Exemplar von einem Menschen in der Dreieinhalb-Millionen-Stadt. Doch sein rascher Gang und seine flatternden Haare lassen ihn sehr lebendig erscheinen. Und was besonders lebendig ist, das schmeckt auch besonders gut. Das weiß jeder Himmelsbewohner.

Aber warum läuft der junge Mann so aufgeregt durch die Nacht? Die Antwort ist einfach. Er steckt voller Kummer und Wut, die er nicht loswerden kann. Oswald soll nach dem Wunsch seines Vaters Rechtsanwalt werden und studiert Jura. Aber das Studium ist irgendwie staubig, langweilig und anstrengend, sodass er sich zwischendurch viele Pausen gönnt, um wieder zu Kräften zu kommen. Das Examen? Die Lizenz als Rechtsanwalt? Das alles kann warten.

Die Gitarre, die Oswald über der Schulter trägt, schlägt beim Gehen auf seinen Hintern und erzeugt einen hohl klatschenden Rhythmus. Der Himmelspförtner, der schon seine Hand nach dem jungen Mann ausgestreckt hat, hält inne. Gibt es eine Parade im Himmel? Hat es gedonnert? Verunsichert zieht er seine Hand zurück und richtet den Blick in die Himmelshöhen, wo er seine Vorgesetzten vermutet.

Die Gitarre ist Oswalds Geheimwaffe gegen die Karriere als Jurist. Wenn er als Songschreiber und Musiker berühmt werden könnte, wäre er glücklich. Eine Band namens »Fenster zum Salat« hat er schon gegründet, und gelegentlich gibt es auch mal einen Auftritt vor Publikum. Aber die augenblickliche Situation ist ebenso trüb wie das Hefeweizen, das Oswald so gern trinkt. Denn die Band, die aus dem Sänger Florian, dem Saxofonisten und Allround-Talent Marcel und ihm besteht, ist im Begriff, sich aufzulösen, auch wenn Oswald entschieden dagegen ist.

Die drei Freunde haben heute in Charlottenburg auf einer Vernissage gespielt, um dort Stimmung zu machen. Das ist ihnen auch gelungen, aber nach dem Auftritt fiel ihre eigene Stimmung weit unter null, denn Florian will nicht mehr mitmachen. Er sei Vater geworden und wolle von nun an für seine Familie sorgen, hat er gesagt und am Ende sogar laut gebrüllt, weil ihn die anderen nicht ernst nahmen. Normalerweise wären die Kumpel nach dem Gig in ihre Lieblingskneipe gegangen und hätten bis zum Morgengrauen herumgealbert und sich mit Bier abgefüllt, aber heute ist Florian einfach abgehauen. So ein Spielverderber! Wütend hat sich Oswald die Gitarre über die Schulter gehängt und ist allein losgerannt. Er braucht jetzt einen langen, erschöpfenden Fußmarsch, um schlafen zu können.

Als er in die Pestalozzistraße einbiegen will, bleibt er plötzlich stehen und horcht. Eine Frauenstimme segelt an ihm vorbei. Für einen Augenblick glaubt er, die Loreley habe ihren goldenen Mund geöffnet und gesungen. Was ist das für eine ungewöhnliche Melodie! Aber dann tritt eine Stille ein, als hätte es die Stimme nie gegeben.

Oswald dreht den Kopf hin und her wie eine Antenne und steckt sich eine Zigarette zwischen die Lippen. Er wühlt in der Manteltasche nach seinem Feuerzeug, vergisst aber gleich wieder, wonach er sucht. Eine Minute vergeht. Zwei Minuten. Keine betörende Stimme.

Nichts geschieht. Die Luft in der kalten Januarnacht scheint zu erstarren.

Ein Windstoß fährt durch sein Haar, und Oswald läuft ein Schauder über den Rücken. Erst jetzt merkt er, wie lange er schon gelaufen ist. Die Kälte steckt wie ein Eiszapfen in seiner Kehle. Er blickt suchend auf – vielleicht kann er sich in einem Café ein bisschen aufwärmen? Oswald ahnt nicht, dass es der Atem des Himmelswächters ist, der ihn gestreift hat. Der Riese am Himmel will wissen, warum das Pfefferkorn da unten sich plötzlich tot stellt. Hat es vielleicht sein Gedächtnis verloren? Er bläst dem jungen Mann erneut einen Lufthauch ins Haar. Sieh da, das Pfefferkorn fängt an zu rennen. Nicht übel. Der Himmelswächter grinst und lässt seinen herunterhängenden Oberkörper ein wenig schaukeln.

Aber was macht das Korn? Es rennt wie ein abgeschossener Pfeil über die Straße, öffnet eine Tür und verschwindet dahinter. Ist es vor ihm geflüchtet?

In diesem Moment schrillt die Sirene zum Feierabend. Missmutig bläst der Himmelswächter noch einmal in die Stadt hinunter und legt dabei einen Baum im Tiergarten um. Er schwört sich, dem Pfefferkorn beim nächsten Mal kein Schlupfloch mehr zu lassen. Dann richtet er sich auf, streckt sich und verschwindet mit patschenden Schritten im wolkenverhüllten Himmelsreich.

Oswald ist in ein Chinarestaurant eingetreten, wo sich ihm ein unerwarteter Anblick bietet: Der Gastraum ist dunkel und leer, und die auf die Tische gestellten

Stühle zeigen an, dass die Küche seit Langem geschlossen ist. Nur ein einzelner freier Tisch tief im Inneren des Raums ist erhellt wie eine Bühne. Eine junge Chinesin in einem roten Kleid steht darauf und leuchtet über das dunkle Gewirr der Tische und Stühle hinweg. Und was tut sie? Sie singt! Oswalds Herz schlägt bis zur Kehle. Unverwandt schaut er sie an. Sie hat ihre Schuhe ausgezogen und tanzt zur Musik aus der Stereoanlage. Mit den Pumps in der Hand sieht sie aus wie ein Vogel mit schwingenden Flügeln. Das Kleid bringt ihre schmale Taille zur Geltung, ist aber eigentlich zu schlicht für sie, findet Oswald. Denn sie besitzt eine Stimme, die so kostbar ist wie die silberglänzende Spree.

Vor der Sängerin stehen zwei Männer, die mit offenem Mund zu ihr aufschauen. Streift der Saum des roten Kleides zufällig ihre Gesichter, lachen sie, als sähen sie Sterne vom Himmel herunterrieseln. Oswald fragt sich, ob die Männer noch alle Sinne beisammenhaben.

So, wie die Männer aussehen, lesen sie keine Bücher. Der Ältere scheint der Koch zu sein. Er trägt eine weiße Schürze und ist wahrscheinlich kurzsichtig wie eine Ratte. Angestrengt kneift er die Augen zu schmalen Strichen zusammen, um die Tanzende besser sehen zu können. Der Jüngere sieht wie ein Tellerwäscher aus. Er hat ein olivgrünes T-Shirt an und wirkt etwas freundlicher als sein Kollege. Mit erhobenen Armen und geballten Fäusten schaukelt er hin und her, ohne den Blick auch nur für eine Sekunde von der jungen Frau abzuwenden. Ha, so balzen also Chinesen, denkt Oswald. Wie stehende Frösche.

Wüsste er, dass der jüngere Mann einen großen Berg darzustellen versucht, würde er sicher laut lachen. Ein Berg mit wackelndem Hintern, und dann hüpft er auch noch hin und her? Aber dass der Mann die junge Frau anbetet, sieht man sofort. Oswald verhält sich ganz still, um das Schauspiel noch weiter betrachten zu können. Vorhin, auf der Straße, schien die Melodie nach unerfüllter Liebe zu klingen. Jetzt erscheint sie ihm mehr wie ein Tanzlied oder ein Lied für die Feldarbeit.

»Der Berg ist grün, das Wasser blau. Das Mädchen ist schön wie das Wasser und der junge Mann stark wie der Berg …« Jetzt bricht die Sängerin ab. Sie hat den Schatten im unbeleuchteten Eingang entdeckt. Die Männer folgen ihrem Blick und werden auf einmal scheu wie Maulwürfe. Sie ziehen sich gänzlich ins Dunkel zurück.

»Wir haben schon geschlossen!«, ruft die Frau und winkt abweisend mit ihrem Schuh.

»Das habe ich mir schon gedacht!«, ruft Oswald zurück. Verdammt, wieso habe ich mich nicht versteckt? Unter den Tisch hätte ich kriechen sollen, denkt er. Jetzt singt sie nicht weiter.

Als die junge Frau sieht, dass sich der Mann die Hände vor den Mund hält, um sie mit seinem Atem zu wärmen, wird sie etwas freundlicher. »Falls Sie wegen unserer Pekingsuppe gekommen sind, tut es mir leid. Die ist schon alle. Aber kommen Sie doch morgen wieder. Dann serviere ich Ihnen eine frisch gekochte Suppe, und Sie werden bestimmt nicht mehr frieren.«

Mendy weiß, dass besonders im Winter viele Gäste wegen der Pekingsuppe kommen. Die ursprüngliche

Suanla Tang – »Sauerscharfsuppe« – hat eine goldene Farbe und enthält vielerlei: geronnenes Hühnerblut, Seegurke, Duftpilze, Tofu, Hühnerfleisch, Schweinefleisch und Schinken in dünnen Streifen. Hier in Berlin mussten Seegurke und Hühnerblut natürlich sofort aus der Suppe verschwinden, und auch der scharfe Geschmack kam nicht so gut an. Also machte man aus der Sauerscharf- eine Süßsauersuppe. Sie ist die Spezialität der *Strahlenden Perle* und wirkt wie Champagner. Wenn die Gäste eine Schale davon gegessen haben, wird ihnen so warm, dass sie gleich anfangen zu lachen und miteinander zu scherzen.

»So, so, eine Suppe. Da sage ich nicht Nein. Wann machen Sie auf?«

»Kommen Sie morgen um zwölf«, sagt die junge Frau, die nach wie vor auf dem Tisch steht. Als der ungebetene Gast sich noch immer nicht rührt, kichert sie überfreundlich. »Ah, junger Mann, und ziehen Sie bitte die Tür richtig zu, wenn Sie rausgehen. Auf Wiedersehen.«

Oswald macht zwei Schritte in Richtung Ausgang, dreht aber gleich wieder um. »Ihre Lieder klingen sehr schön«, ruft er. »Darf ich Sie auf meiner Gitarre begleiten?« Um jedem Widerspruch zuvorzukommen, greift er sich einen Stuhl und beginnt sein Instrument auszupacken.

»Ach ja?« Die Frau kneift die Augen zusammen und sieht ihn scharf an. Mit seinem schulterlangen Haar und seinen weichen, fast kindlichen Bewegungen wirkt der Mann zwar nicht wie ein Räuber, dennoch ist ihr seine Hartnäckigkeit zu dieser späten Stunde unbehaglich. Sie schaut auf die Uhr, und ihre Bewegungen werden nervös. Sie zieht sich die Schuhe an und springt vom Tisch. Der jüngere Chinese eilt sofort herbei, um ihr zu helfen, und als sie beim Landen für einen kurzen Augenblick zu fallen droht, greift er nach ihrem Arm.

»*Laihama xiang chi tian'erou* – Es gelüstet die Kröte nach Schwanenfleisch«, knurrt der ältere Mann mit der Schürze und wirft einen stechenden Blick auf den Jüngeren. Er drückt auf den Aus-Knopf der Stereoanlage und verschwindet nach hinten.

Der junge Chinese lässt Mendy hastig los und schaut verlegen zu Boden. Die junge Frau scheint nichts bemerkt zu haben. »Nun? Haben wir deinen Geburtstag gut gefeiert?«, fragt sie auf Chinesisch. »Ich hoffe, du träumst heute Nacht von zu Hause.«

»Danke«, sagt der junge Mann. »Wenn du singst, ist die Heimat sofort da.«

Mendy dreht den Kopf ein wenig zur Tür, wo der Eindringling angefangen hat, seine Gitarre zu stimmen. »Geh zu ihm und hör ihm einen Augenblick zu«, sagt sie zu ihrem Kollegen. »Vielleicht hat ihn der Himmel zu deinem Geburtstag geschickt.« Sie beginnt aufzuräumen. Auf einem der Tische stehen der kleine Rest einer Geburtstagstorte und einige Teller. Während sie die Sachen in die Küche trägt, murmelt Mendy: »Es ist schon so spät. Wo steckt nur mein Vater?«

Der junge Chinese geht langsam auf Oswald zu. Er hat verstanden, was Mendy will: Er soll den ungebetenen Besucher so höflich wie möglich vertreiben. Da ihm Schweigen leichterfällt als sein gebrochenes

Deutsch, sagt er nichts, sondern verbeugt sich nur vor dem Gast.

Der Deutsche verbeugt sich ebenfalls. »Oswald«, sagt er und legt feierlich die Hand aufs Herz.

»Tubai«, erwidert der andere und macht es ihm nach. Es ist wie die erste Begegnung eines Entdeckungsreisenden mit den Bewohnern einer unbekannten Küste am anderen Ende des Meeres.

Mendy, die in der Küche die Teller abwäscht, hält inne und horcht, als Oswald zu spielen beginnt, dann kehrt sie zurück in den großen Raum und klatscht in die Hände. »War das ein spanisches Lied?«

Oswald nickt und starrt sie mehr als neugierig an. Sie hat ein mandelförmiges Gesicht. Ihre Augenbrauen erinnern an die feinen Pinselstriche der chinesischen klassischen Malerei, und ihre Lippen ... Unwillkürlich denkt Oswald ans Küssen.

Mendy tut so, als ob sie seinen Blick nicht bemerkt. »Können Sie auch was Chinesisches?«

»Singen Sie mir etwas vor!«, sagt Oswald. »Sie werden sehen, was meine Gitarre kann.«

»Ach ja? Sind Sie ein Tonbandgerät?« Die Kellnerin schürzt kampflustig die Lippen und nähert sich langsam. Dann öffnet sich plötzlich ihr Mund, und eine komplizierte Melodie mit schnellem Rhythmuswechsel und spitzen Trillern dringt zwischen den perlweißen Zähnen hervor.

Oswald lacht in sich hinein. Er hat es geschafft, die schöne Stimme wieder zum Singen zu bringen. Leider hat er sich nur das Ende der Melodie merken können, aber dennoch zeigt die junge Frau sich beeindruckt. Als

Oswald sie bittet, langsam einen Vers nach dem anderen zu singen, damit er besser folgen kann, geht sie darauf ein.

Er hat gerade das halbe Lied gelernt, da öffnet sich die Eingangstür und ein Chinese mittleren Alters betritt den Saal. Es ist der Restaurantbesitzer Guan Baohan.

Der Anblick, der sich ihm bietet – seine adrette Tochter mit einem langhaarigen Musiker –, stört ihn gewaltig. Seine dicken Augenbrauen tanzen ein paarmal auf und ab, dann sinken sie wie zwei Balken auf die Augen herab, und sein Gesicht wird sehr ungemütlich. »Wir schließen jetzt!«, ruft er. »Sonst rückt womöglich noch die Polizei wegen nächtlicher Ruhestörung an.«

»Ich komme gleich, Papa«, ruft die junge Frau dem breiten Rücken des Mannes nach, der in sein Büro verschwindet. Dann wendet sie sich dem Gitarristen zu und schiebt verlegen die Zunge hervor. »Tut mir leid. Ich hab vergessen, dass man hier nachts nicht mehr singen darf.«

»Ist das dein Vater?« Oswald kann sich nicht vorstellen, dass die beiden zu ein und derselben Familie gehören.

Aber Mendy hat keine Zeit für Konversation. Sie streckt ihm die Hand entgegen. »Auf Wiedersehen.«

»Ich bin Oswald. Sagst du mir deinen Namen?« Während er nach ihrer Hand greift, sucht er ihren Blick. Aber die junge Frau hat es plötzlich sehr eilig. Sie hält ihm die Tasche hin, damit er seine Gitarre hineinpacken kann. »An der Uni werde ich Mendy genannt.« Und während sie nach hinten eilt, ruft sie ihrem Kollegen zu: »Tubai, begleitest du Oswald zur Tür, ja?«

»Was bedeutet *Mendy*? Wirbelwind, oder?«, ruft Oswald ihr nach, während er den Reißverschluss seiner Jacke hochzieht.

»Ja. Vorhin Wind ganz schlimm. Fenster beben«, sagt der junge Chinese und lächelt den Gast freundlich an. Er ist sich nicht sicher, ob er den Deutschen richtig verstanden hat.

Hinten vor der Bürotür muss Mendy warten. Der Koch Lin Yaonan ist ihr zuvorgekommen und spricht gerade mit ihrem Vater. Er hat schon die wattierte Winterjacke angezogen, weil er nach Hause gehen wollte. Als er den Besitzer des Restaurants hat kommen sehen, hat er es sich anders überlegt und ist ihm ins Büro gefolgt.

»Lange nicht gesehen, Boss Guan«, sagt er.

Der Restaurantbesitzer sitzt am Schreibtisch. Er brummt etwas Unverständliches und beugt sich über sein Hauptbuch.

Aber der Koch lässt sich nicht abschrecken. »Boss Guan, der Januar ist schon fast zu Ende. Du hast versprochen, mir zu Neujahr eine Gehaltserhöhung zu bewilligen.«

Guan Baohan ist nicht immer Restaurantbesitzer gewesen. Ursprünglich war er Mitte der Achtzigerjahre nach Deutschland geschickt worden, um an der TU Berlin Maschinenbau zu studieren. Die Niederschlagung der Demokratiebewegung auf dem Platz des Himmlischen Friedens brachte ihm dann in der Ferne ein unerwartetes Glück: Er durfte in Deutschland bleiben. Maschinenbauingenieur wurde er nicht, aber er hat jeden Pfennig gespart, Kredite aufgenommen und mit dem Restaurant sein Glück gemacht. Heute ist er ein wohlhabender Mann, eine Stütze der Gesellschaft, und sein Leben läuft wie ein Uhrwerk. Doch begonnen hat alles hier, in der *Strahlenden Perle* …

Jetzt zieht er ungehalten die buschigen Augenbrauen zusammen. Er hebt den Kopf und lässt seinen Kugelschreiber zwischen den Fingern wirbeln, sodass der laut auf den Tisch klopft. »Verdreh mir nicht die Worte im Mund. Ich habe nur gesagt, ich werde es mir überlegen. Und auch nur, wenn der Umsatz sich wieder bessert.«

»So was hast du schon vor einem Jahr gesagt. Und der Laden läuft nicht schlecht. Jedenfalls muss ich immer mehr arbeiten.«

»Ach ja? Du weißt besser Bescheid als ich, ja? Wenn ich dir sage, die Einnahmen sind nicht gestiegen, dann kannst du mir das glauben.« Boss Guan wird ironisch. »Was deine Arbeit betrifft, ist mir einiges zu Ohren gekommen. Die Gäste sind mit dem Essen nicht mehr so zufrieden wie früher. Hast du das noch nicht bemerkt?«

Als Lin die Aussichtslosigkeit seiner Forderung bewusst wird, verdüstern sich seine Züge. Aber er will nicht gleich aufgeben. Er schließt die Tür hinter sich und sagt mit verzogenem Gesicht: »Boss Guan, ich brauche dringend viertausend Euro, um meine Frau nach Berlin zu holen. Kannst du mir denn vielleicht anders helfen?« Um bei seinem Chef Mitleid zu erwecken, beginnt der Koch hastig von seiner kranken Mutter in der fernen Heimat zu erzählen und von seiner Frau, die mit dem einjährigen Sohn zu Hause in China lebt und Sehnsucht nach ihm hat. Doch Boss Guan unterbricht ihn ungeduldig.

»Du hast mir ja noch nicht mal das letzte geliehene Geld zurückgezahlt. Also, lassen wir das Thema ruhen, bis du deine alten Schulden beglichen hast.« Boss Guan macht eine kleine Pause, dann wechselt er in einen milderen Tonfall. »Dieses Jahr wird bestimmt besser laufen. Die Olympischen Spiele kommen nach Peking. China ist in aller Munde. Da werden wir bestimmt auch mehr Gäste haben. Nach dem ersten Quartal werde ich sehen, ob eine Lohnerhöhung für dich drin ist.«

Dem Koch bleibt nichts anderes übrig, als schweren Schrittes das Büro zu verlassen. Kurz darauf hört man die Hintertür zuschlagen.

Mendy steht an der Theke und hat aufgeräumt. Nach dem Abgang des Kochs geht sie ins Büro, aber schon beim Anblick ihres Vaters schiebt sie nervös die Zunge zwischen die Lippen. Eine Gewohnheit, die sie geradezu kindlich aussehen lässt. Um Boss Guan aufzuheitern, stellt sie ihm die Kassette mit den Tageseinnahmen hin. »Weißt du, Papa«, sagt sie lächelnd, »als der Gitarrist vorhin hereinspazierte, dachte ich, er wollte uns ausrauben. Er war total schwarz gekleidet und blieb die ganze Zeit im Eingang stehen, wo es so dunkel ist. Als er seine Tasche öffnete, dachte ich, jetzt holt er eine Pistole raus. Ich hatte die Stöckelschuhe schon in der Hand, um sie ihm auf den Kopf zu schlagen! Aber wie du siehst, konnte ich meine Tapferkeit gar nicht unter Beweis stellen. Unser Restaurant zieht einfach nur gute Menschen an.«

»Schon gut, du Plappermaul.« Das Gesicht des Mannes entspannt sich ein wenig. »Wie ist es heute gelaufen?«

»Nicht schlecht«, sagt Mendy. »Die Pekingsuppe ist ein echter Hit. Das Rezept von Koch Lin hat sich bewährt.«

»Hat es Beschwerden gegeben?«

»Nein«, sagt die Tochter. »Aber ich habe den Eindruck, der Koch schikaniert Tubai und lässt ihn immer mehr arbeiten.« Tubai ist *Erchu* – zweiter Koch. Aber Lin behandelt ihn wie einen Gehilfen.

»Behalte Lin im Auge, dass er sich hier nicht als Chef aufspielt. Der Mann denkt, er kann uns auf der Nase herumtanzen. Gib also acht, dass die Stimmung erträglich bleibt, ja?«

»Das brauchst du mir nicht zu sagen. Ich hab vorhin sogar extra gesungen, um gutes Wetter zwischen Meister Lin und Tubai zu machen.«

»Schön, dass du mir immer mehr Arbeit abnimmst.« Boss Guan nimmt die Kasse, ohne einen Blick hineinzuwerfen. Obwohl er direkt über dem Restaurant wohnt, versteckt er sie unter der Jacke, damit niemand sie sieht.

»Ich mach das ja gern, Papa, das weißt du«, sagt Mendy. »Aber du darfst nicht vergessen, was du versprochen hast. Du hast gesagt, dass ich gehen darf, wenn ich den Job bei der Bank kriege.« Sie nimmt Tasche und Jacke aus dem Schrank im Büro und verlässt gemeinsam mit ihrem Vater das Restaurant. Sie trennen sich vor dem Hauseingang, wo der Vater mit schweren Schritten nach oben stapft, während Mendy sich zu Fuß auf den Weg macht zu ihrer Wohnung in der Knesebeckstraße.

Tubai schaut Mendy lange nach. Erst als die Dunkelheit sie verschluckt und sie endgültig nicht mehr zu sehen ist, kehrt er ins Restaurant zurück, schließt von innen alle Türen und Fenster und schaltet das Licht aus. Mitten im Raum bleibt er stehen und atmet tief ein. Dann beginnt er mit seinen Übungen. Mal bewegt er sich wie ein Fisch im Wasser, mal wie ein Leopard auf der Jagd. Die Wasser-Stein-Kampfkunst, die er aus China mitgebracht hat, ist seine zweite Heimat.

Zhao Tubai ist vor sieben Jahren als Asylbewerber nach Deutschland gekommen. Eigentlich hatte er es in China gar nicht so schlecht. In der Stadt Dahu in der Provinz Fujian hatte er zusammen mit seinem älteren Bruder einen kleinen Nudelimbiss geführt und recht gut verdient. Die fleißigste Kellnerin verliebte sich in ihn, und die Familie gab die Verlobung bekannt. Alles sah hoffnungsvoll aus, aber dann kam ein großer Investor in die Stadt und vernichtete Tubais Träume. Das kleine Lokal wurde abgerissen, um einem Industriepark Platz zu machen. Eine Entschädigung bekam die Familie nicht, weil die Lokalregierung erklärte, die Imbissbude sei sowieso illegal errichtet worden. Tubai wollte das nicht hinnehmen und ging vor Gericht. Doch das Gericht nahm seinen Fall nicht an. Es blieb ihm nichts anderes übrig, als das Beschwerdebüro in der Kreisstadt aufzusuchen. Als das auch nichts nützte, reiste er nach Fuzhou, in die Hauptstadt seiner Provinz, um dem dortigen Beschwerdebüro seinen Fall vorzutragen. Doch vor dem Regierungsgebäude wurde er von Beamten aus seiner Kreisstadt abgepasst, verprügelt und in die Heimat zurückgebracht.

Ein Unglück kommt selten allein. Die Familie sollte nun auch ihr Haus, in dem sie seit Generationen gelebt hatte, verlassen, weil der Industriepark noch mehr Fläche brauchte. Als die Familie sich weigerte, in ein anderes Viertel umzuziehen, bekam sie keine Genehmigung für die Eröffnung eines neuen Restaurants. Und eines Tages, als die Familie in der Stadt unterwegs war, schlich sich jemand ins Haus und zerstörte die Möbel. Tubai war sofort überzeugt, dass die Handlanger des Investors dahintersteckten, und machte sich erneut auf den Weg nach Fuzhou. Diesmal wurde er wie ein Verbrecher behandelt. Die Lokalbeamten fingen ihn ab und sperrten ihn drei Tage lang ein. Erst als er unterschrieb, dass er das Beschwerdebüro »nicht mehr stören« würde, ließ man ihn wieder nach Hause gehen.

Niedergeschlagen kam Tubai nach Hause. Er wollte nicht mehr in Dahu bleiben. Zu dieser Zeit flohen junge Leute aus seiner Gegend scharenweise ins Ausland, um mehr zu verdienen. Nach ein paar Jahren schickten sie Geld nach Hause und ließen neue Häuser bauen. Je größer und protziger die Häuser, desto erfolgreicher waren die Flüchtlinge. Bald hatte Tubai den Eindruck, dass man im Ausland schneller Geld verdienen könne als in der Heimat, und er beschloss, sein Glück ebenfalls in der Fremde zu suchen.

Er nahm die Hilfe eines »Schlangenkopfes«, eines mächtigen Menschenschmugglers aus Putian, in Anspruch, der versprach, Tubai und seine Verlobte nach Deutschland zu bringen. Er riet ihm, sich bei den deutschen Behörden als Opfer der Ein-Kind-Politik auszugeben, denn dadurch vergrößere er seine Chance, aufgenommen zu werden. Die Familie zahlte dem Schlangenkopf zwei Jahreseinkommen der Imbissbude und schickte das junge Paar auf die Reise. Es war noch immer nicht verheiratet, weil Tubai noch nicht achtzehn war. Mit falschen Papieren flogen sie über Hongkong nach Budapest. Von dort aus wurden sie, zusammen mit fünf anderen, im strömenden Regen bei Nacht an die tschechische Grenze geführt. Dann passierte das Unglück: Die Gruppe wurde von der tschechischen Grenzpolizei auseinandergerissen. Tubai schaffte es bis nach Berlin, aber seine Verlobte wurde aufgegriffen und eingesperrt. Sie wurde krank und starb an einer Lungenentzündung, noch während sie auf die Abschiebung wartete.

Im Morgengrauen war Tubai in Berlin angekommen. Der Mann, der ihn die letzte Strecke geführt hatte, zeigte ihm das große Gelände der Ausländerbehörde und sagte ihm, er müsse den weiteren Weg jetzt allein gehen. Er dürfe auf keinen Fall verraten, wie er ins Land gekommen sei, sonst würden die Schlepper ihn finden und töten. Noch am selben Tag reichte Tubai einen Asylantrag ein.

Heute, sieben Jahre später, ist er fünfundzwanzig und noch immer Asylbewerber. Er weiß, er darf in Deutschland nicht arbeiten. Aber das Herumsitzen hat er nicht gelernt. So ist er Schwarzarbeiter geworden. Vor drei Jahren kam er zu Boss Guan. Seither ist er bei ihm geblieben.

Nachdem er eine halbe Stunde lang seine Kampfkunst geübt hat, geht Tubai im Dunkeln in den Toilettenraum für die Mitarbeiter, hinter der Küche, und nimmt eine kalte Dusche. Dann zieht er sich in das Büro zurück, lässt eine Leiter aus einer Klappe in der Decke herunter und klettert zu seiner Unterkunft hoch. Der versteckte Hohlraum ist nur einen Meter hoch, und im Inneren ist es dunkel und stickig. Er kann nicht einmal aufrecht sitzen. Um frische Luft zu bekommen, kriecht er mit den Füßen zuerst hinein und legt sich mit dem Kopf in Richtung der Klappe, die als Belüftungsgitter getarnt ist. Gerade hat er sich auf seinem Lager ausgestreckt, als ihn ein vertrauter Gedanke erfasst: »Wann werde ich endlich ein freier Mann sein?«

Um sich von seinen düsteren Gedanken abzulenken, holt er eine Schachtel hervor und knipst die Taschenlampe an. Eine schwarze Fliege aus Satin erscheint im Lichtstrahl. Das Geburtstagsgeschenk von Mendy. Er lächelt. Wann soll ein Küchengehilfe wie er so ein elegantes Kleidungsstück tragen?

Er öffnet die Schachtel und schnuppert. Hat Mendy das Geschenk mit ihrem Parfum besprüht? Wahrscheinlich nicht, aber sie hat es bestimmt in der Hand gehalten.

Mit einem Lächeln knipst er die Lampe aus. Dann streckt er sich vorsichtig, bis seine Füße die Wand berühren. Das Geschenk legt er neben seinen Kopf, damit er den Duft noch ein bisschen einatmen kann. Er weiß, dass eine Frau mit Studienabschluss für ihn unerreichbar ist. Umso mehr hofft er, dass Mendy vielleicht heute Nacht in seinen Träumen erscheint.

Kapitel 2

Das umgekippte Vogelnest

»Das Essen ist fertig!«, ruft Tubai. Er kommt aus der Küche und stellt drei Schalen dampfende Nudeln auf den Tisch.

Es ist kurz vor elf. Im Restaurant ist noch kein Gast zu sehen. Die beiden Köche und Mendy stärken sich vor der Arbeit. Die Tür steht weit offen, um frische Luft hereinzulassen.

»Ich bin gleich da!«, ruft Mendy, glättet die letzte Tischdecke und trägt dann eilig den Wäschekorb in die Kammer hinter der Küche. Koch Lin, der eben noch mit der Vorbereitung der Peking-Enten beschäftigt war, legt wortlos die Schürze ab und steuert auf den Tisch mit den Nudeln zu. Kaum hat er sich auf seinen Stammplatz gesetzt, streckt er die Hand aus und holt sich das Glas Orangensaft, das neben Mendys Schale steht. »Du wirst es wohl nie lernen«, sagt er zu Tubai, der gerade etwas frischen Schnittlauch über die Schalen streut. »Das erste Getränk ist immer für den Meister.« Ein vorwurfsvoller Blick begleitet den Tadel.

Tubai starrt den Koch lange an, sagt jedoch nichts, sondern entscheidet sich wie so oft in seinem Leben fürs Ausweichen. Er bringt das Schnittlauchbrett in die Küche, geht zur Theke mit den Getränken, holt ein frisches Glas Orangensaft und stellt es an Mendys Platz. An seinem eigenen Platz steht nach wie vor kein Getränk.

»So ein dummer Bauer wie du, der kein Gramm Tinte im Bauch hat, ist schwer zu erziehen«, spottet Lin und fängt an zu essen.

Als Tubai sich gesetzt hat, kommt Mendy. »Hmm, die hausgemachten Nudeln esse ich für mein Leben gern. Es riecht schon von Weitem so lecker«, sagt sie. Der junge Mann führt die Schale zum Mund und senkt verlegen den Kopf, er weiß nicht, ob Mendy gehört hat, was Lin gerade zu ihm gesagt hat. Eine Weile hört man nur die Männer schweigend die Nudeln herunterschlürfen, wie sie es aus ihrer Heimat gewohnt sind.

Auch Mendy macht sich über die Suppe her, versucht aber, nicht wie die Männer zu schmatzen. Nachdem sie ihre Schale zur Hälfte geleert hat, hebt sie den Kopf und wischt sich den heißen Dampf von der Stirn. Da stutzt sie. »Sag mal, Meister Lin, seit wann trinkst du denn Orangensaft? Hast du nicht gesagt, der sei zu sauer für deinen Magen?«

»Manche Leute denken, dass sie Westler sind, sobald sie den Boden Europas betreten«, grinst der Koch. »Aber unser Tubai hat wohl gemerkt, dass er immer noch gelb ist, und will sich jetzt an die Tradition halten und seinem Meister Respekt zollen. Er hat sich daran erinnert, dass man seinem Lehrer so dienen soll wie dem eigenen Vater.«

Lin macht sich auf seinem Stuhl breit und greift mit feierlicher Geste nach seinem Glas. Der Saft scheint ihm allerdings gar nicht zu schmecken, denn er stellt ihn rasch wieder hin. »Nun ja, die jungen Leute legen kaum noch Wert auf Tradition«, sagt er säuerlich. »Als ich kochen lernte, hat mein Meister mich regelmäßig verprügelt. Er wollte, dass ich mich konzentriere und das Kochen von ganzem Herzen liebe.«

Überrascht schaut Mendy hoch. Sie mustert den Koch mit glänzenden Augen. »Meister Lin, du hast bislang gar nichts davon erzählt, dass du einen privaten Meister als Lehrer gehabt hast. Hast du nicht gesagt, du hättest an einer Fachhochschule studiert?«

Aber der Koch geht gar nicht auf Mendys Frage ein, sondern klopft mit den Stäbchen gegen die leere Schale. Ein ernstes Zeichen des Tadels. »Wenn ich damals meinem Meister solche Nudeln gekocht hätte«, sagt er mit verächtlichem Blick, »dann hätte er mich grün und blau geschlagen.«

»Wieso denn?«, fragt Mendy verblüfft. »Die Suppe schmeckt doch gut. Nach Hühner- und Schweinefleisch, nach …« Die Worte gehen ihr aus. »Jedenfalls schmeckt sie gut.«

Tubai schaut zur Seite, als wollte er sich am liebsten verkriechen.

Der Koch verzieht spöttisch die Lippen. »Merkst du nicht, dass die Gewürze nicht harmonieren? Die Suppe hat keinen Geist. So was darf man nur auf dem Bahnhof verkaufen, wo die Gäste in Eile sind und alles hinunterschlingen, was ihnen hingestellt wird. Ich habe nur mitgegessen, um unseren Lehrling hier nicht zu kränken.«

Tubai blickt zu Boden, und Mendy starrt den jungen Mann verblüfft an. Er ist doch kein Lehrling. Will er sich denn gar nicht wehren? Warum ist er bloß so schwerfällig und so geduldig? Mendy ärgert sich über Tubais Tatenlosigkeit, will aber Lins Worte nicht unerwidert im Raum stehen lassen.

»Meister Lin, du hast nicht die Wahrheit gesagt, oder? Ich habe doch gehört, wie du vorhin ganz zufrieden geschmatzt hast. Eher der Orangensaft hat dich säuerlich gestimmt.«

»Du kannst zwar gut kellnern, Kind«, sagt der Koch mit einem abschätzigen Lächeln. »Aber ob man aus Hunger oder aus Genuss schmatzt, kannst du offenbar nicht unterscheiden.«

Mendy ist wütend. Am liebsten würde sie dem Koch sagen, dass Tubais Nudelsuppe ihr besser schmeckt als alles, was Lin je gekocht hat. Aber sie darf keinen Streit vom Zaun brechen, das hat ihr der Vater verboten. Also senkt sie den Blick in die Schüssel und schluckt.

Plötzlich kommt Lin auf ein anderes Thema zu sprechen: »Sag mal, Mendy, du wirst wohl bald nicht mehr hier arbeiten, was? Mit dem BWL-Abschluss in der Tasche bist du doch ein begehrtes Dampfbrötchen. Du willst in ein Haus mit höherer Türschwelle, stimmt's?«

»Willst du damit andeuten, dass ich beizeiten für deine Frau Platz machen soll?«, fragt Mendy gespielt unschuldig.

Lin wirft der Tochter seines Chefs einen stechenden Blick zu, sagt aber nichts.

In diesem Augenblick kommt eine gut gekleidete junge Chinesin in Rock und Stiefeln herein. »Mendy!«, ruft sie erfreut. »Gut, dass ich dich gefunden habe. Ich brauche dringend deine Hilfe.« Das ist Chen Peipei,

Mendys Freundin von der Universität und ihre Kollegin im Restaurant. Sie hat etwas Theatralisches an sich, so als wäre sie für die Bühne geboren. Mit schwingenden Hüften nähert sie sich der Runde.

»Was hast du mit deinen Haaren gemacht?«, ruft Mendy, legt die Stäbchen zur Seite und geht auf die Freundin zu. »Du siehst ja aus wie der Struwwelpeter.«

Peipei zupft an Mendys lang über den Rücken herabhängendem Zopf und lächelt überlegen. »Ach, Schätzchen, du bist so naiv. Was ich da auf dem Kopf trage, nennt man *Vogelnest*, das ist in China gerade der ganz große Hit.«

Mendy geht einmal um die Freundin herum und betrachtet das Kunstwerk genauer. »Hm, sieht tatsächlich aus wie das neue Olympiastadion in Peking. Vielleicht sogar besser.«

»Finde ich auch«, sagt Peipei und wirft sich demonstrativ in die Brust. Nachdem sie die Männer mit einem Lächeln begrüßt hat, hebt sie die Nase und schnuppert. »Aha, ihr kocht das leckerste Essen wieder mal für euch selbst, und die Gäste kriegen das Abwaschwasser, nicht wahr?«

Mendy strahlt, als hätte sie eine Schlacht gewonnen, und sogar der schweigsame Tubai macht endlich den Mund auf und fragt die Besucherin, ob er ihr auch eine Schale holen soll. Doch Peipei winkt ab. »Geht nicht. Ich muss auf meine Figur achten.« Sie fährt mit der Hand vom Busen zur Hüfte, und alle Blicke folgen dem Weg ihrer Hand. Es ist nicht zu übersehen, dass diese junge Frau es versteht, die Aufmerksamkeit auf sich zu lenken.

Kaum hat Mendy ihre Nudeln aufgegessen, zieht Peipei sie zum Nachbartisch, um mit ihr allein zu sprechen. Tubai räumt den Tisch ab und verschwindet mit dem schmutzigen Geschirr in der Küche. Ehe er mit der Arbeit anfängt, bringt er den Frauen noch eine Kanne Tee und ein Tellerchen gesalzene Bohnen. Überrascht schaut Peipei ihm nach, als er sich wortlos zurückzieht. »Er will sich wohl bei dir einschmeicheln, was? Mir hat er noch keine Bohnen gebracht, wenn ich Dienst hatte.«

Mendy schüttelt den Kopf. »Du kannst manchmal sehr blind sein. Tubai will sich dafür bedanken, dass du die Nudeln gelobt hast«, erklärt sie. »Wenn jetzt Gäste kommen, muss ich sofort aufspringen. Also sag, was du von mir brauchst.«

Peipei lässt sich nicht zweimal bitten. Sie klappt ihre flotte Ledertasche, Marke Camel, auf und holt ein paar Fotokopien heraus. »Meine Hausarbeit für die Uni. Kannst du sie vielleicht Korrektur lesen? Ich muss sie spätestens morgen abgeben.«

Mendy blättert die Arbeit durch. Zwanzig Seiten. Ein leichter Seufzer entfährt ihrer Brust. Sie sind zwar beide vor sechs Jahren aus China nach Berlin gekommen. Aber Peipeis Deutsch ist immer noch wie eine Schale Reis voller Sandkörner. Um diesen Text zu glätten, wird Mendy mehrere Stunden brauchen. Dabei muss sie doch fürs Restaurant arbeiten.

»Kann das nicht Yulin für dich machen? Sie hat deine letzte Hausarbeit doch hervorragend redigiert.« Ru Yulin ist die gemeinsame Freundin der beiden. Genauer gesagt, Mendy, Peipei und Yulin sind ein eingeschworenes Trio. »Die Eisenschwestern« nennen sie sich, weil ihre Freundschaft so stark wie Eisen sein soll. Mit achtundzwanzig Jahren ist Ru Yulin die Älteste von ihnen.

»Erwähne sie lieber nicht, sonst platze ich noch vor Wut. Wir wollten uns gestern treffen. Aber dann rief sie kurz vorher an, sie könne nicht kommen, sie müsse einen kranken Kollegen vertreten. Na gut, dann treffen wir uns heute, haben wir vage vereinbart. Aber sie ist offenbar gar nicht zu Hause. Auch an ihr Handy geht sie nicht ran. Sie ist bestimmt zu ihrem Freund Anton gerannt und mit ihm ins Bett gekrochen.« Peipei fuchtelt mit den Händen, als müsse sie böse Geister verjagen.

Mendy muss lachen. »Du bist wirklich unmöglich. Wenn du was willst, macht es *klick!*, und dann sollen alle um dich herumtanzen.«

Peipei versucht es mit Schmeichelei. »Du bist meine letzte Rettung, Mendy, meine kleine Eisenschwester. Du hilfst mir doch, ja? Ich übernehme deine Arbeit, solange du redigierst.«

Mendy runzelt die Stirn. Aber Peipei ahnt schon, was ihre Freundin sagen wird, und kommt ihr zuvor: »Die Arbeit muss ja kein Meisterwerk werden. Du musst nur die schlimmsten Fehler wegmachen, damit ich den Schein kriege. Du brauchst höchstens zwei Stunden. Du hast deine Hausarbeiten doch immer ratzfatz erledigt.« Sie lächelt und fährt sich mit der Hand vorsichtig übers Haar. »Du hast dein Diplom schon in der Tasche. Aber deine Eisenschwester ist noch nicht am Ziel. Hilfst du ihr ein bisschen, ja?«

»Zwei Stunden? Was du dir so denkst«, sagt Mendy

und verzieht das Gesicht. »Ich hab doch überhaupt keine Ahnung von deinen Fächern. Da muss ich mich erst einarbeiten.« Peipei studiert Europäische Geschichte und Sinologie.

»Um den Inhalt musst du dich nicht kümmern«, sagt sie. »Den habe ich nach tagelanger Internet-Recherche erstellt. Wird schon stimmen. Wie gesagt, du musst nur mein Deutsch verbessern.«

Vier Männer betreten das Restaurant, legen ihre Mäntel ab und setzen sich an einen Tisch am Fenster. Mendy will aufstehen, um ihnen die Speisekarte zu bringen, aber Peipei springt auf wie ein Reh und geht auf die Gäste zu. Zwei von ihnen sind Stammgäste und kennen die beiden Kellnerinnen. Peipei begrüßt sie mit einem vertraulichen Lächeln und unterhält sich mit ihnen. Da sie viel lacht, kommt sie bei den Gästen gut an. Zum Kellnern ist Peipeis Deutsch gut genug, denkt Mendy. Schon ruft Peipei die Bestellung für die Getränke herüber: eine Apfelschorle, drei Bier.

Nachdem die Gäste ihre Getränke bekommen haben, sagt Peipei: »Komm, geh ins Büro.«

Mendy fühlt sich ausgenutzt. »Ach, jetzt bin ich dir wieder gut genug«, sagt sie spitz. »Du kommst immer nur, wenn du etwas von mir willst.«

»Kleine Schwester, sieh in mir nicht ständig die schlechte Freundin«, sagt Peipei. »Du hast einfach keine Zeit gehabt, weil du mit deinem Examen beschäftigt warst. Ich habe mich nicht gemuckst, um dich nicht zu stören.«

»Na gut«, sagt Mendy, »aber wenn zu viele Gäste kommen, sag mir gleich Bescheid!«

»Du weißt doch: Selbst wenn alle Plätze besetzt sind, werde ich unsere Gäste gut bedienen«, sagt Peipei stolz. »Du wirst sehen, deine Gäste werden dich gar nicht vermissen.« Um ihre Worte zu unterstreichen, wackelt sie vergnügt mit dem Hintern.

»Werd bloß nicht frech«, sagt Mendy und verschwindet mit dem Manuskript ins Büro. Bei der Lektüre beginnt sie zu schwitzen. Chaotische Sätze, widersprüchliche Argumente und dünne Belege. Es ist unmöglich, dieses Manuskript in zwei Stunden in eine Seminararbeit zu verwandeln. Kein Wunder, dass Yulin geflüchtet ist. Mendy schüttelt den Kopf, aber es bleibt ihr nichts anderes übrig, als tief einzuatmen und sich in die Korrektur zu versenken.

Nach zwei Stunden steckt Peipei den Kopf ins Büro. Sie hat jetzt eine weiße Bluse und einen schwarzen Rock an, so wie es sich für eine Kellnerin gehört. Als sie die zahlreichen rot markierten Stellen im Manuskript sieht, seufzt sie zufrieden, und als sie merkt, dass Mendy sich die Augen reibt, bringt sie ihr rasch eine Kanne Tee.

»Das Anwaltspaar war wieder da«, sagt sie. »Sie haben Händchen gehalten, einmal hat er sie sogar im Gesicht gestreichelt. Ich dachte schon, gleich küssen sie sich und er macht ihr 'nen Heiratsantrag. Aber von wegen. Am Ende haben sie wie immer getrennt bezahlt.«

»Das nennt man Liebe mit Prinzipien«, kichert Mendy und spielt mit dem Rotstift, den sie in der Hand hält.

»Von einem Mann, der die Rechnung nicht übernimmt, lass ich mich nicht streicheln«, sagt Peipei. »So ein Mann versteht doch nichts von Romantik.«

Mendy hat sich gerade wieder in die Arbeit vertieft, als der Klingelton ihres Handys sie aufschreckt. Ein Anruf von der Bank Nummer eins in Deutschland! Sie kann es kaum glauben. Ihre Bewerbungsunterlagen liegen schon eine gefühlte Ewigkeit dort.

Zwei Minuten später stürzt sie hinaus in die Gaststätte. Mehr als die Hälfte der Tische ist jetzt besetzt, und entsprechend groß ist der Lärm. Inzwischen sind noch eine weitere Kellnerin und ein Küchengehilfe eingetroffen. Sie flitzen zwischen den Gästen hin und her wie Bienen auf einer Blumenwiese. Peipei geht gerade auf die Durchreiche zu, um zwei weitere Gerichte, die Tubai dorthin gestellt hat, zu übernehmen. Ihr Kopf ist zur Seite geneigt, und sie wirkt etwas schlapp. Als Mendy sie plötzlich von hinten umarmt, erschrickt sie und dreht sich hastig um.

»Hör mal! Ich krieg die Stelle bei der Bank. Nächsten Monat, wenn die Abteilungsleiterin aus dem Skiurlaub wieder da ist, wird der Arbeitsvertrag unterzeichnet! Dann ist es vorbei mit dem Studentenleben und dem Kellnern!« Vor Freude gibt sie der Freundin einen Kuss.

»Du lieber Gott! Kaum bist du mit dem Studium fertig, hast du auch schon eine Stelle. Du bist ein Glückspilz, eine echte Karriererakete«, sagt Peipei und lächelt leicht verkrampft. Sie pustet sich eine Haarsträhne aus dem Gesicht und wischt sich mit dem Unterarm den Schweiß von der Stirn. »Gib eine Party! Wir müssen deinen Erfolg feiern. Aber mach bitte die Korrektur fertig, bevor ich zusammenklappe. Ich bin heute nicht auf der Höhe. Ich glaube, der Stress mit der Uni hat meinen Hormonhaushalt total durcheinandergebracht.«

»Ich werde durch dein Manuskript rasen wie ein Taifun«, sagt Mendy und streichelt der Freundin über den Rücken. »Aber vorher helfe ich dir noch ein bisschen, okay?« Ohne auf eine Antwort zu warten, geht sie ins Restaurant und sammelt das benutzte Geschirr ein. Sie ist so aufgekratzt, dass sie sich ein Mal um die eigene Achse dreht, bevor sie den Tellerberg ablädt, und ein Messer segelt durch die Luft in Richtung der Durchreiche. Mendy stößt vor Schreck einen kleinen Schrei aus, aber Tubai hebt einfach die Hand und fängt das fliegende Messer ein. Schon hüpfen die schmutzigen Teller in die Spülmaschine.

»Mit der Messernummer kannst du im Nationalzirkus auftreten«, sagt Mendy.

»Aber nur mit dir«, lächelt Tubai. Sobald der junge Mann mit Mendy allein ist, legt er seine Schweigsamkeit ab. Ja, er bemüht sich sogar, sie ein bisschen länger in seiner Nähe zu halten.

Mendy grinst und tut so, als wollte sie gehen. Aber als Tubai sich wieder zur Maschine hinunterbeugt, greift sie sich plötzlich zwei Gläser, die auf der Durchreiche stehen, und wirft sie in Richtung des jungen Mannes. »Fang!«, ruft sie laut.

Tubai richtet sich auf und fängt die Gläser aus der Luft wie ein Adler zwei Tauben. Allerdings muss er dafür das Besteck, das er gerade in der Hand hält, loslassen. Ein lautes Klirren ertönt. Während Mendy Mund und Nase aufsperrt, brüllt plötzlich Koch Lin aus dem Hintergrund: »Drei Gerichte dampfen hier wie heißer Teufelsatem. Habt ihr die Augen in eurer Unterwäsche versteckt?«

Mendy wird rot. Sie schiebt verlegen die Zunge zwischen die Lippen, greift nach den dampfenden Tellern und bringt sie den Gästen.

Um kurz vor halb vier ist das Restaurant, abgesehen von einem Gästepaar, leer. Peipei hat sich an den Tisch für das Personal hinten neben der Küche gesetzt und isst jetzt auch ihr Mittagessen. Um halb vier wird das Restaurant für zwei Stunden schließen. In der Küche scheppert es noch, aber das ist nur Tubai. Koch Lin hat sich längst die Hände gewaschen und rührt nichts mehr an. Als er gerade die Schürze ablegen will, sieht er zufällig, dass der Besitzer des Restaurants von der Straße hereinkommt. Sein Gesicht verfinstert sich. Er senkt den Kopf und beginnt, ein paar Sachen zum Kühlschrank zu tragen.

Peipei, die eben noch den Kopf hängen ließ, ist sofort wachsam wie eine Katze. Sie legt die Stäbchen beiseite und steht auf. »Hallo, Boss Guan, welcher günstige Wind hat dich hierhergeweht?«, sagt sie, während ihre Hände die Frisur zurechtrücken.

»Du arbeitest heute? Was macht denn Mendy? Faulenzen?« Boss Guan scheint überrascht.

»Sie ist im Büro. Hat etwas Dringendes zu erledigen«, erklärt Peipei und macht einen Schmollmund. »Warum fragst du nicht, wie es mir geht? Wir haben uns lange nicht gesehen.« Sie steht mit dem Rücken zur Küche, damit ihre Kollegen ihren Gesichtsausdruck nicht sehen können. »Ich hab dich vermisst.«

»Gut, gut«, sagt Boss Guan vorsichtig. »Ich war mit meiner Familie ein paar Tage weg.« Er geht in die Küche und spaziert breitbeinig zwischen den Herden herum. Als er bei Tubai vorbeikommt, rümpft er die Nase. »Du solltest dein T-Shirt häufiger wechseln«, sagt er. Tubai errötet und macht zwei Schritte rückwärts, um den Abstand zwischen sich und dem Chef zu vergrößern.

Den Koch begrüßt Boss Guan äußerst höflich, dann steuert er auf das Büro zu. Peipei hält ihn vor der Tür auf. »Lass deine Tochter arbeiten. Möchtest du nicht nach hinten gehen? Ich bringe dir deinen Lieblingstee, ja?« Dann wispert sie leise: »Ich muss mit dir sprechen.«

»Gut, bring mir einen starken Longjing-Tee«, sagt Guan und verlässt das Restaurant durch die Küche.

Das Restaurant liegt im Vorderhaus, und im ersten Stock darüber wohnt Boss Guan mit seiner Familie. Im Hinterhaus aber hat er noch eine weitere kleine Wohnung, für seine »anderen Geschäfte«. Denn der Unternehmer ist ein umtriebiger Mann, er besitzt außer dem Restaurant noch ein Import/Export-Geschäft und einige Immobilien.

Die Wohnung im Hinterhaus nennt er sein »Sonnenzimmer«, sie ist aber stets mit Jalousien und einem schweren rot-goldenen Vorhang verdunkelt. Das hintere Zimmer ist meist abgeschlossen. Im vorderen stehen vier rot-goldene Sessel um einen schwarzen Tisch mit Mahjonggsteinen. In einem Vitrinenschrank stehen geschliffene Gläser und feiner Branntwein, in den Schubladen warten Würfel und Spielkarten.

Kaum steht Boss Guan in der Wohnung, klopft es auch schon, und im nächsten Augenblick tritt Peipei mit einem Tablett ein. Die Tür fällt mit einem leisen Klick ins Schloss.

Während Peipei den mitgebrachten Tee auf den Tisch stellt, umfasst Guan sie von hinten. Schon schlüpft seine Hand in ihren Rockbund, schiebt sich über ihren glatten Bauch in die Strumpfhose und greift ihr zwischen die Beine. »Hm, du bist am hellen Tag schon nass«, sagt er gurrend. »Scheinst nicht ohne mich leben zu können, was?«

»Du fängst immer von unten an. Lass uns erst mal reden«, sagt Peipei, wehrt sich aber nicht gegen die tastenden Finger, sondernd drückt ihr Hinterteil an den Körper des Mannes.

Ihre Bereitschaft erregt ihn. Er streift ihr den schwarzen Rock hoch und schiebt sie ins hintere Zimmer. Es vergeht nicht eine Minute, da liegt die Kellnerin auf dem Bett und lässt sich die Strumpfhose ausziehen. Boss Guan drückt ihre Beine mit einem Ruck auseinander, schiebt ihren Slip beiseite und wirft sich mit heftigen Stoßbewegungen auf sie. Er scheint sie spalten zu wollen wie ein Holzscheit. Peipei protestiert am Anfang noch kurz, dann gibt sie nach und stimmt in sein Stöhnen mit ein.

In seiner Gier hat sich Boss Guan nicht entkleidet. Nur den Hosenschlitz seines Anzugs hat er geöffnet, und das wird ihm jetzt zum Verhängnis. Wie die scharfen Zähne eines Raubtiers schneidet der Reißverschluss ihm ins Fleisch. Abrupt hört er auf, sich zu bewegen, und richtet sich auf. Vorsichtig befreit er sich von dem Reißverschluss, dann lässt er die Hose fallen, streift seine Jacke ab und zieht endlich der Frau auch den Slip aus. Dabei rutscht etwas aus dem dünnen Stoff und fällt auf die Bettdecke.

»Was ist das?«, fragt der Mann und starrt auf die schmalen blauen Streifen unter der Plastikfolie.

»Ich bin schwanger.«

Als hätte sie ihm alles Blut ausgesaugt, sinkt der Mann kraftlos aufs Bett und schüttelt den Kopf. »Nein«, murmelt er. »Seit wann weißt du es?«

»Den Streifen wollte ich dir seit zwei Tagen zeigen.« Dass sie ihn bewusst in ihrem Slip versteckt hat, sagt sie ihm nicht.

»Und du bist sicher, dass es von mir ist?« Er wirft der Frau einen schiefen Blick zu. Zweifel stehen in seinem Gesicht. »Ich habe niemals Treue von dir verlangt.«

Peipei packt ihn an den Schultern und schüttelt ihn wie einen Sack Reis. »Ich habe seit Monaten nur dich.« Heftig stößt sie ihn von sich, um ihn im nächsten Augenblick zu umarmen.

Boss Guan reibt sich die Stirn. »Meine Frau erwartet ein Kind«, sagt er und schüttelt den Kopf. »Wir haben von Anfang an vereinbart, es bleibt nur beim Spaß, nicht wahr? Was wirst du tun?«

Peipei zieht die Nase hoch. Es klingt, als müsse sie jeden Augenblick weinen. »Nun ja«, sagt sie stockend. »Wenn du es nicht haben willst, werde ich abtreiben müssen.« Sie wendet den Kopf ab.

»Das klingt vernünftig.« Ein Kilo Kraft kehrt in den Mann zurück. Er kriecht zur ihr hinüber, knöpft ihr die Bluse auf und beginnt, an Peipeis Brüsten zu saugen.

Die Frau drückt seinen Kopf an sich, sodass er nicht mehr wegkann. »Ich bin plötzlich so müde«, sagt sie.

»Wenn ich abtreibe, werde ich sehr geschwächt sein. Willst du mich nicht ein wenig unterstützen?«

Boss Guan nuckelt weiter an ihrer Brust. »Nun ja«, murmelt er. »Sag schon, was du für Kosten hast.«

Sie erwähnt diese und jene Kosten, lässt aber die Endsumme offen.

Jäh hebt der Restaurantbesitzer den Kopf. »Gut, ich gebe dir tausend Euro.«

Die Frau starrt ihn entgeistert an, dann beginnt sie zu schluchzen. »Bist du überhaupt noch ein Mensch? Was denkst du dir eigentlich? Die Abtreibung wird viel Glanz von meinem Körper nehmen. Um mich zu erholen, muss ich mir Ruhe gönnen. Mit tausend Euro kann ich gerade mal den Arzt bezahlen.«

»Ich habe eine Kiste Stärkungsmittel aus China bekommen. Für meine Frau. Davon kann ich ein paar Packungen für dich abzweigen.« Er streichelt sich über den Bauch. »Nun gut, ich gebe dir noch fünfhundert dazu.«

Aber Peipei schluchzt noch mehr. Er sei ein herzloser Mann, sagt sie, weil er ihren Körper nur schamlos verbrauche. So etwas Kaltherziges erlebe sie zum ersten Mal …

Boss Guan kratzt sich ratlos am Hinterkopf und versucht, die Frau zu beruhigen. In diesem Moment klingelt in der Hose, die auf dem Boden liegt, sein Handy. Er lässt es klingeln, aber als er einen Blick auf seine Armbanduhr wirft, wird er nervös. Er erhöht sein Angebot. Und das Schluchzen der Frau wird leiser. Bei dreitausend Euro küsst sie ihn flüchtig und wischt sich die Tränen aus dem Gesicht.

Der Mann hat sie die ganze Zeit nicht aus den Augen gelassen. Plötzlich packt er sie an den Schultern, drückt sie aufs Bett, besteigt sie wie ein Bulle und stößt heftig in sie hinein. »Für dreitausend Euro will ich auch meinen Spaß haben!«, knurrt er. Sie stöhnt, geht aber rasch zum Schreien über. Der Mann drückt ihr den Daumen in den aufgerissenen Mund. Sie röchelt und ringt nach Atem. Ihre Hände zappeln wie weiße Schmetterlinge und krallen sich schließlich panisch in seinen Rücken. Doch der Mann lässt nicht locker. Erst als er befriedigt ist, fällt seine Faust von ihrem Hals ab wie ein zerschnittenes Halfter.

Das Handy klingelt erneut. Boss Guan wirft einen zweiten Blick auf die Armbanduhr. Es ist gerade eine halbe Stunde vergangen, seit Peipei ihm den Tee gebracht hat. Bald werden ein paar Männer hier sein. Dann werden sie spielen. Um Geld. Um viel Geld. Er setzt sich und tätschelt Peipei den Bauch. »Vielleicht bringst du mir heute Glück. Aber jetzt musst du gehen.« Als er einen Blutfleck an ihrem Oberschenkel erblickt, nickt er zufrieden.

Peipei erwacht wie aus einem Koma. Sie hustet, klagt über Halsschmerzen. Da merkt sie, dass ihre Stimme fast weg ist. Der Mann richtet sie auf und bringt ihr eine Tasse Tee. Der werde ihre Stimme schon wieder zurückbringen, sagt er, dann beginnt er, sich anzuziehen. Sie nippt an dem Tee und vermeidet, ihn anzusehen. Ein paar Minuten später verlässt sie die Wohnung. Ihre Beine zittern, als wäre sie von Bärentatzen geschüttelt worden.

Mendy tritt aus dem Büro und strahlt. »Fertig!«, ruft sie.

Alle Gäste sind gegangen. Peipei sitzt allein am Tisch mit einer Kanne Tee und hebt kaum den Kopf.

Mendy macht ein erschrockenes Gesicht. »O Gott, was ist mit dir los? Wer hat dein Vogelnest umgekippt?«

Peipei zuckt zusammen, beginnt aber gleich, ihre Haare zurechtzurücken. »Nichts. Ich bin einfach nur erledigt. Habe gestern Nacht wegen diesem Text kaum geschlafen. Aber jetzt ist alles gut. Vielen Dank!« Sie streckt die Hand aus, um ihr Manuskript zurückzufordern.

»Woher kommt der Bluterguss an deinem Hals? Den hast du doch vorhin nicht gehabt«, sagt Mendy.

»Ach, ich konnte mich kaum auf den Beinen halten. Da habe ich mich ein bisschen gekniffen, um den Kreislauf in Gang zu bringen.« Peipei steht auf und humpelt mit den Papieren zum Fenster, um keine Fragen mehr beantworten zu müssen. Sie zupft die welken Blüten von den Chrysanthemen, die dort als Dekoration stehen, macht das Fenster ein Stückchen auf und wirft sie hinaus.

Ausgerechnet in diesem Moment geht ein bulliger Mann mit mongolischen Zügen am Fenster vorbei. Der Wind weht ihm die welken Blätter ins Gesicht. Der Mann will schon protestieren, aber als er die hübsche junge Frau sieht, überlegt er sich's anders.

»Kriegt hier jeder so eine trockene gelbe Begrüßung?« Der Mann zupft sich ein Blatt aus dem Haar, setzt die Sonnenbrille ab und lächelt geschmeidig. »Wann streuen Sie Rosenblätter, mein Fräulein?«

Peipei schaut verdutzt auf. Vor ihr steht ein Mann in einem Anzug, wie ihn sich Boss Guan niemals gönnen würde. Der muskulöse, durchtrainierte Körper, der in diesem teuren Anzug steckt, lässt an einen Boxer oder Offizier denken. Im Gesicht des Mannes sind Macht, Reichtum und animalische Wildheit zu lesen. Ein ungewöhnlicher Mann. Ein Mann, den eine hübsche Frau wie Peipei nicht vorbeigehen lässt. Dann sieht sie ein gelbes Blatt an seinem Ohr kleben und fängt an zu kichern. Aber zu sagen vermag sie nichts.

Der Mann setzt die Sonnenbrille auf und wirft einen Blick nach oben. »Aha«, sagt er. »Die *Strahlende Perle.* Das ist doch das Restaurant von Boss Guan. Ich wollte ihn gerade besuchen.«

Peipei öffnet die Tür, die ohnehin schon halb offen steht, noch ein Stückchen weiter, sagt aber immer noch nichts. Ihr Hals tut jämmerlich weh. Der Mann soll an ihr Gesicht denken, nicht an ihre kaputte Stimme, wenn er wieder allein ist. Immerhin kann sie noch kichern und dem Mann das Gefühl geben, er sei amüsant.

Der Fremde tritt ein und sieht sich mit einem Erobererblick im Restaurant um. Mitten im Raum steht noch ein weiteres Mädchen. Mit Staunen betrachtet er das feine Gesicht und den schlanken Körper. Donnerwetter, hat Boss Guan solche Schönheiten bei sich versammelt? Aber an wen erinnert ihn dieses Mädchen? Seine Gedanken gehen Jahrzehnte zurück zu dem kleinen Dorf in Fujian und dem Mädchen unter dem Surenbaum, das er damals so gern geküsst hätte.

Mendy hat den Besucher noch gar nicht bemerkt.

Ihre Augen sind fest geschlossen. Sie konzentriert sich auf ihre Tai-Chi-Übung. Sie ist ganz steif geworden vom langen Sitzen über der Seminararbeit ihrer Freundin. Plötzlich lässt eine tiefe, samtige Stimme sie hochfahren. »Bist du echt?«

Mendy reißt die Augen auf. Ein Fremder steht vor ihr. Für einen Moment scheint sein Blick sie mit flammender Gier zu versengen. Erschrocken springt sie zwei Schritte zurück und flüchtet sich hinter die Theke.

Der Mann nimmt seine Sonnenbrille ab, schiebt sich den Bügel zwischen die Zähne und mustert die junge Frau mit dem hellen Gesicht und dem schwarzen Zopf ungeniert, als wäre sie eine Skulptur. So etwas Wunderbares gibt es hier also. Während das kokette Mädchen am Fenster wahrscheinlich eine fast schon zu viel gebrauchte Frau ist, scheint diese Blume hier ganz unberührt. »He, weißt du, wo Boss Guan sich versteckt? Er muss doch hier irgendwo sein.«

Schon hört er die Stimme der Schönen: »Boss Guan ist nicht da. Kommen Sie an einem anderen Tag wieder.«

»Doch, er ist schon da«, krächzt Peipei, »aber hinten in seinem Sonnenzimmer.« Die raue Stimme scheint den Mann zu irritieren, er zuckt leicht zusammen. »Nur eine Erkältung«, sagt Peipei und legt entschuldigend die Hand auf die Kehle. »Kommen Sie. Ich bringe Sie zu ihm.« Sie führt ihn aus dem Restaurant und begleitet ihn über den Hof zum Hinterhaus.

Kurz darauf ist sie wieder bei Mendy. Mit geschürzten Lippen und neidischem Unterton sagt sie: »Mendy, ich glaube, du hast einen neuen Verehrer.«

Der Mann soll ihr Verehrer werden? Der Mann, der so merkwürdig lächelt, als ob er ein Fangnetz hinter dem Rücken bereithielte? Nein, sicher nicht. Mendy schüttelt den Kopf. »Der fette Gangster mit den Mückenaugen? Der kann mir gestohlen bleiben. Willst du ihn mir nicht abnehmen, Schwester? Als Lohn für die Korrekturarbeit?« Mendy kichert übertrieben laut, um die unbestimmte Angst zu verdrängen, die sie plötzlich ergriffen hat.

Kapitel 3

Die Entdeckung der Schaukelprinzessin

Boss Guan steht noch immer im Sonnenzimmer. Bald wird das Glücksspiel beginnen. Wer mit von der Partie ist, kann nach zwei Stunden um Tausende oder sogar Hunderttausende reicher sein – oder ärmer. Boss Guan achtet allerdings darauf, dass niemand seine Existenz ruiniert. Und Ehefrauen dürfen auch nicht als Einsatz gebracht werden.

Heute hat Guan drei alte Bekannte eingeladen. Während er auf sie wartet, klingelt das Telefon. Er hat den Hörer noch nicht ganz am Ohr, als er Mendys jubelnde Stimme hört: »Papa, ich wollte dir nur schnell Bescheid sagen! Ich kriege die Stelle. Ich werde von der größten deutschen Bank eingestellt! Mein erster Job!«

»Gratuliere, mein großes Mädchen«, sagt der Vater erfreut. »Kauf dir zwei schöne Kostüme, die du bei deiner Bank anziehen kannst, und gib mir die Rechnung. Ich will, dass du ordentlich aussiehst, wenn du da anfängst.«

Vor sechs Jahren hat er die Tochter nach Deutschland geholt, weil ihre Mutter, seine erste Ehefrau, an Brustkrebs gestorben war. Mendy war damals knapp achtzehn und hatte in China schon ein halbes Jahr studiert. Nach ihrer Ankunft lernte sie fleißig Deutsch und schrieb sich so schnell wie möglich an der Freien Universität ein. Auch der Vater bekam bald zu spüren, dass sie einen starken eigenen Willen besitzt. Sie war bei ihrer Mutter aufgewachsen, hatte den Vater jahrelang nicht gesehen und wollte deshalb auf keinen Fall mit ihm und seiner neuen Familie zusammenwohnen.

Natürlich hatte er Schuldgefühle gegenüber Mendy und ihrer Mutter und wollte die Tochter auch nicht dauernd weinen sehen. Ein kleines Appartement in der Nähe wurde gemietet, und die Tochter zog aus der Wohnung über dem Restaurant aus. Vielleicht war es gerade diese von ihr ertrotzte Distanz, die ihn zu einem strengen Vater machte. Er gab ihr wenig Geld für den Lebensunterhalt, ließ sie dafür ständig im Restaurant arbeiten und setzte sie unter Druck, damit sie möglichst schnell fertig wurde. »Ich hatte nur zweihundert Mark in der Tasche, als ich nach Deutschland kam. Und das Studium hier war eine harte, entbehrungsreiche Zeit«, sagte er fast jeden Tag. »Aber ich hab's geschafft.« Zu seiner Überraschung ist sie aber nicht nur eine tüchtige Kellnerin geworden, sondern hat auch ihr Studium mit Auszeichnung bestanden. Jetzt ist er entsprechend stolz auf sie.

Jemand klopft an die Tür. Nicht das mit den Geschäftsfreunden vereinbarte Klopfzeichen, sondern dreimal kurz, einmal lang. Das muss Peipei sein. Warum ist sie zurückgekommen? Will sie noch mehr Geld? Eins, zwei, drei – vier. Er hat keine Lust, aufzumachen. Aber wenn sie noch lange dasteht, gibt es womöglich einen Skandal. Er reißt die Tür auf und will schon eine scharfe Bemerkung machen, da sieht er den Mongolen, der vor der Tür steht.

»Boss Hong! Welcher Wind hat Sie hergeweht?«, sagt er überrascht und streckt dem elegant gekleideten Mann, der fast einen Kopf größer ist, gespielt überschwänglich die Hand hin.

Der Fremde ist Boss Guan ziemlich unheimlich. Er kennt ihn erst seit zwei Monaten. Bei einem Empfang der Industrie- und Handelskammer sind sie einander vorgestellt worden. Hong Litong sei ein reicher Geschäftsmann aus Singapur, wurde ihm mitgeteilt, und suche in Berlin nach neuen Geschäftspartnern. Aber als Boss Guan den Fremden auf Englisch begrüßte, stellte sich bald heraus, dass der Mann nur einen äußerst beschränkten Wortschatz besaß. Also hatten sie ihr Gespräch auf Chinesisch fortgesetzt, was dem Neuankömmling viel besser gefiel. Er sprach ein sehr gepflegtes Mandarin, und seine Körpersprache und Mimik zeigten deutlich, dass er kein gewöhnlicher Geschäftsmann war. Boss Guan fühlte sich eher an einen befehlsgewohnten Offizier oder einen Beamten erinnert. Wahrscheinlich kam der Mann aus Peking. War er ein abtrünniger Kader, der einen Haufen Geld in den Westen gebracht hatte, oder reiste er gar im Geheimauftrag der Regierung? Ein undurchsichtiger, ein gefährlicher Mann, von dem sich Boss Guan so schnell wie möglich wieder verabschiedet hatte. Und jetzt steht er plötzlich hier mit Peipei vor der Tür. Mit scharfen Worten schickt der Restaurantbesitzer die Kellnerin fort.

Peipei geht möglichst langsam die Treppe hinunter und bleibt sogar in der Haustür noch einen Augenblick stehen, um zu hören, was sich die beiden Männer zu sagen haben.

»Nun ja, der goldene Wind, den du aus deinem Ärmel geschüttelt hast, lockt mich her«, sagt Hong Litong lächelnd. »Dem goldenen Wind folgt ja in der Regel ein goldener Regen, nicht wahr?«

»Der kommt aber sicher aus *Ihrem* Ärmel«, lächelt Boss Guan. Da der Gast nicht erkennen lässt, was er will, versucht Guan, ihn loszuwerden. »Darf ich Ihnen Tee anbieten?«, fragt er und macht dem Besucher mit einer Geste klar, dass er ihn zum Restaurant zurückführen will.

Doch der Mongole legt ihm die Hand auf den Arm: »Na, mein Freund, willst du mir nicht dein Sonnenzimmer zeigen? Ich habe schon so viel davon gehört.«

In diesem Augenblick kommt auch schon der erste Spieler die Treppe herauf, und Guan bleibt nichts anderes übrig, als die beiden hereinzubitten. Der Mongole lobt die üppige Einrichtung des Zimmers und meint schmeichelnd, es rieche wie eine Goldgrube. Inzwischen sind auch die beiden letzten Gäste gekommen, ebenfalls Männer im mittleren Alter. Da Hong Litong erst seit Kurzem in der Stadt ist, kennen ihn die meisten Anwesenden nicht. Sie tauschen Begrüßungsfloskeln aus, bleiben aber recht distanziert.

Boss Guan lässt Tee und kleine Delikatessen aus dem Restaurant kommen, und die Herren beginnen zu plaudern. Als klar wird, dass sich auch der Neuankömmling zum Spielen hier eingefunden hat, gibt es kein Halten mehr. »Ich sage immer, ein echter Spieler hält es keine drei Wochen aus, ohne zu spielen«, verkündet einer der Männer. »Herr Hong ist durstig nach dem Spiel. Lasst uns gleich anfangen.«

Der Gastgeber lässt sich nicht so leicht mitreißen. »Wir spielen um Bargeld«, sagt Guan. »Mindestens fünftausend Euro muss jeder mitbringen. Und wer nichts mehr einsetzen kann, muss sofort den Raum verlassen«, erklärt er dem Mongolen. »Wenn Sie heute nicht genügend vorbereitet sind, lade ich Sie gern zum nächsten Treffen ein.«

»Sag mal, Boss Guan, bin ich dir unsympathisch, dass du mich gleich wieder loswerden willst? Oder hältst du mich für einen Bettler?«, fragt der bullige Mann und klatscht dem Gastgeber kumpelhaft auf die Schulter. Der Restaurantbesitzer krümmt sich zur Seite. Was für Pranken der Kerl hat! Während er eifrig alles bestreitet, was ihm der ungeladene Gast vorhält, wirft Boss Guan einen prüfenden Blick auf die Hände des anderen. Es sind unauffällige, aber trainierte Hände, die einem mühelos den Kopf vom Hals pflücken könnten. Wenn er wüsste, was Hong schon alles getan hat, würde er wahrscheinlich ein plötzliches Unwohlsein vortäuschen und das Spiel gleich abblasen. Aber er hofft, die Sache könnte noch glimpflich abgehen, und bittet den Gast an den Spieltisch.

»Warum nicht gleich so?«, fragt Hong Litong triumphierend und setzt sich breitbeinig an den Tisch. »Boss Guan, ich setze immer doppelt so viel wie du, um dir eine Freude zu machen. In Ordnung?«

Da sie jetzt zu fünft sind, kommt Mahjongg nicht mehr infrage. Stattdessen spielen sie Karten. Nach drei Stunden hat Hong Litong alles, was er mitgebracht hat, verloren. Das sind zehntausend Euro. Die Gewinner, die inzwischen rote Gesichter und gierige Lippen vom Spiel bekommen haben, wollen gern weiterspielen. Doch das lässt Boss Guan nicht zu. Er beendet zu Ehren des neuen Gastes das Spiel und lässt Essen servieren.

Die hiermit Gebremsten greifen nach Zigaretten. Hong Litong tut es ihnen nach. Sein ruhiges Gesicht macht den Eindruck, als wäre ihm der Verlust so gleichgültig wie eine Hühnerfeder. Nein, er trauert dem Geld nicht nach. Im Gegenteil, er freut sich, tüchtige Spieler kennengelernt zu haben. Jetzt wollen die anderen wissen, welchen Spitznamen der neue Bruder hat.

Hong Litong zögert. Er wisse von keinem Spitznamen. »Was? Ein großer Boss ohne Schweinemütze daheim? Das ist doch zum Sterben langweilig«, sagt der Mann mit den dreieckigen Augen, der von den anderen »Gingko« genannt wird. »Boss Hong hat sich als leidenschaftlicher Spieler erwiesen. Ich schlage vor, wir ehren ihn mit dem glorreichen Namen ›Goldener Drache‹.« Die Anwesenden heben die Gläser, und schon ist der Name nicht mehr wegzukriegen.

Hong wechselt das Thema und will jetzt wissen, welche Investitionsmöglichkeiten die Stadt bietet. Sie geben ihm ein paar Tipps, versuchen jedoch zugleich mit geschickten Fragen herauszubekommen, wie groß sein Vermögen ist. Aber Hong wäre kein Goldener Drache, wenn er brav Antwort gäbe. Er streut nur hier und da einen Hinweis in seine Fragen und Antworten ein, um die Fantasie der anderen anzuregen. Am Ende sagt Gingko mit einem schlauen Lächeln: »Halte dich an Boss Guan. Er ist ein Mann, der stets mit der Zeit geht und einen sicheren Blick für Investitionen besitzt.«

Während die Herren hinten im Sonnenzimmer ihre Spiellust befriedigen, steht Tubai vorn in der Küche. Es ist Freitagnachmittag. Gäste strömen ins Restaurant und haben alle fünfzehn Tische besetzt. Für heute ist Tubai der zweite Koch. Den Abwasch soll ein Küchenhelfer erledigen. Aber der kommt nach der Mittagspause nicht mehr zurück. Er ruft an und sagt keuchend, er habe wohl etwas zu Schweres gehoben und sich einen Wirbel verrenkt. Jetzt liege er zu Hause und könne sich nicht mehr bewegen.

Mendy meldet ihrem Vater den Ausfall des Küchengehilfen und überlässt ihm die Entscheidung. Aber Boss Guan spielt gerade mit großem Einsatz und wünscht keine Störung. Er brummt ins Telefon, er werde sich darum kümmern, dann legt er den Hörer auf und spielt weiter. Als er die Runde gewinnt, ist er so beflügelt, dass er die Probleme der *Strahlenden Perle* vergisst. Da keine Verstärkung in die Küche kommt, muss Tubai zusehen, wie er es schafft, die doppelte Arbeit zu bewältigen.

Dass er für jemanden einspringen muss, ist für Tubai nichts Neues. Normalerweise meistert er das mit seiner unendlichen Energie und seinen flinken Armen auch. Aber ausgerechnet heute streikt außerdem noch die Geschirrspülmaschine. So türmen sich die schmutzigen Teller und Schüsseln auf, während er mit Gemüseputzen und Salatzubereitung beschäftigt ist.

»Tubai, gib ein paar Fischteller her!«, ruft Koch Lin,

ohne den Blick vom Wok zu lösen. Während die eine Hand rhythmisch die Schaufel wendet, stellt die andere das Feuer klein. Und schon steht der Koch vor einer anderen Pfanne und kümmert sich um das zweite Gericht. Auch er hat viel zu tun.

»Ich mach's gleich«, erwidert Tubai, rennt aber zuerst zur Durchreiche, um den Salat abzuliefern.

»Du Hundsbein, wo läufst du hin? Sollen meine Fische hier anbrennen?« Koch Lin klopft wütend mit der Schaufel gegen den Wok und rennt am Ende selbst zur Spüle, um zwei Teller zu holen. Dabei rutscht er aus und hält sich nur mit Mühe am Spülbecken fest. Offenbar hat Tubai beim Salatwaschen ziemlich gespritzt. An einem normalen Tag hätte er die nassen Stellen am Boden längst wieder trocken gewischt. Aber heute ist er nicht dazu gekommen.

»So ein Saustall!«, schimpft Koch Lin und taucht zwei Teller in das zweite Becken ein, das mit heißem Wasser und Schaum gefüllt ist. Dabei ist er wohl etwas zu energisch. Denn das Wasser schwappt heraus, und auf dem Boden steht jetzt eine große Pfütze. Lin weicht ihr aus und rennt mit tropfenden Tellern zum Herd zurück, um seine Fische zu retten. »Wenn die Gäste sich beschweren und das Essen zurückgeben, werde ich's dir über den Kopf kippen, du Trottel!« Beim Schimpfen scheint die Wut des Kochs sich immer mehr zu steigern.

»Ja, ja, ich wasche gleich ein paar Teller ab«, sagt Tubai pflichtbewusst und nimmt einen Stapel schmutziges Geschirr aus der Durchreiche, das bereits auf ihn wartet. Dabei wirft er einen schnellen Blick ins Restaurant. Peipei ist inzwischen gegangen. Aber nach ihr hat er auch nicht gesucht. Nein, er will Mendy sehen. Der Anblick ihrer zierlichen, vertrauten Gestalt lässt ihm das Leben ein wenig leichter erscheinen.

Doch heute spürt er einen scharfen Stich: Der Musiker Oswald ist wieder da. Als Gast. Fein angezogen. Er hält die Speisekarte geöffnet und scheint bei Mendy etwas bestellen zu wollen. Aber Tubai erkennt mit seinem männlichen Instinkt sofort, dass er mit Mendy flirtet und sich noch sehr viel mehr erhofft.

Mit gesenktem Kopf trabt Tubai zurück. Er will den Stapel gerade ins Spülbecken tauchen, da tritt er in die Pfütze und rutscht aus. Teller und Besteck segeln im hohen Bogen in Richtung des Kochs. Lin hält gerade den Wok schräg, um das Fischgericht vorsichtig auf die Teller zu schieben. Der Hagelschlag, der um ihn herum niedergeht, lässt ihn zusammenzucken. Ein Löffel landet im Wok, und die heiße Soße spritzt in alle Richtungen. Ein Spitzer landet in seinem Gesicht, und vor Schreck und Schmerz lässt Lin den Wok los. »Ahhh, mein Auge!« Mit schnellen, flatternden Bewegungen versucht sich der Koch die glühend heiße Soße vom Kopf zu wischen. Zugleich nimmt das Unglück weiter seinen Lauf. Im Fallen hat Tubai sich festzuhalten versucht und dabei den ganzen Tellerturm umgerissen, der darauf gewartet hatte, in die Spülmaschine gesteckt zu werden. Wie ein höllischer Hagelschauer krachen die Teller herunter und springen in Stücke.

»Du Hundsbein! Nur Unheil führst du herbei!«, schimpft Koch Lin und springt beiseite, um nicht von den stürzenden Tellern getroffen zu werden. Doch seine Beschimpfungen gehen im allgemeinen Getöse unter.

Die Tür zur Küche ist zwar geschlossen, aber der Krach ist so laut, dass auch die Gäste im Restaurant aufgeschreckt werden. Einen Augenblick lang herrscht Totenstille. Alle schauen in Richtung der Schwingtür und horchen.

Mendy rennt in die Küche und findet ein Tollhaus vor. Die Luft riecht nach verbranntem Essen. Tubai liegt auf dem Boden und hält sich die Hände über den Kopf, als fürchte er Tritte und Schläge. Koch Lin hüpft auf einem Bein herum, hält sich mit der Hand ein Auge zu und ruft aufgeregt nach einem Arzt. Dann reißt er die Hintertür auf.

»Was ist mit dir, Meister Lin?«, ruft Mendy ihm hinterher.

»Siehst du das nicht? Ein Desaster! Ich muss sofort ins Krankenhaus.« Lin wirft die Tür mit einem Knall hinter sich zu und verschwindet.

Mendy bahnt sich einen Weg durch Essensreste und Scherben, um das Gas am Herd abzustellen. Dann gießt sie Wasser in die Pfanne, damit der verbrannte Inhalt sich nicht festsetzt. Sofort steigt eine beißende Dampfwolke auf und bringt sie zum Husten. Sie wendet den Kopf ab, wischt sich mit dem Ärmel die tränenden Augen, dann kümmert sie sich um Tubai.

»Vorsicht! Die Fliesen sind schlimmer als Glatteis«, warnt Tubai und stöhnt auf. »Ausgerechnet heute passiert mir so was Dummes!« Er versucht, sich aufzusetzen, was ihm offenbar große Schmerzen bereitet.

»Ich hab meinem Vater schon immer gesagt, dass der

Boden gefährlich ist.« Mendy hat Tubai noch nie jammern hören. Hat er sich beim Fallen verletzt? »Bleib liegen, Tubai. Ich fege erst mal die Scherben beiseite. Sonst schneidest du dich womöglich noch.« Sie läuft in Richtung Besenkammer. Da merkt sie auf einmal, dass Oswald hinter ihr steht. Er muss ihr in die Küche gefolgt sein. Das passt ihr überhaupt nicht.

»Oswald, geh bitte zurück ins Lokal. Ich komme gleich zu dir, ja?«, sagt sie. »Du bist unser Gast.«

»Lass mich doch helfen!«, sagt Oswald und fängt an, die heil gebliebenen Teller und das Besteck aufzuheben.

Mendy sagt nichts mehr, sondern wirft ihm nur einen dankbaren Blick zu. Ihr fällt auf, dass ihm das dunkelblaue Seidenhemd und die schwarze Jeans gut stehen. Ein hübscher Mann – und er liebt mich, schießt es ihr durch den Kopf, und sie errötet. Welch ein absurder Gedanke! Weg damit! Sie muss sich um die Küche kümmern. Sie holt den Besen heraus und beginnt hastig, die Scherben beiseitezufegen.

Während die beiden Helfer Tubai aufrichten, verzieht dieser vor Schmerz das Gesicht. Er hat sich offensichtlich den Arm geprellt. Als ihm Mendy ein Handtuch gibt, damit er sich säubern kann, bemerkt sie fragende Gesichter hinter der offenen Durchreiche. Sie geht ins Lokal und beruhigt die Gäste.

Hastig flüstert Mendy der anderen Kellnerin etwas ins Ohr, dann nimmt sie beiläufig ein paar geleerte Gläser mit und geht zurück in die Küche. Oswald und Tubai sind immer noch dabei, aufzuräumen. Jetzt muss sie schnell handeln, sonst gibt es Ärger und das Lokal verliert Gäste. Den Vater wird sie nicht noch einmal anrufen, der war eben schon wenig hilfreich. Sie eilt ins Büro.

Über zwei Ersatzköche verfügt die *Strahlende Perle* schon lange. Aber der eine macht gerade Heimaturlaub in China, und beim anderen erreicht Mendy nur die Ehefrau. Ihr Mann sei zum Baumarkt gefahren und werde wahrscheinlich erst in einer Stunde wieder zu Hause sein, sagt sie.

Aber Mendy braucht jetzt sofort jemanden. Soll sie einen neuen Koch ausprobieren? In der *Chinesischen Handelszeitung* wimmelt es von Anzeigen Arbeit suchender Köche. Aber ein fremder Koch muss eingearbeitet werden. Für eine solche Krisensituation ist er nicht zu gebrauchen. Was soll sie jetzt machen? Die hungrigen Gäste mit leerem Bauch nach Hause schicken und das Restaurant schließen? Nein. Sie hat noch ihren Vater, der gar nicht schlecht kochen kann und die Speisekarte seines Restaurants in- und auswendig kennt. Mendy greift erneut nach dem Telefon.

Ein paar Minuten später nimmt Mendy den Vater an der Hintertür in Empfang. Zu ihrer Überraschung hat er noch einen Begleiter: den Goldenen Drachen, der unbedingt mitkommen wollte, um das »Imperium« von Boss Guan kennenzulernen, wie er sich ausdrückt.

Der Vater ist empört über Koch Lin. »Dieser Drückeberger nutzt jeden Anlass«, knurrt der Restaurantbesitzer leise, damit es der Goldene Drache nicht hört. »Morgen kommt er bestimmt mit einem dicken Verband und meldet sich krank.«

»Nun ja, hoffen wir, dass mit seinem Auge nichts Schlimmes ist«, sagt Mendy leise.

»Das ist Boss Hong«, sagt der Vater zu Mendy. »Ein tüchtiger Geschäftsmann aus Singapur. Mendy, sag Onkel zu ihm.«

Mendy ist froh, dass sie den Mongolen wenigstens nicht Bruder nennen muss. »Guten Abend, Onkel Hong«, sagt sie brav zur Begrüßung, wendet sich jedoch sofort von dem neuen Onkel ab. Für höfliche Konversation hat sie jetzt keine Zeit. Sie greift nach dem Arm ihres Vaters, zieht ihm die Jacke aus und bindet ihm eine Schürze um.

Als Guan den Scherbenhaufen sieht, zieht er die Augenbrauen hoch. »Herr im Himmel! Wollt ihr mich arm machen? Wer schlägt denn hier alles kaputt?« Er wirft Tubai einen grimmigen Blick zu.

Der junge Mann zieht den Kopf ein. »Tut mir leid. Ich hätte die Teller wie meinen Augapfel hüten sollen.« Er ist dabei, die Scherben in einen Abfalleimer zu schaufeln, jetzt beschleunigt er seine Bewegungen. Da sein linkes Handgelenk immer noch höllisch wehtut, kann er nur die rechte Hand einsetzen.

»Du kennst meine Regel. Ist es deine Schuld, ziehen wir den Schaden von deinem Lohn ab«, sagt der Restaurantbesitzer in Tubais Richtung.

Als jetzt auch noch Oswald mit einem Geschirrtuch aus der Wäschekammer kommt, macht Guan ein Gesicht, als sähe er einen Käfer auf einem Stück Schweinebraten herumwandern. »Was hat der Deutsche hier zu suchen? Einen Lautsprecher zur Verbreitung übler Nachrede brauche ich nicht«, sagt er auf Chinesisch zu seiner Tochter.

»Aber Papa! Üble Nachrede gibt es bei Deutschen

nicht!«, sagt Mendy. Dann wechselt sie abrupt ins Deutsche. »Ich habe noch einen Küchengehilfen bestellt. Möchtest du uns so lange helfen, bis er eingetroffen ist, Oswald?«

»Ich wollte ja eigentlich nur meinem Freund Tubai helfen. Aber wenn ich mich nützlich machen kann, warum nicht?« Oswald hebt die Schultern und spitzt die Lippen. Nichts auf der Welt fällt ihm schwer.

»Eine moderne Küche. Mit leistungsstarker Belüftung. Nicht schlecht«, lässt sich der Goldene Drache vernehmen. Er schnuppert an einer der herunterhängenden Peking-Enten, macht hier eine Schachtel und dort einen Schrank auf. Niemand hat Zeit, ihn daran zu hindern.

Oswald? Küchengehilfe? Vater Guan verdreht die Augen. Ein einziger Blick hat ihm genügt, um zu sehen, dass der junge Mann nicht hierhergehört. Zu gut gekleidet, zu viele Worte, zu viele flatternde Bewegungen. Das ist doch ein Kindskopf, der noch nie hart gearbeitet hat und für sein Leben nicht kämpfen muss. Aber Boss Guan ist ein reifer Mann. Er ahnt, was sich da zwischen den beiden jungen Menschen anbahnt, auch wenn es ihn nicht gerade freut. Deshalb sagt er: »Na gut. Aber wirf Geschäft und Freundschaft nicht in einen Topf. Sonst kann es schnell passieren …«

»Keine Zeit für Personaldiskussionen, Papa«, unterbricht die Tochter den Vater und tippt ein paar Bestellungen in den Computer. Während der Drucker rattert, hört sie jemanden an die Durchreiche klopfen. »Ich komme!«, ruft sie auf Deutsch und trabt in Richtung Restaurant. Ihr ist klar, dass die Gäste ungeduldig sein müssen. »Beeil dich, Papa!«, ruft sie ihrem Vater zu. »Da vorn sitzen hungrige Wölfe und Bären. Wenn sie nicht bald etwas kriegen, werden sie deine Tochter auffressen!«

»Haha!« Der Goldene Drache lacht amüsiert. Er hat sein Gesicht zwar Boss Guan zugewandt, aber sein Blick hängt am Rücken der schlanken Tochter. Die Vorstellung, dass sie gefressen werden könnte, scheint ihm zu gefallen. »Hm«, sagt er. »Chinarestaurant *Strahlende Perle*. Viele Chinarestaurants hier sind ihres Namens nicht würdig. Aber du hast wirklich eine strahlende Perle, Boss Guan.«

Guan wirft einen Blick auf den Zettel mit den Bestellungen, nimmt einen Brokkoli und dreht ihn in seinen Händen. »Eigentlich habe ich das Restaurant gegründet, um nicht mehr selbst kochen zu müssen. Aber meine Leute finden immer eine Methode, um mich an den Herd zu kriegen.« Er geniert sich, vor dem reichen Hong Litong mit Schöpflöffel, Küchenmesser und Bratenwender hantieren zu müssen. Da der andere sich immer noch nicht verabschieden will, sagt er: »Unsere Küche wird deine Schuhe schmutzig machen. Ich möchte dich wirklich nicht aufhalten.«

»Na, na, ich werde doch meinen neu gewonnenen Freund nicht im Stich lassen«, sagt der Goldene Drache. Er hängt sein Jackett an den Nagel und krempelt die Ärmel hoch. Dann stellt er sich neben seinen Gastgeber. Da es zehn verschiedene Kochplatten gibt, ist genug Platz für beide. »Ich koche gar nicht so übel. Lass mich eine Weile bleiben, bis du aus dem Engpass heraus bist.«

Boss Guan bleibt nichts anderes übrig, als mit dem Goldenen Drachen zusammen zu kochen. Damit die Sache nicht zu kompliziert wird, lässt er den Gast zuerst etwas Einfaches machen: junge Zuckererbsen mit Shrimps. Die Zutaten werden getrennt und schnell gebraten, auf den Teller kommen zuerst die grünen Erbsen, dann werden die roten Shrimps daraufgelegt. »Das Gericht muss wie eine Blume aussehen«, erklärt Boss Guan, während seine Hände vier Gerichte gleichzeitig zubereiten. Tubai kennt seinen Chef gut genug, um ihm die nötigen Zutaten unaufgefordert in der richtigen Reihenfolge zu reichen. Es sieht aus wie ein lange geübtes Ballett.

»So was Simples? Das ist doch keine Kunst«, beschwert sich der Goldene Drache und schnüffelt an den Gewürzen. Als Boss Guan schon sein zweites Gericht auf die Teller schaufelt, fängt der Goldene Drache gerade erst an.

Die Gäste im Restaurant drehen die Köpfe hin und her wie hungrige Vögel. Mendy bringt ihnen Getränke und plaudert mit ihnen. Da die bestellten Gerichte heute nicht so schnell auf den Tisch kommen werden wie sonst, muss Mendy die Gäste anders bei Laune zu halten versuchen. Aber das fällt ihr nicht schwer. Viele Stammgäste kennt sie mit Namen, und sie versteht es, ihnen das Gefühl zu geben, sie seien in der *Strahlenden Perle* zu Hause. Auch heute schafft sie es, die Gäste zum Lachen zu bringen. Als die Durchreiche aufgeht und die ersten zwei Gerichte hindurchgeschoben werden, fällt ihr ein Stein vom Herzen. Jetzt weiß sie, dass sie keinen Gast verlieren wird.

Als sie wieder in die Küche kommt, um ihren Vater zu loben, ist der Goldene Drache gerade mit seinem ersten Gericht fertig. »Unsere Schaukelprinzessin kommt gerade rechtzeitig«, ruft er. Oswald wippt lässig beim Geschirrabtrocknen, beobachtet den Goldenen Drachen aber unauffällig aus den Augenwinkeln. Er versteht zwar nicht, was gesagt wird, doch die vertrauliche Art des Mannes gefällt ihm überhaupt nicht.

»Wer ist denn hier eine Schaukelprinzessin?«, fragt Mendy. So ein blödes Kompliment hat sie schon lange nicht mehr gehört.

»Na, du natürlich«, sagt der Goldene Drache. »Du hast einen herrlichen Gang, wie ein Schwan auf dem Wasser. Ich habe dich sofort als Schaukelprinzessin erkannt.« Er grinst. »Dein Vater wird aus Höflichkeit nur Gutes über meine Kochkünste sagen. Aber du bist ehrlich. Komm, koste doch mal.« Er greift mit den Stäbchen nach einem der roten Krebse und hält ihr das dampfende Stück vor die Lippen.

»Ich will mir doch den Mund nicht verbrennen«, sagt Mendy. Aber der Goldene Drache versperrt ihr den Weg. »So heiß ist es doch gar nicht«, sagt er fast väterlich.

»Zwei eckige Teller!«, ruft Boss Guan. Tubai bringt ihm die gewünschten Teller, und Oswald läuft mit dem Teller, den er gerade abgetrocknet hat, ebenfalls zu Mendys Vater. Dabei tritt er dem Goldenen Drachen versehentlich auf den Fuß. Der Mongole verzieht das Gesicht, und der Leckerbissen, den er Mendy in den Mund schieben wollte, fällt auf den Boden. Oswald entschuldigt sich eilig.

»Puh, euer deutscher Freund ist ein grüner Esel«, sagt der Goldene Drache, worauf alle lachen. Oswald vermutet eine Beleidigung und fragt, was der Mongole gesagt habe. Aber niemand gibt ihm eine Antwort. Auch Mendy nicht. Sie kichert und will die Gelegenheit nutzen, um zu verschwinden. Aber der Goldene Drache hält sie am Arm fest.

»Nein, nein. Du musst euren neuen Koch schon prüfen. Ich bestehe drauf«, sagt er und hält ihr einen neuen Krebs hin.

»Ich mag eigentlich keine Shrimps«, lügt die Kellnerin und presst wie ein trotziges Kind ihre Lippen zusammen. Das Gesicht des Mongolen kommt ihr wie ein tiefer See vor. Ein gefährlicher See. Dort möchte sie nicht hineingeraten.

Aber ihre Abwehr reizt Boss Hong nur noch mehr. Er möchte sehen, wie die roten Lippen sich öffnen. »Schaukelprinzessin, mach den Mund auf«, flötet er und rückt mit dem Shrimp immer näher. Schon berührt er damit ihre Lippen. Sie kann nicht mehr ausweichen.

»Mendy, jetzt sag Onkel Hong, was er wissen möchte, damit wir weitermachen können«, ruft ihr Vater, dem das Theater auf die Nerven geht.

Mendy reißt plötzlich den Mund auf und schnappt nach dem Köder. »Lecker, wahnsinnig lecker. Das Werk eines Dreisternekochs«, sagt sie mit eiserner Miene. »Ich würde sagen, Sie gehören ins *Hotel Adlon*, nicht in unser bescheidenes Restaurant, Onkel Hong.«

Boss Guan und der Goldene Drache brechen in Gelächter aus. Oswald wirft den beiden einen wütenden

Blick zu. Irgendwie kommen ihm diese Männer pervers vor. Seine Miene ist Boss Guan nicht entgangen. »Junger Mann, danke für deine Hilfe. Setz dich jetzt bitte ins Restaurant und lass es dir gut gehen«, sagt er in einem Ton, der keinen Widerspruch duldet.

Der Goldene Drache garniert seine Shrimps auf den Erbsen, und sie sehen tatsächlich aus wie eine Blume. »Boss Guan«, sagt er feierlich, »unsere Geschäfte werden blühen wie diese Pfingstrose, die ich in deiner Küche gezaubert habe.«

»Oh ja. Oh ja«, sagt Boss Guan vage und verzieht den Mund zu einem schiefen Lächeln. Der Goldene Drache hat dreimal mehr Shrimps für sein Gericht verbraucht als jeder andere Koch. Er muss ihn schnell loswerden, sonst fährt er heute noch einen Verlust ein. »Aber als Koch muss ich dich leider entlassen. Du gehörst wirklich ins *Adlon*. Lass uns an einem ruhigen Tag weiterreden, okay?« Er nimmt Hong Litong den Bratenwender aus der Hand und schiebt ihn in Richtung Hintertür. Als er sieht, dass Mendy gerade mit den frischen Gerichten die Küche verlassen will, läuft er hinter ihr her und flüstert ihr etwas ins Ohr. Dann eilt er zurück und verabschiedet den Goldenen Drachen endgültig.

Vorn im Gastraum bringt Mendy unterdessen Oswald das Blumengericht. »Ein Geschenk meines Vaters, als Dankeschön für deine Hilfe«, flüstert sie ihm zu, als sie ihm die Shrimps vor die Nase setzt.

»Das Gericht von der geilen Mettwurst? Nein!«, sagt Oswald und schiebt den Teller weg. Es kränkt ihn, wie er aus der Küche geschickt worden ist. Er will sein Bier austrinken und dann hungrig nach Hause gehen.

»Du kannst mich gern beleidigen, aber doch nicht deinen Bauch«, lächelt Mendy. Als sie merkt, dass ihre Worte auf eine Wand stoßen, versucht sie es anders. »Du wolltest mich doch zur Probe deiner Band einladen, nicht wahr? Also, die Einladung nehme ich nur an, wenn du die Shrimps hier verputzt.«

Oswald schüttelt den Kopf, zieht aber gehorsam den Teller zu sich heran und fängt an zu essen. »Ihr Chinesen scheint wirklich alles miteinander verknoten zu wollen.«

Kapitel 4

Der abgebrochene Kuss

Als Oswald sie zwei Tage später durch seine Wohnung in der Schlegelstraße führt, werden Mendys Augen immer größer. »Du lebst ja fürstlich«, sagt sie. »Eine Dreizimmerwohnung ganz für dich allein. Fühlst du dich nicht manchmal ein bisschen verloren in diesem Palast?« Sie denkt an ihre schlichte Einzimmerwohnung und beschließt, Oswald nicht so schnell zu sich einzuladen.

»Wie du siehst: ein Schlafzimmer, ein Arbeitszimmer, das auch als Wohnzimmer dient, und ein Musikzimmer. Alle werden gebraucht«, erklärt Oswald.

»Kannst du dir das denn leisten?« Sie fährt mit der Hand über das Klavier und den stilvollen Schrank, die eher zu einem gut verdienenden Künstler oder Anwalt passen als zu einem Studenten.

»Na ja, ich habe noch einen Teilzeitjob in einer Anwaltskanzlei«, sagt Oswald. »Aber mit unserer Band verdienen wir auch nicht schlecht. Deswegen wollen wir dich ja als Sängerin haben.« Er klatscht in die Hände und lächelt. »Warte, ich hol was zu trinken. Mangosaft für dich?«

Mendy nickt etwas überrascht, Oswald verschwindet in der Küche, und Mendy bleibt mit Marcel Diekhoff allein zurück, der gerade in aller Ruhe sein Saxofon auspackt.

»Eine schöne Wohnung«, sagt Mendy. Sie ist eigentlich nicht schüchtern und weiß, wie ungezwungen sich deutsche Studenten benehmen, aber jetzt ist sie doch ein bisschen verlegen.

Marcel, ein Germanistikstudent mit lockigem Haar, ist ebenfalls zurückhaltend. »Na ja«, sagt er. »Oswald übertreibt gern ein bisschen. Seine Eltern sind ziemlich wohlhabend, die haben eine Firma in Hamburg, und ich könnte mir denken, dass ihm sein Vater die Wohnung gekauft hat. Ist ja auch eine gute Geldanlage.«

»Aha, von den Eltern«, sagt Mendy und setzt sich auf den härtesten Stuhl, den sie finden kann.

In diesem Augenblick kommt Oswald aus der Küche zurück. Die letzten Worte von Marcel hat er wohl noch gehört, denn er droht seinem Freund, ihm das Küchentuch in den Hals zu stopfen, das er sich über den Arm gelegt hat wie ein richtiger Kellner. »Wenn du Mendy mit deinen Sprüchen vertreibst, werd ich zum Tiger!«, sagt er.

Stattdessen serviert er jetzt erst einmal Mendy den Mangosaft, den er auf ein Tablett gestellt hat. »Gnädiges Fräulein, hören Sie nicht auf diesen blonden Strolch. Er ist ein hervorragender Musiker, aber das Management ist meine Sache.« Er gießt den Saft aus der Büchse in ein edles Kristallglas.

»Schon gut, schon gut«, grinst Marcel. »Ich weiß schon, was du willst …«

Mendy weiß nicht recht, was sie von alledem halten soll. Mit seinem lockigen Haar wirkt Marcel fast wie ein Engel, aber sein Gesicht ist mit so viel Unzufriedenheit vermint, dass man sich fragt, wie darunter sein Talent aufkeimen soll. Mendy wendet sich von ihm ab und seufzt innerlich.

Aber jetzt beginnt Oswald auf der Gitarre zu klimpern. Einen Moment später setzt Marcel mit seinem Saxofon ein. Nachdem sie drei Melodien vorgespielt haben, lächelt Mendy sie an. Es ist nicht zu überhören, dass Oswald sein Instrument gut beherrscht. Und Marcel? Bei seiner Musik spürt sie zwar keine Leidenschaft, aber immerhin spielt er sauber. Vielleicht hat er ja doch ein gewisses Talent.

Dann ist Mendy an der Reihe, ihr Können zu zeigen. Sie weiß zwar noch nicht so recht, was sie von den beiden Männern und ihrer Band halten soll, aber jedenfalls will sie nicht hinter ihnen zurückstehen. Dazu ist sie zu ehrgeizig. Sie nimmt seit Jahren Gesangsunterricht, erst in China und auch jetzt noch gelegentlich in Berlin. Dass sie als Erstes ein Lied von Marlene Dietrich singt, verblüfft die Männer.

»*Wenn ich mir was wünschen dürfte, möchte ich etwas glücklich sein*«, singt sie – ein trauriges Lied. Aber wie sie da ganz gerade mitten im Zimmer steht und ohne jede Begleitung mit klarer Stimme ein deutsches Lied singt, das schlägt ihre Zuhörer sofort in Bann. Um ihre Rührung zu überspielen, klatschen beide Männer Beifall und lachen.

Mendy verbeugt sich. »Und jetzt müsst ihr mir helfen«, sagt sie. »Ich brauche ein bisschen Begleitung. Kennt ihr *Smile*?«

»Na klar«, sagt Oswald, und Marcel setzt sich gleich

ans Klavier. Er scheint wirklich ein Alleskönner zu sein.

Das »Lächeln« klappt ziemlich gut, und alle drei haben so viel Spaß, dass sie gleich noch *Summertime* und den *St. Louis Blues* dranhängen. Zum Abschluss singt Mendy dann noch ein chinesisches Lied. Marcel hört bloß zu, aber Oswald improvisiert nach der ersten Strophe gleich eine Begleitung auf der Gitarre. Es hört sich ziemlich exotisch an.

»Hey, jetzt können wir deutsche, englische und chinesische Lieder spielen«, ruft Oswald und streichelt aufgeregt das eigene Knie. »Wir sind absolut einmalig!«

Marcel wackelt mit dem Kopf, verdreht die Augen und fragt: »Sind wir dann eine deutsche oder eine chinesische Band? Mit Florian ...«

Aber Oswald lässt keinen Widerspruch zu. »Wieso reden wir noch über Florian? Er hat uns sitzen lassen. Wir müssen jetzt ein neues Kapitel aufschlagen.« Dann lacht er. »Den Namen brauchen wir auch nicht zu ändern: Ab sofort sind wir beide das Fenster, und Mendy ist unser Salat!«

Fenster? Salat? Mendy muss ebenfalls lachen. Dann hält sie die Hand vor den Mund. »Ich werde bald Bankangestellte. Ich weiß nicht, ob sich das mit meiner Rolle als euer Salatkopf verträgt. Und Zeit hab ich natürlich auch nicht sehr viel.«

»Was für einen Beruf man hat, ist doch egal«, widerspricht Oswald eifrig und unterstreicht seine Worte mit einem Gitarrenakkord. »Wenn ich mit dem Studium fertig bin, werde ich wahrscheinlich Rechtsanwalt. Aber vor allem bleibe ich Musiker. Wie ein Vogel: Mal sitzt er am Boden, mal schwingt er sich in die Luft, um zu singen.«

»Oder wie ein Frosch«, grinst Marcel. »Mal sitzt er am Ufer und quakt, mal springt er ins Wasser.«

Oswald hebt die Gitarre, als wollte er sie seinem Freund auf den Kopf schlagen. »Na, wer hier wohl der Frosch ist«, sagt er.

»In jedem Fall braucht ihr keinen Salatkopf«, sagt Mendy, »sondern Fliegen und Mücken!«

»Hast du Hunger?«, fragt Oswald, springt auf und rennt auch schon in die Küche.

Wieder ist Mendy mit Marcel allein. Dem jungen Mann ist es jetzt peinlich, dass er zuerst so ablehnend war, als Oswald ihn drängte, die junge Frau als Bandmitglied zu akzeptieren, und er bemüht sich, den Fehler wiedergutzumachen. »Oswald hat schon viele Songs geschrieben«, sagt er. »Die Leute mögen uns. Ich bin mir sicher, dass wir bald eine Anfrage von einer Plattenfirma kriegen. Also überleg es dir gut. Oswald macht nicht jedem ein Angebot, der ein paar Lieder zwitschern kann. Wenn du wirklich …«

»Ich singe leidenschaftlich gern und probiere alle Stilrichtungen aus, aber ich hab keinen eigenen Stil. Ich weiß nicht, ob ich für euch die Richtige bin«, sagt Mendy.

Marcel macht ein enttäuschtes Gesicht. Doch ehe er etwas erwidern kann, klingelt sein Handy. Er wirft einen Blick aufs Display, zuckt mit den Achseln und nimmt das Gespräch an. »Ja?«, sagt er.

Es ist offenbar seine Freundin. Mendy hört die Frauenstimme durchs halbe Zimmer, und die Art und

Weise, wie Marcel darauf reagiert, lässt keinen anderen Schluss zu: eine Mischung aus Entschuldigungen und Beschwörungen, wie man sie öfter hört, wenn es in einer Beziehung Probleme gibt. Mendy überlegt schon, ob sie das Zimmer verlassen soll, da steht Marcel auf und geht von sich aus ins Wohnzimmer.

Mendy sieht sich in dem halbdunklen Zimmer um. Die Wohnung gefällt ihr. Eine ganze Wand ist mit Büchern, Noten, CDs und Platten gefüllt. Mendy stellt sich davor, legt den Kopf schräg und versucht, die Titel der Alben und die Namen der Interpreten zu lesen.

»Ich weiß schon, wie wir es machen«, ruft Oswald. »Marcel und ich ziehen schwarze Klamotten an. Wir symbolisieren die schwarze Erde. Und du ziehst dein rotes Seidenkleid an, Mendy. Du bist die Kraft des Lebens, die aus der Erde kommt. Du singst und tanzt vor uns auf der Bühne wie eine Flamme!«

Mendy schneidet Grimassen. Sie weiß nicht recht, was sie sagen soll. Er scheint so fest daran zu glauben, dass sie Mitglied in seiner Band wird.

»Du hast viele Platten und CDs«, sagt sie schließlich.

Oswald freut sich über das Kompliment. Er stellt das Tablett mit Mettwurstbrötchen, Bierflaschen und einer weiteren Büchse Mangosaft auf den Tisch und geht zu Mendy hinüber. Eifrig zieht er CDs und Platten heraus und zeigt ihr die Cover.

Dabei kommt es zu einer ungeschickten Berührung: Oswald hält ihr eine alte Rolling-Stones-Platte hin, Mendy will danach greifen – und hat plötzlich für einen Sekundenbruchteil Oswalds Daumen in der Hand. Hastig zuckt sie zurück, und beide erröten. Dann lässt Oswald die Platte fallen und küsst sie.

Erschrocken zieht Mendy den Kopf zurück. »Was tust du?«

»Ich glaube, ich habe mich zum Salat gerufen gefühlt«, sagt Oswald und lächelt.

»Du meinst, ich bin dein Insektensalat?« Mendy macht einen Schritt rückwärts und zwingt sich zu einem Lächeln.

»Vielleicht. Vielleicht bin ich auch *dein* Salat. Willst du nicht mal an mir schnuppern?«, fragt er und rückt ihr schon wieder näher.

»Bist du eigentlich nie ernst?«, fragt Mendy und will schon die Flucht ergreifen, da spürt sie erneut seine Lippen auf ihrem Mund. Sie wirft den Kopf nach hinten, um ihm zu entkommen. Aber er hat sie längst in den Arm genommen, und als er sie an sich zieht, lässt sie es geschehen und gibt sich seinem Kuss hin.

Das dritte Bandmitglied haben sie völlig vergessen. Aber jetzt rauscht plötzlich die Toilettenspülung, und auf dem Korridor sind Schritte zu hören. Mendy zuckt zusammen und schiebt Oswald von sich. Als Marcel das Zimmer betritt, ist sie schon zwei Schritte weggehuscht. Nur dass sie übermäßig an ihren Haaren zupft, verrät ihre Unruhe. Aber Marcel scheint nichts zu bemerken.

Sie essen und trinken, dann spielen die beiden Männer ihr neue Lieder vor. Mendy hört zu. Die Lieder gefallen ihr, und sie versucht sich vorzustellen, wie es wäre, öfter mit den Männern zusammen zu sein. Ein, zwei Mal fragt sie auch nach den Texten der Lieder und versucht, sie zu singen. Aber nach der Umarmung ist sie nicht mehr dieselbe. Sie kann sich nicht konzentrieren. Sie ist weit weg mit ihren Gedanken. Dann und wann wirft sie einen verstohlenen Blick auf Oswald, als wolle sie sich vergewissern, dass er noch da ist. Als der Abschied sich nähert, schlägt Oswald ihr vor, sie nach Hause zu begleiten. Aber das will Mendy nicht. Das Tempo, mit dem er in ihr Herz einmarschieren will, macht Mendy Angst. Mit einer Ausrede verlässt sie hastig die Wohnung und lässt den Mann mit seinen romantischen Wünschen allein zurück.

Hong Litong, der bislang in einem diskreten Hotel in der Nähe des Kurfürstendamms gewohnt hat, wünscht sich jetzt eine Eigentumswohnung. Der Feng-Shui-Tradition nach ist ein Haus wertvoll, wenn es sich hinten an einen Berg lehnen kann und vorn auf einen See blickt. Aber bei einer flachen Stadt wie Berlin bleibt dem Goldenen Drachen nichts anderes übrig, als auf den Berg von vornherein zu verzichten. Umso mehr will er eine Wohnung am Wasser haben. Am besten gefällt es ihm an der Spree, gegenüber vom Tiergarten. »Es kann ja nicht schaden, in der Nähe des Kaisers zu wohnen«, sagt er zu Boss Guan. »Ich habe auch schon etwas gefunden. Aber ich traue dem Makler nicht. Er redet so viel, und ich weiß nicht, was das alles bedeutet. Kannst du mir nicht helfen?«

Boss Guan versucht erst einmal auszuweichen, aber als er hört, dass der Goldene Drache eine Penthousewohnung mit sieben Zimmern und Blick auf die Spree kaufen will, ist er beeindruckt. Eine solche Wohnung kostet sicher weit mehr als eine Million. Ungefähr doppelt so viel wie das ganze Haus in Neukölln mit zwanzig Wohnungen, das er selbst vor Jahren ersteigert hat. Der Goldene Drache ist offenbar wirklich ein schwerreicher Mann und von einem anderen Kaliber als er, der Restaurantbesitzer – so einen Mann sollte man lieber nicht kränken.

»Wozu brauchst du solch eine große Wohnung, Bruder Hong? Zieht deine Familie dir hinterher?«, fragt er den Goldenen Drachen, als der mit einem eleganten Aktenkoffer bei ihm erscheint.

»Schon möglich.« Mehr sagt der Goldene Drache nicht.

»Wo ist deine Familie denn jetzt?«

»Sie lebt an einem sicheren Ort«, sagt der Goldene Drache knapp. Und fügt dann etwas freundlicher hinzu: »Weißt du, ich bin an große Wohnungen gewöhnt. Ich brauche einfach mehr Luft zum Atmen – besonders nachts.« Vielsagend zwinkert er mit den Augen.

Jetzt ist Boss Guan noch mehr auf der Hut. Hat der Goldene Drache zuerst seine Familie und seinen Reichtum ins Ausland gebracht und ist dann selbst ganz ohne Gepäck aus China geflüchtet? Solche »nackten Beamten« gibt es neuerdings reichlich. Korrupt, gierig und hinterhältig. Ich muss vorsichtig sein und stets diplomatisch bleiben, ermahnt sich Boss Guan. »Gut«, sagt er. »Ich helfe dir. Schon wegen deiner Familie.« Und dabei zwinkert er genauso wie vorher der Goldene Drache.

Der andere freut sich über die Zusage. Er dreht am Zahlenschloss seines Aktenkoffers und zieht den Kaufvertrag für die Wohnung heraus. »Ich sehe, du bist ein echter Freund«, sagt er.

Boss Guan, der einige Erfahrung mit Berliner Immobilien hat, sieht sofort, dass der Vertrag Hand und Fuß hat. Das Maklerbüro ist eines der bekanntesten in der Stadt, und den Notar kennt Boss Guan schon seit vielen Jahren. Er hat fast alle seine Verträge von ihm beglaubigen lassen. Nur der Kaufpreis ist erstaunlich niedrig. Nicht mal sechshunderttausend.

»Das scheint alles in Ordnung zu sein«, sagt er vorsichtig. »Das kannst du ruhig unterschreiben.«

»Das freut mich«, sagt Hong Litong, aber man spürt, dass er gar nichts anderes erwartet hat. »Trotzdem wäre es mir lieb, wenn du mit zum Notar kommst. Ich verstehe nun mal kein Deutsch. Der Termin ist morgen um zehn.«

Am nächsten Tag, beim Notar, geht auch alles glatt. Nur als der Goldene Drache seinen Pass vorlegt, gibt es eine kleine Verzögerung. Das Dokument ist schon neun Jahre alt und stammt aus Hongkong. »Sie sind britischer Staatsbürger?«, fragt der Notar.

Hong Litong nickt. Er scheint die Frage schon öfter gehört zu haben.

»Haben Sie einen Wohnsitz in Deutschland?«

Diesmal muss Boss Guan übersetzen, und der Goldene Drache denkt einen Augenblick nach. »Sag ihm, ich wohne bei dir«, sagt er schließlich.

»Aber ...« Boss Guan möchte widersprechen. Doch nach kurzer Überlegung sagt er: »Ich kenne Herrn Hong schon seit vielen Jahren. Er wohnt jetzt bei mir.«

Der Notar nickt und lächelt. »Wir kennen uns ja

auch schon seit vielen Jahren, Herr Guan. Also sehe ich da gar kein Problem. Man kann ohne Weiteres sagen, dass Herr Hong mir persönlich bekannt ist.«

Als Hong Litong und der Verkäufer – ein breitgesichtiger Bauunternehmer – den Vertrag unterschrieben haben, legt der Goldene Drache plötzlich sein Aktenköfferchen auf den Tisch, nimmt fünfundneunzigtausend Euro heraus und gibt sie dem Makler.

Dann schiebt er den Koffer dem Bauunternehmer hin. »Der Rest ist für Sie«, sagt er auf Chinesisch.

Boss Guan ist entsetzt. Der Goldene Drache hat ihn mit diesem Geldkoffer bis auf die Knochen blamiert. Er wird sich hier nie wieder sehen lassen können. Und in dem Koffer sind bestimmt mehr als sechshunderttausend. Wahrscheinlich mehr als das Doppelte.

Aber die Deutschen scheinen sich nicht im Geringsten zu wundern. Der Makler steckt seine Provision ein, der Bauunternehmer fängt mit klobigen Fingern an zu zählen, und der Notar sagt bloß: »Ich schicke Ihnen dann die Rechnung für meine Gebühren.« So als wäre das Verhalten des Goldenen Drachen völlig normal. Die Deutschen trauen uns alles zu, denkt Boss Guan. Oder ist das Ganze ein abgekartetes Spiel? Vielleicht war es ja gar kein Zufall, dass ihm der Goldene Drache auf der Party der Handelskammer begegnet ist?

Als sie wieder auf der Straße stehen, hat der Goldene Drache erst einmal Hunger. »Komm, wir gehen ins *Borchardt*«, sagt er. »Ist mir empfohlen worden. Wollen doch mal sehen, ob die Deutschen auch kochen können.«

Eigentlich mag Boss Guan das Essen in Deutschland

nicht sehr. Zu viel Fett, zu viel Sahne, zu wenig Gemüse, und außerdem dauert es ewig, bis mal was auf dem Tisch steht. Am ehesten schmeckt es ihm beim Italiener, die haben wenigstens Nudeln. Aber er möchte dem Goldenen Drachen nicht die Freude verderben. Und er muss zugeben, im *Borchardt* schmeckt es nicht schlecht. Das Essen wärmt ihm den Bauch, und er hat das Gefühl, er müsse seinem neuen Bruder einen wichtigen Tipp geben.

»Also, das mit dem Koffer voll Geld«, sagt er, »das war schon ein dickes Ding. Ich hab gedacht, dem Notar fällt die Brille herunter, so hat der geglotzt.«

Zu seiner Überraschung ist der Mongole kein bisschen beleidigt, sondern nickt voller Einsicht. »Du hast recht, mein Freund«, sagt er. »Morgen gehen wir zu deiner Hausbank. Ich muss hier ein Konto eröffnen. Schließlich bin ich ja jetzt ein Berliner!«

Boss Guan sieht neues Ungemach auf sich zukommen. »Aber meine Bank ist nichts für dich«, sagt er. »Der Leiter meiner Filiale hat eine Glatze, er kann kaum Englisch, und die Haare wachsen ihm aus der Nase.«

Jetzt muss der Goldene Drache laut lachen. »Lass mich nur machen«, sagt er. »Das ist genau die richtige Bank für einen braven Bürger wie mich. Der hat eine Höllenangst, dass seine Filiale bald zugemacht wird, und freut sich über Kunden, die flüssig sind. Du musst ihm nur sagen, dass du mein Freund bist, dann findet er schon einen Weg.«

»Aber ...«

»Kein Aber«, sagt Hong Litong. »Du musst dich entspannen, mein Freund.«

Tatsächlich kennt er gleich um die Ecke einen Massagesalon, und da gehen die beiden jetzt hin. Sie werden von zwitschernden Thailänderinnen begrüßt, deren Gesichter allerdings dick geschminkt sind. Eine der jungen Frauen greift nach der Hand von Boss Guan und will ihn in ihre Kabine führen. »Geh nur!«, zwinkert der Goldene Drache ihm zu.

Auch nach der Massage wollen die beiden Männer sich noch nicht trennen. Der Goldene Drache bringt seinen Bruder mit einem Taxi zur *Strahlenden Perle*, und um den Tag wenigstens einigermaßen wieder unter Kontrolle zu bringen, lädt Boss Guan seinen neuen Freund ein, mit ins Sonnenzimmer zu kommen. Er lässt ein paar delikate Häppchen und Rotwein aus dem Restaurant bringen, aber das genügt Hong Litong nicht. Er will das brennende Gefühl in der Kehle erleben und schreit nach Maotai. Boss Guan holt den Schnaps und die Gläser aus dem Vitrinenschrank, und bald darauf sind beide so herzlich miteinander, als wären sie Kameraden im Schützengraben gewesen. Sie sind beide einundfünfzig und im selben Jahr geboren, aber Boss Hong ist vier Monate älter, deshalb nennt er den Restaurantbesitzer jetzt »kleiner Bruder«.

Nachdem sie gemeinsam eine ganze Flasche des farblosen Feuerwassers geleert haben, werden sie nicht nur zu Brüdern, sondern auch zu Geschäftspartnern. Boss Guan hat eine große Kleiderbestellung für eine deutsche Warenhauskette vorfinanziert, und der Abnehmer war von der ersten Lieferung aus Wuhan so begeistert, dass er gleich noch einmal nachbestellt hat. Ursprünglich wollte Boss Guan das Geschäft allein machen, aber jetzt muss er noch einmal eine Menge Geld investieren, denn die Textilfabrik liefert nur gegen Vorkasse. Er hat zwar noch Geld auf seinem Konto, aber das hat er für eine andere Investition vorgesehen. Er hat das Problem kaum erwähnt, da bietet ihm der Goldene Drache schon eine Beteiligung an dem Geschäft an. Er wird hundert Prozent der zweiten Lieferung finanzieren, ist aber gern bereit, sich mit zwanzig Prozent des Gewinns zufriedenzugeben. »Schließlich war es ja deine Idee, kleiner Bruder Guan«, sagt er.

Als die beiden Männer das Geschäft per Handschlag besiegeln, zeigt Boss Guan wie immer ein unbewegtes Gesicht, als wäre er tatsächlich ein stumpfer Bär. Doch innerlich jubelt er: Was für ein schöner Tag! Wenn das so weitergeht, könnte der Goldene Drache sein Glücksstern werden.

Beim nächsten Glas bedankt sich der Goldene Drache noch einmal »von ganzem Herzen«, dass sein »kleiner Bruder Guan« heute »so hervorragend« für ihn übersetzt hat. »Ich wünschte, ich könnte auch so gut Deutsch wie du«, sagt er. »Ich brauche unbedingt einen Sprachlehrer. Oder, vielleicht besser noch: eine Sprachlehrerin. Kannst du mir jemand empfehlen?«

Boss Guan sagt, er werde sich umhören. Dann will er zu einem anderen Thema überwechseln. Aber der Goldene Drache fragt nach: »Wie wäre es mit deiner Tochter? Ihr Deutsch hat einen sehr schönen Klang.«

»Mendy?« Der Restaurantbesitzer winkt ab. »Sie besitzt nicht die Geduld, um einem Schüler was beizubringen. Sie ist das reinste Quecksilber. Nein nein, sie taugt nicht zur Lehrerin. Außerdem will sie bei einer

Bank arbeiten und Managerin werden. Die Kinder von heute sind ja so anspruchsvoll. Erst wenn sie mal richtig auf die Nase gefallen sind, werden sie etwas bescheidener.«

Nachdenklich legt der Goldene Drache die Stirn in Falten. »So, so, sie will Karriere machen. Aber abends hätte sie doch ein wenig Zeit für mich, oder?«

»Vergiss sie, Bruder Hong«, sagt Boss Guan und seufzt unwillkürlich. »Ich sage dir, sie hat nicht mal Zeit für mich und das Restaurant, woher soll sie dann noch die Zeit für dich nehmen?« Er leert sein Glas, als müsse er seinen Kummer im Schnaps ertränken. Während er noch den Kopf schüttelt, hat er eine Idee. »Ich hab's. Chen Peipei, die auch in meinem Restaurant kellnert, wäre eine passende Lehrerin für dich. Soweit ich weiß, gibt sie schon jetzt Sprachunterricht, um ihren Lebensunterhalt zu verdienen.« Dass sie Chinesisch unterrichtet, erwähnt er nicht.

»Dieses geschminkte Mädchen mit den wippenden Haaren? Sie hat kaum den Mund aufgemacht, als sie mich zu dir führte. Was lehrt sie einen denn? Stumm zu sein wie ein Fisch?« Der Goldene Drache lacht dröhnend. Er hat längst den Maßstab für seine Stimme verloren.

»Ich glaube, wir müssen nach Hause gehen«, sagt Guan mit plötzlicher Einsicht. »Sonst liegen wir hier bald unter dem Tisch.« Er telefoniert nach einem Taxi. Dann begleitet er den Gast mit unsicheren Schritten zur Tür. Sie klopfen sich gegenseitig auf die Schulter und gehen auseinander.

Während des Studiums hat sich Mendy meist ungezwungen gekleidet. Pullover mit schrägem Ausschnitt, T-Shirts mit tiefen Windsäcken unter den Armen, blaue Strumpfhosen unter dem Jeansrock … Nichts Teures, aber jung, wie sie ist, steht ihr einfach alles. Und der lange schwarze Zopf sorgt dafür, dass sie immer ein bisschen romantisch aussieht.

Nun steht ihr das Berufsleben bevor. Und ihr ist klar, dass sie sich neue Kleidung anschaffen muss. Sie bittet ihre Freundin Ru Yulin um Rat, die seit einem halben Jahr in der Charité arbeitet und bald heiraten will.

Es ist ein kalter Februartag, als die beiden jungen Frauen Arm in Arm den Tauentzien hinunterschlendern. Yulin hat langes glattes Haar, und ihr Gesicht strahlt etwas Mütterliches aus. Weil sie größer ist als Mendy und ausladende Hüften besitzt, könnte man den Eindruck gewinnen, hier ginge eine Birne mit einem Pfirsich spazieren. Doch was die anderen Passanten über sie denken, kümmert sie wenig. Da sie sich lange nicht gesehen haben, entscheiden sie sich erst einmal für einen Besuch im *Le Buffet* des KaDeWe. Kaum haben sie sich hingesetzt, die eine mit einer Tasse Milchkaffee, die andere mit einem Orangensaft, beginnt Yulin sich über die künftige Schwiegermutter zu beschweren.

»Antons Mutter hat uns einen riesigen Berg Bettwäsche geschenkt. Ich war ganz schockiert, als ich den Stapel sah. Ich dachte, sie will uns verfluchen, weil sie nicht glücklich ist mit der Partnerwahl ihres Sohnes. Kannst du dir das vorstellen? Alle Laken sind silbern, weiß oder metallgrau. Man beginnt richtig zu frieren, wenn man die sieht. Wir haben noch nicht mal geheiratet, da liegen unsere Leichentücher schon bei uns im Schrank.« Yulins Brust hebt und senkt sich vor Aufregung. Es ist nicht zu übersehen, dass sie noch ein bisschen temperamentvoller ist als die Jüngere.

Der Vorfall scheint Mendy zu amüsieren. Sie schnalzt mit der Zunge. »Ich heirate nicht. Daher ist mir die Farbe der Bettwäsche ziemlich egal. Schade, dass dein Bettzeug für ein Doppelbett bestimmt ist. Sonst hättest du es mir schenken können.«

Aber Yulin schimpft immer weiter. »Dann hat sie ihm weiße Chrysanthemen geschenkt! Zum Geburtstag! So was schenkt man doch keinem Lebenden. Anton und ich sehen im Krankenhaus ohnehin genug Weiß. Aber der brave Sohn war wie immer vernünftig und meinte, sie habe wohl an Reinheit gedacht und die Chrysanthemen seien sehr stilvoll. Ich frage mich bloß, welche Reinheit sie meint. Soll ich ihren kostbaren Sohn womöglich nicht anfassen? Das könnte seiner Mutter so passen.« Die Medizinerin rudert mit den Armen, als wolle sie Fliegen verscheuchen.

»Große Schwester, warum hast du dich auf Onkologie spezialisiert? Du hättest zum Theater gehen sollen. Wenn du mir eine Freude machen willst, kannst du mir die Chrysanthemen schenken. Ich könnte eine Topfblume gut gebrauchen.«

»Zu spät. Sobald Antons Mutter abgereist war, hab ich den Topf auf die Straße gestellt, und kurz darauf war er weg. Da hat mich Anton ziemlich angebellt.« Yulin zwingt sich zu einem Lächeln. »Ich glaube, er ist ein richtiges Muttersöhnchen.« Sie stößt einen Seufzer aus. »Aber das eigentliche Problem ist die Söhnchenmutter. Sie will ihn nicht loslassen.«

»Du musst ihn ja nicht heiraten. Ohne Ehemann hast du auch kein Problem mit der Ehe«, sagt Mendy trocken.

Yulin holt aus, als wollte sie ihrer Freundin einen Klaps auf die Wange geben. »Du hast mein Alter noch nicht erreicht«, sagt die fünf Jahre Ältere. »Wenn du mir jetzt schwörst, dass du lebenslänglich auf Ehe und Familie verzichtest, werde ich darüber nachdenken, was du gesagt hast.«

Mendy kichert, presst aber schnell ihre Hand auf den Mund, hält die Luft an und verweigert die Aussage. Yulin sieht zu, wie das Gesicht der Freundin langsam rot anläuft, dann lächelt sie triumphierend. »Ha, ich wusste doch, wie deine Eingeweide gerollt sind!«

Auch wenn keine Probleme gelöst werden, heitert das offene und herzliche Gespräch die beiden Freundinnen zunehmend auf. Es dauert nicht lange, bis Yulin ihren Ärger vergisst und sich in eine fröhliche Frau verwandelt. Dann machen sich die beiden ans Einkaufen. Ihr Ziel ist die Abteilung Damenoberbekleidung: Kostüme und Hosenanzüge. Dabei fällt Yulin auf, dass sie von Mendy noch gar nichts erfahren hat. Ein wenig ungewöhnlich ist das schon. Denn normalerweise erzählen die Eisenschwestern spontan drauflos, wenn sie zusammen sind. Vom Studium, vom Job, von der Liebe. Von allem, was sie bewegt und beschäftigt.

»Sag mal, bist du in jemand verknallt?«, fragt Yulin plötzlich, während Mendys Hände flink zwischen den Kleiderstangen herumwandern.

Mendy errötet und meint, die große Schwester habe sie wieder mal heimlich geröntgt. Nein, sie sei nicht verliebt, jedenfalls noch nicht, aber sie habe das Gefühl, dass sich jemand in sie verliebt haben könnte, und das bringe sie ganz durcheinander.

»Schau an«, sagt Yulin. »Und wer ist es?«

»Ach, so ein Student«, sagt Mendy und erzählt von ihrer Begegnung mit Oswald.

»Und weshalb bist du durcheinander?«, will Yulin wissen.

»Na ja, er hat mich geküsst, und ich hab es auch zugelassen. Aber Oswald kommt aus einer wohlhabenden Familie. Man kann fast sagen, er führt ein fürstliches Leben – er hat eine große Wohnung, ein Auto und eine riesige Bücher- und CD-Sammlung. Ich komme mir bei ihm wie Aschenputtel vor.«

»So ein bisschen Goldglanz hat dich schon eingeschüchtert?«, sagt Yulin und gibt der Freundin einen Knuff. »Du darfst nicht vergessen, was du alles hast: deine Jugend und deine Willensstärke und das Potenzial, aus eigener Kraft reich zu werden. Du kannst dich ruhig in ihn verlieben.«

»Ich weiß nicht. Er hat einen völlig anderen Charakter. Er hat es zum Beispiel gar nicht eilig, mit dem Studium fertig zu werden. Er ist ein begabter Mann, aber die Leichtigkeit seines Lebens macht ihn zum Müßiggänger.« Mendys Stimme klingt sachlich, als wäre sie bei einer Seminarbesprechung. »Ich glaube, er ist nicht der Richtige für mich.« Bei der jetzigen Kälte braucht Mendy eigentlich keinen Regenmantel. Aber der Trenchcoat, den sie gerade entdeckt hat, lässt ihre Augen flackern. Sie hält ihn sich vor die Brust und stellt sich keck vor den Spiegel. Ihre Augen schicken Fragezeichen an Yulin.

»Damit kannst du als Agentin auftreten. Es fehlt nur noch ein breitkrempiger Hut, der deine Augen im Schatten hält«, sagt Yulin grinsend. »Wenn du meinst, Oswald ist noch ein grüner Apfel, dann streich ihn von der Liste der Heiratskandidaten. Aber was ist mit seinen anderen Fähigkeiten? Vielleicht ist er ein guter Liebhaber?«

»Hm, ich weiß nicht«, sagt Mendy und beißt sich auf die Unterlippe. »Er hat lockiges Haar und sieht gut aus. Und mit seiner Gitarre kann er schnell ein Frauenherz erobern. Aber ich glaube, dass er schon bei einigen Frauen haltgemacht hat. Ich weiß nicht, ob ich mich in seine Sammlung einreihen soll ...«

»Mendy, du stellst immer so hohe Ansprüche«, lächelt die Ältere mit leichtem Tadel. »Entweder alles oder nichts – dieses Motto ist einfach nicht zeitgemäß. Hast du schon vergessen, wie du deinen schottischen Kommilitonen mit deiner platonischen Liebe verwirrt und schließlich in die Verzweiflung getrieben hast? Was hast du davon, wenn der gute Mann vor unerfüllter Liebe das Weite sucht? Du musst Erfahrungen sammeln, sonst erfährst du nie, wer der Richtige ist.«

Beide Frauen haben einige Kleidungsstücke herausgesucht, die sie anprobieren wollen. Sie besetzen zwei nebeneinanderliegende Umkleidekabinen und führen ihr Gespräch ungeniert fort. Die anwesenden Berliner verstehen ihre Sprache ja sowieso nicht.

»Du meinst, ich soll was mit ihm anfangen?«, fragt

Mendy, während sie sich hinter dem zugezogenen Vorhang bis auf BH und Slip auszieht und ihren Körper im Spiegel betrachtet. Welche Stelle würde ein Mann wohl als Erstes berühren, wenn sie nackt vor ihm stünde? Die Lippen? Die Brust? Oder …? Hoffentlich die Lippen. Das wäre romantisch. Aber sicher kann man sich nie sein.

»Du sollst dich nicht ewig für deinen Einhornprinzen aufsparen«, erklärt Yulin gerade. Beim Ausziehen sind die Träger ihres BHs heruntergerutscht und geben eine ihrer Brüste dem Blick frei. Haben sich die dunklen Ringe um die Nippel erweitert? Kommt das vom regelmäßigen Sex? Yulin betastet ihre Brust. Ein plötzliches Verlangen überkommt sie und zwingt sie, die Augen zu schließen. Dann zwängt sie die Brust in das Körbchen zurück. »In manchen Lebensläufen taucht der ideale Einhornprinz nie auf«, sagt sie. »Was sollen die Frauen dann machen? Ich würde sagen, sie sollen sich wenigstens einen guten Liebhaber suchen.«

Mendy ist das Thema ein bisschen peinlich. »Gut, große Schwester. Ich werde darüber nachdenken«, murmelt sie abwehrend.

»Nein, nicht nur darüber nachdenken«, drängt die Ältere. »Du hast wie eine Marathonläuferin studiert und nicht nach links und rechts geschaut. Jetzt musst du mal einen Mann an dich ranlassen.«

Einen Mann? Mendy streift den BH ein bisschen herunter und betrachtet ihre kleinen Brüste mit prüfendem Blick. Was würde Oswald wohl damit machen? An ihnen riechen? Sie in den Mund nehmen? Oder sie gar mit einem Samenerguss vollspritzen? Brrr, eine schreckliche Vorstellung. Warum wird ihr nicht heiß, wenn sie an Oswald denkt? Sie seufzt und beginnt mit der Anprobe. »Sag mal, große Schwester, was macht Anton mit deinen Brüsten?«

»Mmh, alles Mögliche: streicheln, kneten, küssen, einfach nur festhalten, saugen ... Lauter Sachen, die mich ganz wild machen.« Es klingt, als wolle die große Schwester gleich losstöhnen. »Mendy, ich habe eine Idee. Lade Oswald doch zu unserem Frühlingsfest ein. Wenn ich ihn mal gesehen habe, kann ich dich besser beraten.«

»Hast du nicht gesagt, wir machen diesmal ein reines Frauenfest?«, fragt Mendy aus ihrer Kabine.

»Ach was. Meine Idee hat unserem Partyhäschen Peipei sowieso nicht gefallen. Sie hat schon angekündigt, dass sie ein paar Männer mitbringen will, um Stimmung zu machen.«

»Oooh ...«, macht Mendy und sagt nichts mehr. Dann dreht sie sich hin und her, um den eben angezogenen Rock zu betrachten. Mit BH, Rock und nacktem Bauch sieht sie richtig mondän aus. Wie ein Filmstar, findet sie. Wird Oswald sie wieder küssen wollen, wenn er sie in dieser Aufmachung sieht?

Jetzt hört sie Yulin lachen, und dann kommt die Freundin auch schon zu ihr in die Kabine gehüpft. Sie trägt ein weit schwingendes, grün-goldenes Kleid. »Schau mal, ist das nicht wunderschön? Aber meine Schwiegermutter erwartet bestimmt von mir, dass ich in Weiß heirate!« Sie lacht wie ein Springbrunnen.

»Du siehst blendend aus.« Mendy küsst Yulin ins Gesicht. Diese kichert vergnügt und küsst die Freundin zurück auf den warmen Busen. Auf diese Art und Weise setzen sie ihren Einkauf fort. Als sie den Tauentzien vier Stunden später mit mehreren gefüllten Einkaufstüten verlassen, sind sie erschöpft und zugleich hochzufrieden.

Von den drei Eisenschwestern hat Yulin die größte Wohnung: zwei Zimmer mit Küche und Bad, fast achtzig Quadratmeter. Daher ist es nicht verwunderlich, dass die Party bei ihr stattfindet, denn es werden um die dreißig Gäste erwartet. Die meisten sind Studenten, aber Yulin, die bei allen beliebt ist, hat auch Kollegen und ehemalige Dozenten eingeladen.

Auch Oswald ist gekommen. Zu Mendys Überraschung hat er nicht nur seinen Freund Marcel mitgebracht, sondern beide haben auch ihre Instrumente dabei. »Gibt es irgendwann Livemusik heute, ja?«, fragt Mendy hoffnungsvoll.

»Wir kommen gerade von einem Treffen mit alten Freunden. Deshalb die Instrumente«, erklärt Oswald und verstaut die Gitarre in der ruhigsten Ecke des Schlafzimmers. »Wir hatten eigentlich nicht vor zu spielen. Aber wenn du singen möchtest, können wir dich gern begleiten …« Während er spricht, holt er zwei in Geschenkpapier eingewickelte Neujahrsgeschenke aus seinem Rucksack und überreicht sie Mendy. »Danke«, sagt Mendy erfreut. Doch bevor sie das Geschenk aufmachen kann, klingelt es schon wieder an der Tür. Eine Minute später platzt Peipei mit einem Schwarm Männer herein und zieht alle Aufmerksamkeit auf sich.

Peipei zählt zwar auch zu den Gastgeberinnen, tut aber so, als wäre sie der Stargast. Mit roter Perücke und Lackrock sieht sie wie eine Aufreißerin aus. Als sie Oswald erblickt, mustert sie ihn von der Seite, dann lässt sie sich mit ihm bekannt machen, bleibt aber nicht lange stehen, sondern stolziert mit ihrem Gefolge ins andere Zimmer. Kurz darauf stellt sie sich unter die Deckenlampe mitten im Zimmer und erklärt, sie werde jetzt eine Rede halten.

Nun ja, zu feiern gibt es genug: zum Beispiel Mendys tolles Examen und Yulins bevorstehende Hochzeit. Aber zur allgemeinen Überraschung verkündet Peipei etwas ganz anderes: die Gründung des »Erotischen Zentrums zur Erforschung deutsch-chinesischer Geschichte«. Die Leute lachen zustimmend, aber irgendjemand fragt schließlich doch, was das denn sein solle.

»Nun ja«, erklärt Peipei großsprecherisch. »Wir fördern junge Wissenschaftler wie unseren Jörg« – dabei zieht sie einen mageren Studenten mit Nickelbrille an ihre Brust –, »der einen ganz neuen Ansatz in die Geschichtsbetrachtung gebracht hat. Wir reden nicht mehr über Kriege und die Kolonialzeit, sondern über die Zukunft, über Lebenskraft, Lebenslust und die Liebe.«

»Und natürlich über die Umwelt«, fügt Jörg hastig hinzu, als er sich aus Peipeis Umarmung wieder befreit hat.

Dann tritt ein blonder junger Mann hervor und verkündet die Namen der Mitglieder der Gesellschaft. Acht Namen werden vorgelesen. Er sei der Vizepräsident, und Peipei sei die Präsidentin des Zentrums. Peipei wirft sich stolz in die Brust und erklärt, als Erstes werde sie ein Online-Magazin gründen, in dem geeignete Beiträge veröffentlicht werden. Das erste Thema seien die bevorstehenden Olympischen Spiele in Peking und die Rolle des Körpers in den deutsch-chinesischen Beziehungen. Ihre Begleiter beginnen zu johlen, die anderen klatschen und lachen. Niemand weiß so recht, ob sie es ernst meint, aber die allgemeine Aufmerksamkeit ist ihr sicher. Mendy und Yulin sehen sich kopfschüttelnd an.

Schließlich knipst Mendy das Deckenlicht aus, und Yulin schiebt eine CD in ihre Hi-Fi-Anlage. Ein Rock-'n'-Roll-Klassiker bringt die Füße der Gäste zum Wippen. Peipei, die erotische Präsidentin, betrachtet es als ihre Pflicht, den Tanz zu eröffnen. Sie winkt ihren Vizepräsidenten herbei und lässt sich auf möglichst spektakuläre Weise von ihm herumschleudern, beim anschließenden Blues tanzen sie dann eng umschlungen. Bei der nächsten Runde holt sie Oswald auf die Tanzfläche, und es ist nicht zu übersehen, dass sie ihn mit wilden Bewegungen und überraschenden Berührungen zu verführen versucht. Aber inzwischen tanzen auch schon einige andere Paare.

Nach einer Stunde kommt Yulin ins Zimmer und verkündet, es gebe jetzt frisch gekochte Jiaozi, das traditionelle Neujahrsgericht. Auf einmal strömen alle in die Küche, und die Tanzfläche wird leer. Peipei, der beim Tanzen offenbar heiß geworden ist, geht zum Balkon, um sich abzukühlen. Yulin folgt der Freundin, flüstert ihr etwas zu und führt sie ins Bad. Dort verriegelt sie die Tür, dann wühlt sie in ihrem Wäscheschrank.

»Ich glaube, du hast vergessen, dir unter dem Rock etwas anzuziehen, stimmt's?«, sagt sie und drückt Peipei ein kleines Stück Stoff in die Hand. »Zieh dir einen Slip an, wenn du hier weitertanzen willst.«

Peipei wirft den Kopf nach hinten und schaut Yulin herausfordernd an. »Das ist die neueste Mode aus Hollywood. Hast du's noch nicht gehört?« Als die Ältere nur die Stirn krauszieht, fügt sie hinzu: »Die Befreiung des Körpers ist gut für den Kopf, große Schwester! Denk mal an die Freikörperkultur in der DDR. Solltest du auch ausprobieren.«

»Du brauchst dich hier nicht zu produzieren«, sagt Yulin gereizt. »Wenn du den Leuten unbedingt deinen Schlitz zeigen willst, kannst du ja selbst eine Party geben. Aber bei mir brauchst du nicht mit nackter Möse herumzurennen.«

»Hm, du bist so brav wie die Frauen in China seit viertausend Jahren«, murmelt Peipei und schaut weg. »Wenn man dich ein bisschen flüssig machen will, kann man genauso gut gleich versuchen, einen Stein mit den Händen zum Schmelzen zu bringen.«

Wütend wirft Yulin mit der Seife nach ihr. »Gut, dann geh woandershin, wo du Tag und Nacht Sex haben kannst. Das ist bestimmt kein Problem in dieser Stadt. Vielleicht wirst du sogar noch dafür bezahlt.«

Peipei schießt das Blut ins Gesicht. Sie merkt, dass Yulin dabei ist, sie aus der Wohnung zu jagen, und beschließt, sich zu fügen. »Große Schwester, es war nur ein Scherz zum neuen Jahr. Schon gut, ich ziehe deinen Slip an. Am besten gibst du mir gleich noch einen zweiten dazu, damit ja niemand einen Blick auf meine

Frühlingslandschaft erhaschen kann, ja?« Sie setzt sich auf den Klodeckel und streckt provozierend ein Bein in die Höhe, um sich den Slip anzuziehen.

Yulin schaut weg und versucht, den Atem ruhig zu halten. »Noch etwas. Lass bitte Oswald in Ruhe. Er ist wegen Mendy hier«, sagt sie.

»Aha, große Schwester hat Angst, dass unser scheues Reh keinen Mann abkriegt«, sagt Peipei höhnisch. »Merkst du nicht, dass sie die Tüchtigste von uns ist und deinen Schutz gar nicht braucht?« Als sie nur einen wütenden Blick erntet, gibt sie erneut nach. »Gut, wir sind die Eisernen Schwestern. Wir sind solidarisch. Ich geb dir mein Schwesternwort: Ich lass den langhaarigen Dackel in Ruhe.« Sie überlegt einen Moment und sagt dann: »Wenn er unbedingt mit mir tanzen will, dann bringe ich ihn zu dir, damit du mit ihm auch so ein moralisches Badezimmergespräch führen kannst.« Sie lacht klirrend, aber Yulin hat schon die Tür aufgemacht und ist hinausgegangen.

Nach diesem Gespräch hält Peipei sich eine Weile zurück. Die Gäste haben sich auf die Küche und die beiden Zimmer verteilt, einen Teller oder ein Glas in der Hand, und plaudern vergnügt miteinander. Ab und zu entdeckt jemand in seinen halbmondförmigen Maultaschen ein Geldstück oder einen kleinen Fisch aus Plastik. Yulin erklärt den Deutschen, was das bedeutet: Glück und Reichtum im neuen Jahr.

Peipei wandert mit ihrem Teller hierhin und dorthin. Irgendwann tut sie so, als hätte sie zufällig gerade die Musikinstrumente entdeckt, und fordert deren Besitzer auf, etwas vorzuspielen. Oswald sagt, wenn Mendy bereit wäre zu singen, würde er sie gern begleiten. Aber Mendy will nicht singen; außerdem ist sie gerade mit Anton in ein Gespräch vertieft. Daraufhin kehrt Peipei zu Oswald zurück und meint, Mendy sei gerade beschäftigt. Aber *sie* könnte ja etwas singen. Das habe Mendy selbst vorgeschlagen. Und so kommt es, dass plötzlich *Stille Nacht, heilige Nacht* ertönt, von Peipei und ihrem blonden Vizepräsidenten mehr gekrächzt als gesungen und von Marcel und Oswald gehörig verjazzt. Das finden die Partygäste so lustig, dass alle durcheinanderzugrölen beginnen.

Im Zimmer nebenan muss man brüllen, um sich verständigen zu können. Nach und nach versiegen die Gespräche, und alle versammeln sich im Wohnzimmer. Yulin geht zu Mendy und flüstert ihr etwas ins Ohr. Dann fordert sie laut, dass Mendy jetzt singen solle.

Diesmal lehnt Mendy nicht ab. Sie stellt sich neben Oswald und fängt an zu singen. Die Reinheit ihrer Stimme ändert die Stimmung schlagartig. Wenn sie eben noch wie Limonade war, dann schmeckt sie jetzt wie kühler Wein. Einen Augenblick lang vergisst Oswald sogar, sie mit seinem Instrument zu begleiten, weil er einfach nur zuhören will. Erst als ihm Marcel einen Schubs mit dem Saxofon gibt, schlägt er wieder seine Akkorde.

Als die Nacht fortgeschritten ist und die Hälfte der Gäste gegangen, schickt Yulin ihre Freundin nach Hause. Zuvor hat sie Oswald zugeflüstert, dass Mendy ihn toll fände. Dann fällt ihr zufällig ein, dass Mendy von Kreuzberg in die Knesebeckstraße einen weiten Weg vor sich hat. Prompt bietet Oswald an, er könne sie doch nach Hause bringen. Yulin lobt sein Zuvorkommen und meint, bei einem Gentleman wie ihm sei Mendy sicher gut aufgehoben.

Als Oswalds Auto vor Mendys Haus hält, zögert sie eine Sekunde, gibt ihm schließlich einen schnellen Kuss auf die Wange und steigt hastig aus. Sie winkt, bis das Auto um die Ecke verschwunden ist, dann geht sie in ihre Wohnung hinauf. Dass Oswald nicht versucht hat, sie auf die Lippen zu küssen, enttäuscht sie. Sie kommt gar nicht auf die Idee, dass er nur weggefahren sein könnte, um einen Parkplatz zu suchen.

Kaum steht sie in ihrer schmalen Einzimmerwohnung, klingelt es an der Tür. Oswald will ihr seine Geschenke hochbringen, die sie im Auto hat liegen lassen. Sie öffnet ihm die Haustür mit dem Summer, und er stürmt mit großen Schritten zum vierten Stock hoch. Sie erwartet ihn an der Wohnungstür, und er sagt ganz außer Atem: »Du hast heute so schön gesungen. Eine Sängerin wie du darf nicht ohne Gutenachtkuss ins Bett gehen.«

Unschlüssig lässt Mendy sich in die Arme nehmen und küssen. Vielleicht hätte sie auch noch mehr zugelassen, wenn sie nicht plötzlich daran gedacht hätte, wie er mit Peipei getanzt hat. Die beiden haben so gierig ausgesehen. Mendy wendet den Kopf weg.

»Einen Kaffee vielleicht?«, bettelt Oswald.

»Hab ich keinen«, sagt Mendy, und das trifft sogar zu. Aber sie könnten ja ein andermal etwas trinken gehen. Sie lächelt, und Oswald geht mit hängenden Ohren die Treppe hinunter.

Kapitel 5

Der Koch der Nacht

Das Schrillen des Telefons reißt sie aus dem Schlaf. Draußen ist es bereits stechend hell. Einen Augenblick lang fragt sie sich, wo sie ist. Dann fällt es ihr ein: allein und in ihrem eigenen Bett. Sie hat Oswald ja nicht in die Wohnung gelassen. Bereut sie es? Vielleicht. Aber seit der Party kommt Oswald ihr wie ein gefährlicher Traum vor. Eine Art westliches Rauschgift. Sie will vorsichtig sein, ehe sie anbeißt.

Das Telefon ruft unaufhörlich. Sie kriecht unter der Decke hervor. Der Vater ist am Telefon. Mit heißer Stimme fordert er Mendy auf, sofort zu ihm zu kommen. Er habe Wichtiges mit ihr zu besprechen. Dass sie am hellen Vormittag noch im Bett liegt, gefällt ihm ganz und gar nicht.

Mendy macht sich eilig zurecht und stürmt aus der Wohnung. Es muss etwas Schlimmes passiert sein, die Stimme ihres Vaters klang so gebrochen.

Sie findet ihn im Büro. Er telefoniert und läuft dabei aufgeregt hin und her. Er erinnert an einen gefangenen Hasen, der mit pochendem Herzen und Haken schlagend in seinem Käfig herumspringt und versucht, einen Ausweg zu finden. Als er sein Gespräch beendet hat, sagt er hastig zu seiner Tochter: »Ich fliege noch heute Nacht nach Schanghai. Du musst dich ums Restaurant kümmern, aber Fehler sind nicht erlaubt. Mit dem Studium bist du ja fertig und weißt: Wir müssen Gewinn machen. Ich verlass mich auf dich, meine Tochter!«

Mendy sperrt Nase und Mund auf. »Aber warum musst du denn so dringend weg?«, fragt sie.

Boss Guan versucht auszuweichen. Es gebe Probleme bei einem seiner Projekte, und er müsse sehen, ob noch etwas zu retten sei. Als die Tochter Genaueres wissen will, gibt er schließlich zu, was passiert ist. Ein zehnstöckiges Haus in Schanghai, das sich noch im Bau befindet, ist gestern umgekippt wie eine Streichholzschachtel. Es stecke viel Geld von ihm in der Sache, und die Baufirma sei jetzt womöglich bankrott.

»Großer Gott, wie kann so etwas nur passieren? Haben die das Haus aus Pappkarton zusammengeklebt, oder was?«, platzt Mendy heraus. »Wie lange bleibst du weg?«

»Weiß ich noch nicht. Vielleicht zwei Wochen. Vielleicht auch länger. Wenn ich sowieso in China bin, kann ich mich auch noch um ein paar andere Dinge kümmern.« Er holt einen Schlüsselbund aus der Schublade und übergibt ihn der Tochter. »Du musst jeden Tag ordentlich Buch führen. Und lass andere nicht in mein Büro, wenn es nicht unbedingt nötig ist.«

Panik ergreift die junge Frau. »Aber, Papa, das kann ich doch nicht. Du warst bisher noch nie länger als fünf Tage weg. Und damals hast du alles vorher für mich geregelt. Wie soll ich dir einen Gewinn garantieren? Ich hab doch gar keine Erfahrung.«

»Jetzt stell dich mal nicht so an! Du hast fünf Jahre Betriebswirtschaftslehre studiert und dazu zwei Praktika gemacht. Du hast jahrelang mit mir zusammengearbeitet und zugeschaut, wie ich das Restaurant führe. Und demnächst willst du bei einer großen Bank als Unternehmensberaterin anfangen. Du wirst mir doch nicht sagen wollen, du wüsstest nicht, wie man die *Strahlende Perle* ein paar Wochen in Schwung hält?«, sagt der Vater gereizt. Er hat keine Zeit, sich lange mit den Skrupeln seiner Tochter herumzuschlagen. »Es wird höchste Zeit, dass du mal Verantwortung übernimmst. Du kannst mich jederzeit anrufen, wenn du Ärger hast. Und mein neuer Geschäftspartner Boss Hong wird dir auch jederzeit helfen. Zieh keine Schnute! Er ist ein tüchtiger Mann und hegt eine Zuneigung zu dir. Beides kann dir sehr nützlich sein. Und wenn das alles nicht hilft, hast du immer noch deine Stiefmutter, die das Restaurant in- und auswendig kennt. Was soll denn da groß schiefgehen?«

Er macht eine unwillige Geste, als würde er die Tochter am liebsten gleich wegschicken. Sein Handy hat sich schon wieder zwei- oder dreimal gemeldet. Jedes Mal wirft er einen Blick auf das Display, nimmt den Anruf jedoch nicht entgegen. Aber es ist nicht zu übersehen, dass seine Unruhe zunimmt.

Boss Guans zweite Ehefrau heißt Yu Yeye. Sie ist zehn Jahre jünger als er. Als er sie kennenlernte, war sie erst ganz kurz in Berlin – als Austauschstudentin. Sie lernten sich beim Frühlingsfest kennen, und die Einsamkeit trieb sie zusammen. Damals war Guan noch mit Mendys Mutter verheiratet, die er in Schanghai zurückgelassen hatte. Aber als Yeye schwanger wurde, ließ er sich scheiden, damit er sie heiraten konnte. Dann bauten sie gemeinsam das Restaurant auf.

Doch vor sechs Jahren, als Mendy nach Berlin geholt wurde, bekam Yeye eine Hautkrankheit. Angeblich vertrug sie den Küchendunst im Restaurant nicht mehr. Daraufhin zog Boss Guan sie aus der *Strahlenden Perle* ab und übergab ihr die Verwaltung einiger Wohnhäuser, die er gekauft hatte. Und Mendy musste sich um das Restaurant kümmern. Zurzeit ist Yeye aber wieder schwanger und beklagt sich dauernd über Übelkeit und Schlaflosigkeit. Mendy weiß nicht, ob sie sich wirklich an ihre Stiefmutter wenden soll, wenn es Probleme gibt.

Boss Guan hat sich inzwischen hingesetzt und möchte in Ruhe telefonieren. Aber Mendy bleibt auf ihrem Stuhl sitzen. Inzwischen hat sie sich gefasst und will die Gelegenheit beim Schopf packen, um ein paar eigene Ideen zu realisieren. Die *Strahlende Perle* ist ein solides, klassisches chinesisches Restaurant. Die Speisen sind schmackhaft und preisgünstig. Aber bei ihrer Arbeit als Kellnerin hat Mendy oft genug davon geträumt, noch etwas ganz anderes aus der *Strahlenden Perle* zu machen.

»Ich habe eine Bitte, Papa.« In Mendys Augen schimmert wilde Hoffnung. »Wenn ich das Restaurant führen soll, möchte ich ein paar neue Sachen machen. Dafür brauche ich ein bisschen Geld.«

»Das Geschäft läuft doch ganz gut. Was willst du denn anstellen?«

»Na ja, die Einrichtung könnte etwas moderner werden, und ein paar neue Gerichte könnten hinzukommen«, sagt Mendy vorsichtig. Sie will dem Vater nicht alles sagen. Sonst fängt sie mit Sicherheit ein Nein ein.

»Ach, ihr jungen Leute habt immer solche Flausen im Kopf.« In der Stimme des Vaters schwingen zugleich Tadel und Erleichterung mit. Als die Tochter keine Antwort gibt, zieht er die Augenbrauen zusammen. »Wenn du unbedingt etwas ändern willst, wirst du selbst dafür aufkommen müssen. Das Geld auf der Karte ist nur für den täglichen Bedarf.« Er schiebt ihr eine Bankkarte über den Tisch.

Mendy beißt die Zähne zusammen und hält die Karte so fest, als könne sie jeden Augenblick Beine kriegen und sich aus dem Staub machen. Als der Vater sieht, wie verkrampft die Tochter dasitzt, tut sie ihm leid. Nun ja, ein bisschen Modernisierung könnte dem Restaurant guttun, gibt er vor sich selber zu. Er kratzt sich mit dem Handy an der Schläfe und sagt: »Da der Himmel deine Mutter so früh zu sich gerufen hat, bin ich wohl dazu verdammt, dir gegenüber stets nachzugeben. Gut, wenn du Gewinn erwirtschaftet hast, darfst du ein bisschen modernisieren. Aber wehe, wenn du nicht mindestens ein Viertel des Gewinns aufhebst!«

»Ich werde mich daran halten«, sagt die junge Frau und lächelt den Vater vorsichtig an.

Als Vater ist Boss Guan nicht der Übelste. Er hatte immer Geld nach Hause geschickt, damit die Tochter es gut hatte. Als ihre Mutter an Brustkrebs starb, hat er die Tochter nach Deutschland geholt und ihr Studium finanziert.

Doch als Restaurantbesitzer ist der Vater miserabel. Das findet jedenfalls seine Tochter. Das Lokal ist für ihn nichts weiter als eine Milchkuh. Ob die Mitarbeiter Freude am Leben haben oder unglücklich sind, interessiert den Besitzer nicht.

So wie der Vater will Mendy auf keinen Fall werden. Im Studium hat sie gelernt, dass ein gutes Betriebsklima entscheidend für den Erfolg ist. Außerdem ist es ihr zuwider, Menschen wie Sklaven zu behandeln. Wenn sie in der *Strahlenden Perle* ist, versucht sie stets, eine angenehme Atmosphäre im Lokal herzustellen, und auch in der Küche wird viel gelacht.

Wenn der Vater das hört, ärgert er sich. In seinen Augen ist Arbeit eine ernste und anstrengende Sache, und wenn die Angestellten bei der Arbeit lachen, macht ihn das misstrauisch. Dann stampft er mit dem Absatz laut auf den Boden, zieht die dicken Brauen zusammen, wirft einen scharfen Blick in die dampfende Küche, und schon gefriert allen das Lachen auf den Gesichtern.

Aber Boss Guan kann seine Macht nicht lange auskosten. Gerade presst er zufrieden die Lippen zusammen und schaukelt wie ein Sklaventreiber auf den Beinen, da legen sich von hinten zwei kleine Hände auf seine Hüften und schieben ihn sanft aus der Küche. Ohne sich umzudrehen, weiß er, dass es seine Tochter ist, die ihn aus dem Raum schaffen will. Nur sie wagt es, ihn zu berühren. Dabei flüstert sie ihm etwas ins Ohr, das seinen Widerstand schmelzen lässt: »Papa, du machst den Leuten ja Angst, wenn du hier herumstehst. Sie fühlen sich wie Mäuse beim Anblick des

Katers, wenn du sie anschaust. Mach dir keine Sorgen. Wir arbeiten alle ganz fleißig.«

Am Anfang hatte Boss Guan seiner Tochter nicht glauben wollen. Doch der tägliche Umsatz spricht für sie. Und am Ende siegt wie bei allen Männern die Faulheit: Warum soll er sich anstrengen, wenn die Tochter das Geld auch ohne ihn reinbringt? Er weiß, dass die ehrgeizige Mendy das Restaurant ohne Weiteres führen kann, wenn er jetzt nach China fliegt.

Zwei Tage nach der Abreise des Vaters bestellt Mendy den jungen Tubai zu sich ins Büro. »Setz dich«, sagt sie leise und schiebt ihm acht Fünfzig-Euro-Scheine über den Tisch. »Das ist für dich.«

Der junge Mann schaut sie erschrocken an. »Was soll ich dafür machen?«, fragt er unsicher.

Mendy merkt, dass sie missverstanden wird, und wechselt zum normalen Ton: »Nichts Besonderes. Das Gleiche, was du immer machst.«

»Aber warum gibst du mir so viel Geld?« Der junge Mann hat immer noch Angst. Die Geldscheine knistern in seinen Händen. Seine Nervosität ist nicht zu übersehen.

»Ich weiß, mein Vater muss deinetwegen ein Risiko eingehen, weil du keine Arbeitserlaubnis hast. Deshalb kriegst du so wenig Lohn. Aber nach drei Jahren guter Arbeit und Loyalität sollst du jetzt besser bezahlt werden«, sagt die junge Frau. Dann wechselt sie wieder zum Flüsterton. »Ich bin hier allerdings nur vorläufig die Geschäftsführerin. Deshalb erzähl den anderen bitte nichts von der Lohnerhöhung. Ich weiß auch nicht, ob das so bleibt, aber solange ich die Chefin bin, brauchst du nicht mehr für einen Hungerlohn zu schuften.«

»Aber du kannst mein Gehalt doch nicht einfach verdoppeln!«, sagt Tubai.

»Doch, doch!«, sagt Mendy, wie um sich selbst zu bestätigen. »Ich bin sicher, das ist gut für die *Strahlende Perle.*«

Tubai nickt, faltet die Scheine zusammen, steht auf und macht eine tiefe Verbeugung vor Mendy. »Sag mir, wenn du mich brauchst. Ich bin immer für dich da.«

Das Zweite, was Mendy ändern will, ist die Speisekarte. Nach tagelanger Überlegung bestellt sie Koch Lin in ihr Büro und eröffnet vorsichtig das Gespräch: »Meister Lin, könntest du dir vorstellen, zusätzlich ein paar Gerichte anzubieten, die besonders frisch sind und ohne Glutamat gekocht werden?«

»Meinst du eine Extrakarte für Spezialitäten? Wieso nicht?« Er macht eine lange Pause und wirft Mendy einen Blick zu, der keinen Zweifel daran lässt, dass er sie für ein Küken mit grünem Schnabel und gelben Flaumfedern hält. »Aber für mehr Arbeit muss es natürlich mehr Lohn geben. Als großzügige neue Chefin hast du bestimmt einen Vorschlag parat, was eine Lohnerhöhung für mich angeht. Oder nicht?«

Mendy schaut auf. Dass Koch Lin auf dieses Gespräch mit ihr vorbereitet sein könnte, hat sie nicht gedacht. »Aber nein«, sagt sie. »Es geht nicht um irgendwelche aufwendigen Spezialitäten. Du sollst bloß weniger mit Sojasoße und Champignons aus der Dose arbeiten und dafür mehr frisches Gemüse anbieten.«

»Wenn die Gerichte dieser und jener Forderung gerecht werden sollen, sind das natürlich Spezialitäten«, beharrt der Koch und wirft das Küchentuch, das er in der Hand hält, ungeduldig mal über die linke, mal über die rechte Schulter, als stünde er vor einem begriffsstutzigen Kind. »Ich habe dich schon verstanden. Sag nur einfach, wie viel Lohn du mir mehr zahlen willst!«

»Dein Lohn ... liegt im Vergleich zu anderen Chinarestaurants nicht zu niedrig«, ringt Mendy nach angemessenen Worten. »Ich denke, du solltest jetzt mal eine Tageskarte mit einfachen Gerichten erstellen. Dann sehen wir weiter.«

»Ha, du bist ja noch geiziger als dein Vater!« Koch Lin schlägt sich mit dem Küchentuch knallend in die geöffnete freie Hand, als wollte er sich selbst peitschen. »Wenn Tubai, der Hasensohn, plötzlich mehr Geld kriegt, der Große Koch aber gar nichts, dann ist die Welt in eine Schieflage geraten. Also rück erst mal die Welt wieder gerade, dann reden wir über neue Gerichte.« Er dreht sich um und reißt die Bürotür auf.

Dieser Teufelskoch! Wie hat er herausgekriegt, dass Tubai mehr Geld bekommen hat? Sei's drum. Wenn er glaubt, er kann mir auf den Kopf springen und mir die Haare heraushacken, weil er meint, dass ich zu jung bin, um mich zu wehren, dann hat er sich geirrt.

»Nicht so schnell, Meister Lin!« Mendy springt auf, als hätte ein Skorpion sie gestochen. »Ich habe dir einen Auftrag erteilt, und wenn du den ignorierst, ist das Arbeitsverweigerung. Willst du, dass ich dir kündige, oder möchtest du einen unbezahlten Urlaub zum Nachdenken?«

Koch Lin ballt die Faust. Er weiß, dass er nicht unersetzlich ist. Der Aushilfskoch, der inzwischen aus China zurückgekommen ist, wird sich freuen, wenn er mehr Arbeit bekommt. Vor Wut wirft Lin das Küchentuch Richtung Tür, aber aus Angst um die Zukunft fängt er es gleich selbst wieder auf. »Wer sagt denn, dass ich die Arbeit verweigere? Habe ich bisher nicht alles mitgemacht, was ihr verlangt habt? Also versuch nicht, mich zu verleumden, nur weil du mal für ein paar Tage die Chefin bist!«

Mendy kümmert seine Wut wenig. »Meister Lin, von der nächsten Woche an wird alles Dosengemüse aus unseren Gerichten verbannt, ist das klar? Nur bei Bambussprossen machen wir eine Ausnahme, da haben wir keine andere Wahl.«

»Die Deutschen bestellen immer das Gleiche. Wenn wir die Zutaten ändern, bleiben uns womöglich die Gäste weg«, widerspricht Lin. Er sucht verzweifelt nach Argumenten, um Mendys Pläne zu stoppen.

»Die alte Speisekarte können wir noch eine Weile laufen lassen«, sagt sie. »Aber ich erwarte innerhalb der nächsten zwei Tage einen Vorschlag, welche neuen Gerichte du anbieten kannst.« Dann wird sie etwas freundlicher. »Meister Lin, die neue Speisekarte kann auch für dich etwas bringen. Hier in Deutschland sind Köche oft berühmte Persönlichkeiten und treten sogar im Fernsehen auf. Die chinesischen Köche dagegen kennt keiner. Aber das muss ja nicht immer so bleiben. Ich dachte, wir könnten ein Foto von dir auf die Karte drucken und den Gästen sagen, dass du für sie kochst. Wir könnten dich auch mit den wichtigsten Gästen bekannt machen, damit sie dich weiterempfehlen.«

»Was, die Deutschen sollen mich sehen? Mich, das Teiggesicht?« Koch Lin wischt sich mit dem Küchentuch den Schweiß von der Stirn. »Die Schraubenzieherblicke möchte ich mir lieber ersparen!«

»Gut, dann machen wir es so: Wenn du die Speisekarte innerhalb einer Woche verbesserst und deine neuen Gerichte bei den Gästen gut ankommen, kriegst du Ende März eine Prämie.«

Am Tag darauf. Eine stark geschminkte dunkelhaarige Frau in Stiefeln und Pelzjacke kommt ins Restaurant, setzt sich aber nicht hin, sondern wendet sich direkt an die Kellnerin, um sich zu beschweren. Mit keuchender Stimme erklärt sie, sie habe gestern Mittag mit ihrem Mann in der *Strahlenden Perle* gegessen und abends hätten sie beide schreckliche Bauchschmerzen und Durchfall gehabt. Sie seien so geschwächt gewesen, dass sie fast den ganzen Tag das Bett hätte hüten müssen. Dann sei ihr klar geworden, dass sie sich hier im Lokal eine Lebensmittelvergiftung zugezogen hätten. »Ich verlange eine Entschädigung«, sagt sie. Als Beweis legt sie eine zerknitterte Rechnung vor.

Die Kellnerin Lailai, eine junge Frau, die früher im Supermarkt an der Kasse gearbeitet hat, ist verwirrt. Sie geht ins Büro und fragt Mendy um Rat. Dann kommt sie zurück und sagt der Frau, bislang habe sich kein Gast über das Essen beschwert. Wenn sie eine Entschädigung wolle, müsse sie schon beweisen, dass ihr Unwohlsein etwas mit dem Restaurant zu tun habe.

Jetzt fängt die Frau an zu kreischen. Das sei ja typisch für die Chinesen. Erst gäben sie einem vergiftetes

Essen und dann wollten sie einen nicht mal entschädigen. Das Gezeter wird immer lauter und peinlicher, und es ist deutlich zu spüren, dass die übrigen Gäste sich nicht nur gestört fühlen, sondern auch aufmerksam zuhören. Die Kellnerin weiß nicht mehr, was sie noch tun soll, aber da steht Mendy zum Glück auch schon neben ihr.

»Guten Tag«, sagt sie lächelnd. »Mein Name ist Mendy Guan, kann ich etwas für Sie tun?« Die Pelzmantelträgerin schaut sie misstrauisch an, hebt den Kopf und will gerade wieder mit ihrem Vergiftungs- und Durchfallgejammer anfangen, da sagt Mendy rasch: »Ach, kommen Sie doch bitte mit in mein Büro. Da haben wir mehr Ruhe, Frau ...«

»Jensen«, sagt die Frau. »Mein Name ist Jensen.«

Das überrascht Mendy, denn die Frau hat eindeutig asiatische Gesichtszüge. Eine Thailänderin? Oder kommt sie aus Bali? Offenbar ist sie mit einem Deutschen verheiratet. Nach zwei Sätzen weiß sie, dass diese Frau zum ersten Mal im Restaurant war. Ihrem Aussehen nach wirkt sie nicht gerade böswillig. Aber Mendy hat gelernt, dass selbst hinter einem freundlichen Gesicht eine Erpresserin stecken kann, und mahnt sich zur Vorsicht.

»Gut, ich werde der Sache nachgehen«, sagt sie. »Um unseren guten Willen zu zeigen, schenke ich Ihnen einen Gutschein im Wert von zehn Euro. Den können Sie einlösen, wenn Sie das nächste Mal zu uns zum Essen kommen.«

Die Frau nickt und verlässt mit dem Gutschein das Restaurant.

Als es am Nachmittag etwas ruhiger geworden ist, bestellt Mendy die Mitarbeiter einzeln zu sich ins Büro, um sich zu erkundigen, ob jemand irgendetwas Verdächtiges beobachtet hat. Nein, ihm sei nichts aufgefallen, sagt Tubai. Er habe Besteck und Teller wie immer heiß sauber gespült und das Gemüse ordentlich geputzt und gewaschen. Koch Lin sagt, er habe wie immer vor dem Servieren abgeschmeckt. Wäre etwas Verdorbenes in den Speisen gewesen, hätte er es bestimmt bemerkt. Aber als er das Büro verlässt, glaubt Mendy, ein schadenfrohes Grinsen in seinem Gesicht gesehen zu haben.

Als sie wieder allein im Büro ist, versinkt sie in Gedanken. Ist diese Frau Jensen eine Erpresserin? Oder hat Koch Lin ihr einen Streich gespielt? Wollte er ihr in Erinnerung rufen, dass sie auf seinen guten Willen angewiesen ist?

Aber die Geschichte ist noch nicht vorbei. Denn am nächsten Tag erscheint Frau Jensen erneut in der *Strahlenden Perle*. Mit dunklen Ringen unter den Augen sieht sie genauso krank und erschöpft aus wie gestern. Das überrascht Mendy. Nach zwei Tagen müsste sich der Körper doch von einer Lebensmittelvergiftung erholen können. Hat das Aussehen der Frau womöglich gar nichts mit dem angeblichen Durchfall zu tun?

Mit etwas verkrampftem Lächeln und überfreundlichen Worten teilt Mendy der Beschwerdeführerin mit, ihre Nachforschungen hätten keinerlei Hinweise auf ein Fehlverhalten ihrer Mitarbeiter ergeben. Einen Anspruch auf eine Entschädigung könne sie daher nicht anerkennen. Da wird die Frau wieder streitsüchtig.

Wenn das Restaurant alles richtig gemacht habe, wieso habe sie ihr dann gestern einen Coupon geschenkt? Das sei doch der Beweis dafür, dass sie ein schlechtes Gewissen habe. Aber mit einem Coupon im Wert von zehn Euro sei ihr Schweigen nicht zu kaufen. Sie werde der ganzen Welt erzählen, was man ihr angetan habe.

Je länger Frau Jensen zetert, desto weniger glaubt Mendy ihr die ganze Geschichte. Als Frau Jensen sogar noch eine Entschädigung wegen anhaltender Arbeitsunfähigkeit verlangt, schüttelt Mendy den Kopf. Frau Jensen möge doch erst mal ein ärztliches Attest vorlegen, ob sie überhaupt krank war und woran sie gelitten habe. Aber das hat Frau Jensen natürlich nicht.

Von da an ist Mendy endgültig überzeugt, eine Erpresserin vor sich zu haben. Sie bricht das Gespräch ab und fordert Frau Jensen auf, das Restaurant zu verlassen. Als diese ihrer Aufforderung nicht nachkommt, bittet sie den Kellner Bogo, die Frau aus dem Restaurant zu vertreiben. Bogo ist nicht sehr groß, kann aber sehr gefährlich aussehen. Alle Gäste schauen gespannt zu, wie er Frau Jensen aus dem Lokal begleitet. Auch Tubai und Lin verfolgen hinter der Durchreiche wortlos die Szene. Als die Frau weg ist, beginnen im Restaurant plötzlich alle gleichzeitig zu reden. Nur Tubai und der Koch wechseln kein Wort miteinander.

Aber damit ist die Sache noch längst nicht erledigt. Am nächsten Abend erscheint ein magerer Deutscher mit einem grauen Daunenanorak im Restaurant, der sich ein Bier bestellt und behauptet, er wäre der Ehemann von Frau Jensen. Er ist deutlich älter als seine Frau, aber viel höflicher und wortgewandter. Und er stellt eine klare Forderung: fünfhundert Euro in bar. Als Mendy Nein sagt, greift er nach seinem Rucksack und sagt leise zu ihr: »Wissen Sie, Fräulein, ich habe meine schmutzige Unterhose von vorgestern aufbewahrt. Da sieht man genau, was ich hier bei Ihnen gegessen und was ich für einen scheußlichen Durchfall gehabt habe. Ich kann das natürlich im Labor untersuchen lassen, aber dann wird alles noch teurer für Sie …« Er wühlt in seinem Rucksack, als wollte er sein Beweisstück gleich präsentieren.

Mendy wird blass. »Kommen Sie bitte mit, Herr Jensen.«

Als der Mann in ihrem Büro sitzt, versucht sie, ihm ihre Ansicht der Dinge darzustellen. Aber der Mann zieht nur den Mund schief. »Fünfhundert Euro«, wiederholt er. »Und zwar schnell, sonst wird es noch teurer. Ich kann nicht den ganzen Tag mit Ihnen verhandeln. Also wird's bald, mein Fräulein?«

Mendy wird nervös und ist beinah schon so weit, das Geld herzugeben, nur damit der Kerl endlich verschwindet, da klopft es plötzlich an der Tür. Tubai tritt herein, stellt einen Teller auf den Tisch und legt zwei Paar Stäbchen dazu. »Chefin, hier ist der Nachtisch, den Sie bestellt haben«, sagt er zu Mendy. Mit fast geschlossenen Augen sieht er eiskalt wie eine Leiche aus. Bevor Mendy reagieren kann, verschwindet er wieder.

Der kurze Auftritt hat seine Wirkung. »Nein, nein, um Gottes willen. Das blutet ja noch!«, stammelt Herr Jensen.

Kein Zweifel: Da liegen zwei frisch abgeschnittene Ohren und eine Nase, man sieht noch die rote, klebrige

Spur auf dem Teller. Der Mann springt auf, wirft Mendy und der blutigen Mahlzeit einen entsetzten Blick zu und rennt aus der Tür.

Auch Mendy ist blass geworden. Sie geht in die Küche und bestellt Tubai zu sich ins Büro.

»Was hast du mir da eben gebracht?« Sie starrt ihn an, als wären seine Augen zwei tiefe Seen.

Tubai grinst. »Kennst du das nicht? Das ist *Ganbei Banli Geng*, Pudding aus Muscheln und edlen Maronen. Das ist ein gutes Mittel gegen Angst. Schmeckt sehr erfrischend.«

»Verrückt! Du solltest bei Madame Tussauds arbeiten!« Mendy lacht. »Hast du gar nicht daran gedacht, dass uns diese abgeschnittenen Ohren die Polizei ins Haus bringen können?«

Das Wort »Polizei« jagt Tubai eine Höllenangst ein. Er macht einen Schritt auf die Tür zu, als wolle er wegrennen.

Mitleid ergreift Mendy. Was für ein elendes Leben! Ein Schwarzarbeiter muss sich ständig verstecken, um Haut und Haar zu retten. »Warte«, sagt sie. »Ich hab dein Meisterwerk noch nicht gekostet.«

Andächtig nimmt sie den Teller in die Hand und befördert den wabbeligen Teil, der wie ein menschliches Ohr aussieht, mit den Stäbchen zwischen die Zähne. Vorsichtig beginnt sie zu kauen. Dann erhellt sich ihr Gesicht. »Hm, salzig – und leicht gesüßt. Du hast recht. Schmeckt erfrischend. Wann hast du das denn gekocht?«

»Gestern Nacht«, sagt Tubai mit einem schüchternen Lächeln. »Nachts ist es ziemlich einsam hier, weißt du?« Er schaut zu, wie Mendy auch noch die »Nase« isst, dann streckt er mit einem zufriedenen Lächeln die Hand aus, um den leeren Teller in Empfang zu nehmen.

Doch Mendy gibt den Teller nicht her. »Ich möchte nicht, dass die Polizei dich erwischt. Womöglich zeigt dieser verrückte Deutsche uns an, weil er denkt, hier würde von Kannibalen gekocht. Vielleicht gehst du lieber ein bisschen spazieren«, sagt sie leise. »Ich weiß, es ist draußen schon dunkel. Aber wenn tatsächlich die Polizei kommt, solltest du besser nicht hier sein.« Sie gibt ihm noch zehn Euro, damit er ins Kino gehen kann. Sie weiß, dass er gern Kung-Fu-Filme anschaut.

Tubai ist an das Guerillaleben gewöhnt. Er geht in die Küche, steckt mit schnellen Bewegungen den Berg von Tellern in die Spülmaschine, dann nimmt er Jacke und Mütze und verschwindet durch die Hintertür.

An Tubais Stelle muss Mendy jetzt in die Küche. Doch Koch Lin ist mit ihrer Arbeit nicht zufrieden. Sie sei zu langsam, behauptet er. Und das Gemüse müsse sie anders schneiden. Am Ende habe er wieder die doppelte Arbeit, bloß damit der Hasensohn Tubai stundenlang in den Puff gehen könne, schimpft er. Aber Mendy ignoriert ihn und arbeitet still und verbissen weiter.

Vielleicht ist es ein Zufall, vielleicht auch nicht; denn eine halbe Stunde später schlendern tatsächlich zwei Polizisten in die *Strahlende Perle* herein. Es sind Herr Heck und Herr Tack, zwei alte Bekannte des Hauses. Während ihrer Streifenfahrt haben sie einen Anruf von der Zentrale erhalten. Sie wollen einen Blick in die Küche werfen, um zu sehen, ob alles in Ordnung ist.

Mendy erzählt ihnen von dem Vorfall mit dem Erpresser. »Aber als er den Teller mit der blutroten Soße gesehen hat, ist er weggerannt wie ein Mäuschen«, sagt sie.

Die Polizisten lachen belustigt, machen sich ein paar Notizen, werfen einen Blick in die Küche, dann lassen sie sich zu Tisch bitten. »So ein Teller heiße Suppe wäre nicht schlecht«, sagen sie.

»Wenn noch mal so ein Erpresser auftaucht, sagen Sie uns bitte Bescheid«, sagt Herr Heck und lässt noch ihren »liebenswürdigen Vater« grüßen, dann verlassen die beiden die Gaststätte.

Kaum sind sie weg, erscheint Tubai in der Küche. Er war keineswegs im Kino, sondern ist die ganze Zeit um den Block gelaufen, weil er sich solche Sorgen um Mendy gemacht hat.

Am nächsten Tag schenkt Mendy ihm ein Handy. Sie möchte, dass er sie immer erreichen kann, falls er in Not gerät.

Kapitel 6

Der Dieb und der Dreiblätterbund

Gegen Mitternacht, als die Stühle schon hochgestellt sind, kommt Oswald überraschend mit seinem VW vorbei, um Mendy zu einem Konzert einzuladen, das die ganze Nacht dauern soll. Mendy ist nicht abgeneigt, lässt ihn aber kurz warten, um den Angestellten Bescheid zu sagen.

Da hört sie auf einmal die hintere Tür knallen und anschließend dumpfe Geräusche, als wäre jemand heftig gegen die Wand gestoßen. Sie läuft in die Küche und schaut in den Hinterhof. Und was sieht sie? Tubai und Koch Lin ringen wild miteinander, als würden sie eine Kraftprobe veranstalten. Keiner gibt einen Ton von sich. Nur wenn ihre Körper gegen den Müllcontainer stoßen, ertönt ein dumpfes Geräusch und der Boden zittert. Auf dem Boden liegt eine umgekippte Vase, in der noch die Blumen stecken. Die Luft riecht verfault.

»Was ist denn hier los? Müsst ihr unbedingt zu dieser späten Stunde noch Kampfkunst üben?«, fragt Mendy.

Aber die Männer beachten sie gar nicht. Sie haben sich fest umklammert, drehen sich im Kreis und versuchen, sich gegenseitig zu Boden zu werfen. Erst jetzt merkt Mendy, dass beide an einer großen schwarzen Plastiktüte herumzerren. Koch Lin, der neunzehn Jahre älter ist als Tubai, muss einen Fehler gemacht haben, denn plötzlich knickt er ein, lässt die Tüte auf den Boden fallen und hält sich den Bauch. Als er auch noch einen Tritt vors Knie kriegt, taumelt er nach hinten, weit weg von der Tüte.

»Hör auf!« Mendy rennt in den Hof, hebt die Plastiktüte auf und stellt sich zwischen die Kontrahenten. Erst als die beiden Männer die Arme sinken lassen, wirft sie einen Blick in die Tüte und entdeckt darin Konservengläser, tiefgefrorene Garnelen, Entenbrust, Tonggu-Pilze und frischen Koriander ... lauter teure Zutaten aus der Küche der *Strahlenden Perle*. »Wieso sind die Sachen vom Restaurant hier draußen in dieser Tüte?«, fragt sie. Als niemand antwortet, wird sie konkret: »Meister Lin, hattest du vor, die Sachen heimlich nach Hause zu schleppen?«

Aber der Koch hat keine Zeit für Mendy. Er versucht stattdessen, Tubai in seine Krallen zu bekommen. Doch der junge Mann weicht in den dunklen Hof zurück. Da beginnt der Koch keuchend zu schimpfen: »Du kleiner Mistkerl! Was fällt dir ein, deinen Beschützer und Lehrmeister anzugreifen? Reck deinen Schwanz nicht zu früh in die Höhe! Sonst werd ich ihn abschneiden!«

Plötzlich geht das Licht im Treppenhaus an. Ein Hundebesitzer kommt aus dem Seitenflügel des Hauses, überquert mit seinem Liebling den Hof und verschwindet durch das Tor des Hinterhauses auf die Straße. Die beiden Streithähne verharren lautlos unter den Bäumen, um nicht aufzufallen. Mendy wirft den verwelkten Strauß in die Mülltonne und macht dabei so viel Lärm wie möglich.

»Tubai, komm ins Restaurant zurück! Meister Lin, du auch!«, ruft Mendy, nachdem der Mann mit dem Schäferhund endlich weg ist. Als sie sich der Küche zuwendet, merkt sie, dass Oswald in der Tür steht und alles beobachtet hat.

Tubai erzählt Mendy im Flüsterton, was vorgefallen ist. Koch Lin habe kurz vor Feierabend eine große schwarze Tüte hinausgetragen, angeblich mit Küchenabfällen. Dann habe er seinen Mantel angezogen und sich verabschiedet. »Ich wollte eigentlich auch schon Schluss machen«, sagt Tubai. »Aber dann ist mir der Blumenstrauß aufgefallen, der neulich auf der Fensterbank stehen geblieben ist. Er war ganz verwelkt, und das Wasser hat schon zu stinken begonnen.« Er habe die Vase genommen, um den Strauß in den Müllcontainer zu werfen, sagt er. Und als er die Hintertür aufmachte, stand da der Große Koch. Er habe ihn dabei ertappt, wie er die schwarze Tüte hinter dem Pflanzenkübel im Hof hervorzog und sich damit davonmachen wollte. Als er nach der Tüte greifen wollte, sei die Schlägerei losgegangen.

Was Tubai nicht erwähnt, ist die Tatsache, dass Koch Lin schon seit Langem Lebensmittel aus dem Restaurant mitgehen lässt. Tubai hat davon gewusst, aber aus Angst vor dem Koch nichts unternommen. Doch seit Mendy Geschäftsführerin ist, fühlt Tubai sich verpflichtet, sie zu beschützen. Damit hat Lin nicht gerechnet.

»Sei vorsichtig«, sagt Tubai leise, bevor er sich wie ein Bodyguard hinter Mendy stellt.

Koch Lin stampft als Letzter herein. Da er ohnehin

das Gesicht verloren hat, versucht er gar nicht erst, den Schein zu wahren, sondern geht gleich zum Angriff über. Er greift nach dem Schrubber, der hinter der Tür steht, und baut sich, die andere Hand in die Hüfte gestemmt, wie ein Wikinger vor Mendy auf. »Wenn du es wagst, mir ein Haar zu krümmen, dann stelle ich eure Scheißbude hier auf den Kopf, du Daunenzahnmädchen! Ich sage dir, du und deine ganze Familie, ihr seid alle Gangster. Dein Vater schuldet mir jede Menge Lohn. Selbst wenn ich die ganze Kühltruhe leer geräumt hätte, wären eure Schulden bei mir noch nicht ausgeglichen!«, brüllt er und schießt seine Spucke dabei wie einen Bienenschwarm durch die Luft. Mendy tritt etwas zur Seite, um dem Speichelregen zu entgehen, macht aber keinen Schritt rückwärts. Tubai bleibt dicht neben ihr, um jederzeit eingreifen zu können, falls Koch Lin auf die Idee kommt, den Schrubber als Waffe einzusetzen.

»Gut. Nimm, was du willst, und geh nach Hause. Ich halte dir die Hintertür auf, dann zählt deine Tat nicht als Diebstahl«, erklärt Mendy kühn.

»He, willst du mich auf die Schippe nehmen?« Koch Lin stampft mit dem Schrubber auf den Boden. »Oder hast du etwa vor, mich zu feuern? Tu's nur. Sobald ich weg bin, ist die Steuerfahndung hinter euch her und reißt euch in Fetzen. Haha!« Er schlägt mit dem Schrubber lärmend gegen die hinter ihm befindliche Arbeitsplatte.

»He, warum schreist du denn so?«, mischt Oswald sich ein und stellt sich unmittelbar vor den Koch. »Piano bitte, piano!« Da er des Chinesischen nicht mächtig ist, weiß er gar nicht, worum es geht. Er versucht den Streit als eine Art Wort-Sinfonie aufzufassen, und das Gebrüll des Kochs tut ihm in den Ohren weh. Aber Lin ignoriert den jungen Mann einfach.

»Niemand hat eine Kündigung ausgesprochen«, sagt Mendy.

»Stell mir keine Falle, du hinterlistiges Mädchen! Sag mir lieber gleich, was du mit mir vorhast.« Die Augen des Kochs verengen sich. Er hat Angst.

»Gut«, sagt Mendy und blickt dem Mann fest in die Augen. »Wenn du versprichst, dein Bestes für eine Erneuerung der Speisekarte zu tun, und dich mit Tubai versöhnst, bist du weiter unser geschätzter Koch. Dann werde ich niemandem von der Sache heute Abend erzählen.« Sie dreht sich zu Tubai um. »Tubai, du tust das auch nicht.«

Tubai nickt, während Oswald die Szene wie eine exotische Scharade verfolgt.

»Und wenn ich nicht darauf eingehe?«, sagt Lin und schielt aus den Augenwinkeln zu Mendy hinüber.

»Es gibt kein anderes Angebot«, sagt Mendy. »Und falls du noch einmal stiehlst, hast du deine Chance verspielt. Dann wirst du fristlos entlassen.«

Koch Lin fasst die junge Frau fest ins Auge, als müsse er ihre Worte auf ihre Ernsthaftigkeit prüfen. Dann lässt er den Schrubber krachend zu Boden fallen. »Gut, dein Angebot ist bei mir angekommen.«

Mendy streckt Koch Lin die Hand hin, und der packt kräftig zu. Will der Kerl ihr die Hand zerdrücken? Sie beißt die Zähne zusammen und unterdrückt einen Schmerzensschrei.

»Du machst aber keine Spielchen mit mir, ja?« Der Koch grinst und lässt ihre Hand schlagartig fallen.

Mendy will keine weitere Auseinandersetzung. »Geh nach Hause, Meister Lin. Aber vorher gib Tubai die Hand. Versöhnt euch.«

Koch Lin schwingt Tubai den Arm wie eine Keule entgegen und zielt auf seine Nase. Dieser packt die Hand des Gegners und dreht sie ihm auf den Rücken.

»Hast du keine Ohren, du brünstiger Hund?«, schreit der Koch. »Jetzt ist die Zeit für Nudelsuppe und Mondkuchen.« Er schüttelt die Hand des anderen ab und marschiert polternd zur Hintertür. Im nächsten Augenblick ist er verschwunden.

Nach dem Vorfall ist Mendy nicht mehr in der Stimmung, zu einem Konzert zu gehen. Oswald schlägt eine nächtliche Spazierfahrt vor, und Mendy stimmt zu. Eine Weile sitzt sie still auf dem Beifahrersitz und denkt nach. Hat sie richtig gehandelt? Irgendetwas nagt an ihr.

Während sie ziellos am Reichstag, Zeughaus und Gendarmenmarkt vorbeirollen, blickt Oswald vorwärts ins Dunkel und schnalzt mit der Zunge. »Warum hast du den Koch nicht rausgeschmissen? Der hat sich doch dir gegenüber unmöglich benommen. Ein deutscher Chef hätte den sofort gefeuert«, meint der Student. »Außerdem hat er geklaut, oder? Das rechtfertigt in Deutschland jede Entlassung. Auch wenn es nur um eine Bulette oder ein Brötchen geht.«

Mendy wirft ihm einen überraschten Blick zu. Dass dieser sanfte Typ mit dem schulterlangen Haar so daherredet, verblüfft sie. »Was bringt das, wenn ich ihn feure?«, fragt sie und gibt sich gleich selbst die Antwort. »Koch Lin wäre als Dieb gebrandmarkt und bekäme keine Arbeit mehr in Berlin. Er wäre sein Leben lang verbittert und voller Hass und würde mir die Schuld daran geben. Nein, auf solche Feinde verzichte ich lieber.«

»Wenn jemand geklaut hat und keine Arbeit mehr findet, dann ist das doch nicht dein Problem, sondern seins«, sagt Oswald und zuckt mit den Schultern.

»Koch Lin hat jahrelang gute Arbeit für meinen Vater geleistet«, sagt Mendy. »Wenn man das Restaurant wie eine Familie betrachtet, dann gibt mein Vater dieser Familie das Dach, und Koch Lin ist eine Säule, die das Dach stützt. Ich glaube, erst seit er endlich geheiratet hat, ist er nicht mehr so zuverlässig wie früher. Die Familie hat eine Ehe mit einer Bauerntochter für ihn arrangiert, und er hat sie geschwängert. Seither ist er gierig nach Geld: Er will seine Frau hierherholen … Nein, ich bringe es nicht fertig, ihn rauszuschmeißen.«

»Träumt ihr Chinesen immer nur vom Familienglück?«, sagt Oswald und schüttelt den Kopf. »Mendy, der Kerl ist kriminell und gewalttätig. Wenn du ihm gegenüber nachgibst, hilfst du ihm, vom kleinen zum großen Kriminellen zu werden. Dann wird er noch mehr Schaden anrichten.«

Mendy saugt hörbar die Luft ein. Oswald hat ihre eigenen Zweifel zum Ausdruck gebracht. Aber sie weiß keinen anderen Ausweg. Sie kaut auf ihrer Unterlippe und hüllt sich in Schweigen.

»Wenn jemand seinen Arbeitgeber bestiehlt, dann ist

das Sache der Polizei und der Justiz. Ist ein Mensch kriminell, muss er bestraft werden, schon der abschreckenden Wirkung wegen.« Oswald hält am Straßenrand an. »Es ist noch nicht zu spät. Wollen wir nicht lieber zur Polizei fahren und Anzeige erstatten?«

»Nein, das würde ihn ruinieren und seine Familie auch. Das kann ich nicht machen!«, ruft Mendy.

»Wenn jemand stiehlt und seinen Arbeitgeber bedroht, ist Mitleid fehl am Platz. Ist dir das nicht klar?« Oswald wird ungeduldig.

»Nein. Ein Restaurant kann sich keine Feinde leisten«, erwidert Mendy, sichtlich verkrampft.

Oswald seufzt. »Du bist zu weich fürs Business. Du wirst dir selbst Leid zufügen.« Er schüttelt den Kopf und verstummt. Draußen hat es zu schneien begonnen. Die Flocken fallen auf die Windschutzscheibe und schmelzen.

Mendy zieht die Nase hoch. Ihr ist zum Weinen zumute. »Kannst du mich nach Hause fahren?«

»Wenn du willst.« Oswald legt den Gang ein und ordnet sich in den Verkehr ein. Erst jetzt fällt ihm ein, dass er heute Abend eigentlich über etwas ganz anderes reden wollte. Aber der Streit mit dem Koch hat ihn völlig aus dem Konzept gebracht. Jetzt glaubt er, der passende Zeitpunkt sei gekommen. »Lass uns über Musik reden.« Er macht ein geheimnisvolles Gesicht, um ihr Interesse zu wecken. »Du wirst bald ein Shootingstar. Weißt du das?«

»Ich ein Shootingstar? Als unfähige Geschäftsführerin eines Chinarestaurants in der *Berliner Zeitung*? Lieber nicht.« Mendy starrt in die Nacht hinaus.

»Nein. Als Sängerin in unserer Band«, sagt Oswald mit leuchtenden Augen. »Wir machen eine neue CD, und du bist der Star.« Mindestens fünf Lieder solle sie singen.

»Seit wann gehöre ich denn zu eurer Band?«

»Seit du meinen Kuss erwidert hast«, sagt Oswald mit einem triumphierenden Grinsen.

»Aha, also ein echter Knebelvertrag«, kontert Mendy und betrachtet Oswald von der Seite. »Du bist ein Träumer, weißt du das?« Irgendwie gefällt ihr Oswalds Hartnäckigkeit. Außerdem hat er es geschafft, sie von ihrer Sorge um das Restaurant abzulenken. »Sag mal, Oswald, wann wirst du eigentlich mit deinem Studium fertig? Die Geheimratsecken hast du ja schon.« Sie streicht ihm neckend das Haar aus der Stirn.

»Ach, lass mich doch mit dem blöden Jura in Ruhe«, sagt er. »Wann wollen wir unsere Lieder üben? Morgen Abend?«

»Nein«, sagt sie. »Solange mein Vater nicht da ist, muss ich mich abends um das Restaurant kümmern.« Als sie Oswalds enttäuschtes Gesicht sieht, fügt sie hinzu: »Wenn du wirklich mit mir üben willst, können wir es morgens nach dem Aufstehen versuchen. Da bin ich ausgeschlafen, und meine Stimme ist frisch und kräftig.«

»Morgens?«, sagt Oswald voller Entsetzen. »Da kann man doch keine Musik machen.« Sein Gesicht sieht so zerknittert aus wie ein weggeworfener Liebesbrief. Aber dann grinst er und sagt: »Wenn du mir einen Kaffee machst, wird es schon gehen.«

Als der Wagen vor Mendys Haustür hält, steigen beide aus. Mendy lässt zu, dass Oswald sie in den Arm nimmt und küsst. Sie lässt auch zu, dass er vorsichtig ihren Rücken streichelt. Aber als seine Hand zu ihrer Brust gleitet, befreit sie sich ruckartig aus seinen Armen und winkt ihm aus sicherem Abstand zum Abschied. Sie hat keineswegs die Absicht, ihm den Kaffee gleich morgen früh zu servieren. »Ich rufe dich an«, sagt sie.

Am nächsten Tag begegnet Tubai seinem Vorgesetzten wieder mit Gehorsam und Demut, als wäre nichts zwischen ihnen geschehen. Aber Koch Lin hegt einen tiefen Groll gegen seinen Gehilfen und bedenkt ihn mit Schweigen. Am liebsten würde er ihn zertreten wie ein lästiges Ungeziefer.

Den ganzen Tag denkt er nur an Rache. Er ist überrascht, als Mendy ihn nach dem neuen Konzept der Tageskarte fragt. Er hat den Auftrag längst vergessen. »Nun, ich bin etwas durcheinander. Aber ich arbeite weiter dran«, antwortet er vage. Dann schlägt er hastig zwei Gerichte vor.

»Wir müssen uns beeilen«, sagt Mendy. Aber der Satz gilt eher für sie als für ihn. Denn ihre Zeit als alleinige Chefin ist begrenzt. »Schaffst du es morgen, mir dein Konzept vorzustellen?«

»Ja, mache ich«, sagt der Koch matt.

Am Abend, als die ersten Gäste ins Restaurant kommen und der Raum sich allmählich füllt, stößt Koch Lin hinten in der Küche plötzlich einen lauten Schrei aus und lässt Pfanne und Wender zu Boden fallen. Er redet von einem schrecklichen stechenden Schmerz im rechten Arm, der ihn völlig gelähmt habe. Als Mendy und Tubai versuchen, mit einigen Kniffen die Schmerzen zu lindern, wird es noch schlimmer. Der Arm wird steif und lässt sich gar nicht mehr beugen und heben.

»So was Seltsames habe ich noch nie gesehen«, sagt Mendy ratlos.

»Ich wusste es«, jammert der Koch. »In der Nacht habe ich einen bösen Traum gehabt. Ein Ungeheuer hat mich in die Schulter gebissen. Ich bin vor Schreck aufgewacht. Heute Morgen hat sich der Arm angefühlt wie ein Waschknüppel, und jetzt ist er tatsächlich hinüber.«

Tubai zaubert eine chinesische Salbe hervor. Auf dem Dosendeckel ist ein vor Energie strotzender Tiger zu sehen, und als der Koch die Salbe auf seinen Arm streicht, hoffen alle, dass er gleich wieder gesund wird. Aber so schnell kann auch der Tigerbalsam nicht wirken. Es bleibt Mendy nichts anderes übrig, als den Koch nach Hause zu schicken und ihm gute Besserung für seinen steifen Arm zu wünschen.

Während Mendy nach einem Ersatzkoch telefoniert, muss Tubai einspringen. Ohne zu zögern, beginnt er die bestellten Gerichte zu kochen, die der Bildschirm anzeigt. Nach einer Stunde kommt der Ersatzkoch, und Mendy bittet die beiden, sich die Arbeit zu teilen. Unerwartet wendet der Abend sich zum Erfolg. Die Gäste loben nicht nur den schnellen Service, sie finden die Speisen auch ausgezeichnet.

Am nächsten Morgen meldet Lin sich am Telefon. Bei ihm sei keine Besserung eingetreten, sagt er mit gequälter Stimme. Mendy gibt ihm den Tag frei, sagt aber, er müsse ihr spätestens morgen eine Krankschreibung vom Arzt vorlegen, sonst bekäme er für den versäumten Tag kein Geld. Als sie den Hörer auflegt, schleicht sich Misstrauen in ihr Herz. Hat sich der Koch beim Kampf mit Tubai verletzt, oder täuscht er die ganze Sache nur vor? Wenn der Große Koch gegen sie arbeitet, wird sie das Umsatzziel nicht erreichen. Sie seufzt und weiß nicht recht, was sie tun soll.

Ihre gedrückte Stimmung ist Tubai nicht entgangen. Um sie aufzuheitern, schneidet er aus einem runden Rettich eine Rose für sie und bringt sie ihr ins Büro. Mendy lächelt und sagt ihm schließlich, was sie bedrückt.

»Könnten wir es nicht mit Nudelgerichten versuchen?«, fragt Tubai schließlich. »Damit kenn ich mich aus.«

»Nudeln?«, sagt Mendy. »Ist das nicht zu ... einfach?«

»Glaub ich nicht«, sagt Tubai. »Meine Gäste in China haben meine Nudeln geliebt!«

»Vielleicht hast du recht«, sagt Mendy. »Wenn die Deutschen zum Italiener gehen, essen sie auch dauernd Pasta. Dabei waren die Nudeln eigentlich unsere Erfindung. Und wenn wir Nudeln servieren, brauchen wir auch kein Glutamat.«

In der Mittagspause erzählt Tubai, was er in seinem Nudelimbiss alles für Gerichte gekocht hat, und Mendy schreibt eifrig mit. Es sind alte, traditionelle Gerichte aus Fujian, die zum Teil noch von seinem Vater stammen. Das andere sind bewährte Rezepte aus dem

Nudelrestaurant, das er früher zusammen mit seinem Bruder geführt hatte. Als die Pause vorbei ist, hat Mendy zwölf neue Gerichte notiert, sodass die neue Tageskarte schon bestens gefüllt ist.

Ehe das Lokal am Abend öffnet, setzen sich die Mitarbeiter normalerweise um den Tisch neben dem Kücheneingang und stärken sich bei einer gemeinsamen Mahlzeit. An diesem Abend ist es ein großes Probe-Essen. Mendy hat bei Tubai gleich fünf von den neuen Gerichten bestellt. Als die dampfenden Nudeln auf dem Tisch stehen, sind alle Tischgenossen begeistert und machen sich mit wahrem Heißhunger darüber her. Ob *Yuxiang Qiezi*, nach Fisch duftende Aubergine, oder *Ganshao Routiao*, gebratenes Schweinefleisch mit Bambusstreifen, alles verschwindet in Windeseile vom Teller. Nach der Mahlzeit sind alle so gesättigt und zufrieden, dass sie noch ein paar Minuten länger am Tisch sitzen bleiben.

»Das erinnert mich an die mit Schweinefleisch gefüllten Klebreisknödel, die meine Mutter immer gemacht hat«, sagt der alte Kellner Bogo. Und dann fangen alle an, von ihren Lieblingsgerichten zu erzählen, die sie zu Hause in ihrer Kindheit gegessen haben: Seetangsalat, scharf zubereitetes Mapo-Tofu, Weißkohl mit vorgekochtem Fleisch, kurz gebraten ... Wüsste man nicht, dass sich alle gerade den Bauch vollgeschlagen haben, so könnte man glauben, sie halluzinierten vor Hunger.

»Jetzt brauchen wir nur noch einen zugkräftigen Namen für unsere Nudelkarte«, sagt Bogo. »Ein bisschen Reklame muss sein.«

»Wir brauchen etwas Englisches«, sagt Peipei. »Die Deutschen lieben englische Sachen. Wie findet ihr *Happy Noodle?*«

Mendy will die Freundin nicht kränken, aber das geht ihr doch ein bisschen zu weit. »Ich werde mir etwas einfallen lassen«, sagt sie rasch.

Aber Kellner Bogo unterstützt den Vorschlag sofort. »Das ist eine gute Idee!«

Gerade noch rechtzeitig fällt Mendy ein, was sie an der Uni gelernt hat: Die Kreativität der Mitarbeiter ist das größte Betriebskapital. Sie nickt und zieht sich ins Büro zurück. Während im Lokal die Abendgäste bedient werden, geht sie zum Papiergeschäft, kauft eine große rote Papptafel und breite Filzstifte. Am nächsten Morgen hängt das Plakat im Fenster:

> *HAPPY NOODLE*
>
> *Die* Strahlende Perle *lädt ein zum*
> *großen chinesischen Nudelessen*
> *mit hausgemachten Nudeln aus Fujian!*
> *Jedes Gericht nur 8 Euro!*

Und in etwas kleinerer Schrift hat Mendy dazugeschrieben: *Unsere Küche ist absolut glutamatfrei!*

Damit Tubai mit dem Kochen nachkommt und immer mit frischen Zutaten arbeiten kann, hat sie das Angebot auf der Tageskarte stark eingeschränkt. Fünf leckere Nudelgerichte müssen genügen. Auf diese Weise lassen sich auch die niedrigen Preise besser kalkulieren.

Seit Vater Guan weg ist, hat Mendy nicht mehr so

viel Zeit, die Gäste persönlich zu bedienen, aber an diesem Montag nimmt sie sich Zeit. Sie will sehen, wie sich die Nudelkarte bewährt. Sie zieht ihre Kellnerkleidung an und geht wie ein fröhlicher Spatz durch das Restaurant. Sie spart nicht mit Lächeln und weist immer wieder auf die neuen Angebote hin. Sind die Gäste ihrer Empfehlung gefolgt, fragt sie hinterher unauffällig, ob sie zufrieden waren und wie es geschmeckt hat.

Und die *Happy Noodle* ist ein Erfolg! Am ersten Tag gibt es über zwanzig Bestellungen. Am zweiten Tag sind es schon doppelt so viele. Und wegen der Aktionspreise sieht Mendy auch viele neue Gesichter. Die Büroangestellten und Verkäuferinnen aus der Umgebung sind mittags immer schon gern gekommen, aber jetzt setzt ein richtiger Run ein.

Mendy ist überglücklich. Als Tubai vorschlägt, das Glutamat gänzlich aus der Küche zu verbannen, stimmt sie sofort zu. Für sie ist Tubai jetzt der Große Koch. Sie würde ihn gern auch offiziell befördern, aber das geht nicht. Er ist ja nach wie vor nur Asylbewerber und darf eigentlich gar nicht arbeiten.

Eine Woche lang hat Koch Lin sich krankgemeldet. Als er wieder zur Arbeit kommt, ist sein rechter Arm zwar nicht mehr steif wie Holz, aber er macht ein Gesicht, als hätte er sieben Tage und Nächte auf einem Nagelbrett schlafen müssen.

»Du bringst kein Attest mit? Gut. Dann sind wir alle gesund. Der Tag fängt golden an«, erklärt Mendy, obwohl sie Lins beleidigtes Leberwurstgesicht am liebsten gar nicht mehr sehen würde.

Kaum ist Lin wieder da, herrscht dicke Luft in der Küche. Was? Seit wann ist Tubai ein richtiger Koch und bedient einen eigenen Herd? Der Junge soll sich gefälligst nur um frittierte Speisen und den Salat kümmern. Wie? Es gibt jetzt eine neue Tageskarte? Von Tubai? Wo ist, verdammt, die Dose mit dem Glutamat versteckt? Was?! Alle Gerichte werden neuerdings ohne Glutamat gekocht? Das kommt überhaupt nicht infrage!

»Was für eine Schande!«, zischt Lin durch die Zähne und macht mit Wender und Teller viel Lärm. Nachdem er eine Suppe abgeschmeckt hat, schüttet er Tubai die restliche Brühe im Löffel mit verächtlichem Blick vor die Füße. Erst als Mendy ihm droht, Beschimpfungen und Beleidigungen demnächst mit Lohnabzug zu bestrafen, wird er etwas ruhiger.

Gegen Mittag geschieht etwas Merkwürdiges. Ein gut gekleideter Chinese mit einem winzigen schwarzen Dreiecksbart an der Unterlippe betritt das Restaurant, setzt sich in eine Ecke und lässt sich ein üppiges Essen servieren. Als er fertig ist und Mendy fragt, ob er noch einen Wunsch habe, bittet er nicht um die Rechnung, sondern verlangt, den Besitzer zu sprechen. Die junge Frau erklärt ihm, dass ihr Vater nicht da ist und sie die Vertreterin sei.

Der Mann mustert sie von oben bis unten, als wäre sie ein Bündel Stroh vom vergangenen Jahr, und schüttelt unmerklich den Kopf. Mendy spürt eine eisige Kälte von diesem Mann herüberschwappen und hält wie erfroren den Atem an. Als sie sich zwingt, seinen Blick zu erwidern, hat der Mann sein Interesse an ihr schon verloren. Seine Augen wandern ins Innere des Restaurants und bleiben an Tubai hängen, der gerade einen Nudelteller in die Durchreiche stellt. Irgendetwas an diesem Anblick scheint den Fremden zu reizen, sodass er den Kopf schräg hält, um mehr vom Gegenstand seines Interesses zu sehen.

Was ist das für ein seltsamer Blick? Wäre der Fremde ein Metzger, so könnte man glauben, er habe ein scharfes, gut geschliffenes Messer gesehen. Oder betrachtet er Tubai als Schlachtvieh? Mendy läuft ein Schauder über den Rücken. Sie spürt instinktiv, dass dieser Mann aus einer Welt kommt, vor der ihr graut. Sie stellt sich vor ihn und versperrt seinen Blick in die Küche.

»Haben Sie noch einen Wunsch?«, fragt sie erneut.

Der Mann greift in die Innentasche seiner Jacke und holt eine Karte heraus, die er Mendy über den Tisch schiebt. Es ist aber keine Kreditkarte, sondern eine Art Visitenkarte. Ein dreieckiges Stück Karton, das irgendwie dem Spitzbart des Fremden ähnelt. Und es steht auch kein Name darauf. Man sieht nur einen Zweig mit drei verschiedenen Blättern. An der Basis des Dreiecks sind drei Zacken eingeschnitten.

Während Mendy die Karte noch hin und her dreht und vergeblich nach einer Erklärung sucht, steht der Mann auf. »Grüßen Sie den Besitzer von mir. Er kennt mich gut«, sagt der Mann mit deutlichem Kanton-Akzent. »Und das Essen war nicht das Übelste, was ich in dieser Woche vorgesetzt bekommen habe.« Dann greift er nach seinem Mantel.

»Und die Rechnung?«, fragt Mendy. »Soll ich …«

Der Mann zeigt mit dem Finger auf die Karte, die Mendy noch in der Hand hält. Seine Bewegung ist kalt, hart und bedrohlich. Es ist, als hätte er eine Pistole auf Mendy gerichtet. Sie presst die Lippen zusammen und schluckt.

Allein im Büro und hinter geschlossener Tür greift sie zum Telefon und wählt die Handynummer des Vaters in China. Boss Guan ist von Stimmengewirr und Lärm umgeben und braucht eine Weile, bis er versteht, wer ihn da überraschend anruft. Auch Mendy kann ihn kaum verstehen. Aber als er von dem Kärtchen mit den drei Blättern hört, sucht er sich eine ruhige Ecke, um ungestört telefonieren zu können. Er fragt nach der Anzahl der Zacken in der Karte und murmelt etwas Unverständliches, dann weist er die Tochter an, das Kärtchen an seine Frau weiterzugeben. Die werde das Notwendige tun. Eine Erklärung gibt er Mendy nicht. Als sie danach fragt, sagt der Vater, das sei eine alte Rechnung. Sie brauche sich um die Details nicht zu kümmern. Dann bricht der Kontakt ab.

Guans Ehefrau Yeye hat ein eigenes Büro für die Verwaltung der Immobilien und Mietshäuser, die ihr Mann und sie im Lauf der Jahre gekauft haben. Seit sie wieder schwanger ist, strengt sie der Weg ins Büro aber zunehmend an, und so verlegt sie die Arbeit Stück für Stück in die Wohnung. Wenn die Prüfung der Rechnungen und Kontoauszüge sie ermüdet, legt sie eine Pause ein und macht ein Nickerchen auf der Couch. Als Mendy an der Tür klingelt, gönnt sie sich gerade so eine Schlummerpause.

»Ich bin so müde«, gähnt Yeye und lässt die Stieftochter in die Wohnung.

Mendy wirft einen zärtlichen Blick auf den leicht gewölbten Bauch der Stiefmutter. »Das kommt von dem Baby«, sagt sie. Dann zeigt sie ihr die mysteriöse Karte.

Die Müdigkeit der Älteren ist sofort wie weggefegt. Sie starrt auf die Karte und fängt an zu schimpfen: »Dein Vater hat sowieso kaum mehr flüssiges Geld. Macht sich einfach aus dem Staub, und ich darf dann meine privaten Ersparnisse plündern.«

Mendy fragt, was die drei Blätter auf der Karte zu bedeuten haben, und Yeye antwortet mit mühsam unterdrückter Wut: »Sie vergessen niemanden. Kaum hat das neue Jahr begonnen, sind diese verdammten Geier schon da!« Als Mendy fragt, wer diese »Geier« denn seien, geht die Stiefmutter nicht darauf ein.

»Kannst du tausend Euro aus der Kasse des Restaurants nehmen? Das wird dir nicht besonders schwerfallen, oder?«, fragt Yeye.

Eine dunkle Ahnung überkommt Mendy. »Ich weiß nicht, ob ich tausend Euro lockermachen kann. Ich hatte ein paar Investitionen geplant«, sagt sie zögernd.

»Die Sicherheit des Restaurants hat Vorrang«, sagt Yeye entschieden. »Halte tausend Euro bereit und komm morgen früh noch mal zu mir. Ich werde dir etwas geben. Der Fremde wird morgen wiederkommen und es abholen. Die Übergabe muss unauffällig erfolgen, darauf musst du achten. Und behalte die Sache für dich.« Damit wird die Stieftochter wieder nach unten geschickt.

Am nächsten Tag übergibt ihr Yeye einen dicken Umschlag. »Pass auf!«, sagt sie. »Da drin sind zweitausend Euro. Tu deine tausend Euro dazu. Das ist die verlangte

Summe«, sagt sie knapp. Dann schickt sie Mendy zurück ins Restaurant.

Die junge Frau ist verwirrt. Werden ihr Vater und seine Frau um Schutzgeld erpresst? Wer steckt hinter dem gut gekleideten Mann, der die Körpersprache der Bedrohung so sicher beherrscht? Plötzlich erinnert sie sich, dass ihr Vater vor ein paar Jahren schon einmal mit einem unheimlichen Fremden gesprochen hat. Sie hatte die beiden damals bedient. Der Fremde hatte ganz still dagesessen und nur gelegentlich den Mund gespitzt, während ihr Vater leise und beschwörend auf ihn eingeredet hatte. Es sah aus, als ginge es um ein Geschäft, aber der Mann und ihr Vater konnten sich offenbar nicht einigen.

Schließlich war ihr Vater entnervt aufgestanden, um in sein Büro zu gehen. Aber dort blieb er auf der Schwelle stehen und klammerte sich an den Türrahmen. Erschrocken war Mendy zu ihm hingelaufen und hatte auf dem Schreibtisch eine zuckende Ratte gesehen, die mit einem Messer auf die Platte genagelt war und den Kampf um ihr Leben gerade verloren hatte. Mendy wollte schreien, aber der Vater hielt ihr den Mund zu. Sie solle keinen Lärm machen, flüsterte er. Dann ging er allein ins Büro und schloss die Tür hinter sich. Als sie sich wieder öffnete, war auf dem Schreibtisch nichts mehr zu sehen. Der Vater wischte sich nur einmal nervös die Stirn mit dem Handrücken. Dann ging er zu dem Unbekannten, der immer noch seelenruhig am Tisch saß, und übergab ihm unauffällig einen Briefumschlag. Der Mann hatte unmerklich gelächelt und war aus der *Strahlenden Perle* verschwunden …

Mendy zuckt zusammen und blickt nervös um sich, als sie durch das Restaurant geht. Aber außer ihr ist noch niemand da. Dennoch spürt sie so etwas wie giftige Nebel aufsteigen, die ihr die Sinne verschleiern. Das muss die Angst sein. Angst vor einem Ungeheuer, das nur eine einzige scharfe, glänzende Kralle zeigt und alles andere im Dunkel hält. Zitternd geht die junge Frau ins Büro, holt tausend Euro aus der Kasse des Restaurants, legt ihren Anteil zu dem ihrer Stiefmutter und schließt den Briefumschlag in der Schublade ein.

Der Chinese mit dem Kanton-Akzent erscheint tatsächlich wieder. Diesmal bestellt er nur einen Kaffee. Er steckt den prall gefüllten Briefumschlag ein, den Mendy ihm wortlos gegeben hat, und wirft erneut einen bohrenden Blick auf die geschlossene Durchreiche. Mendy hat den Eindruck, dass der Mann nach etwas sucht, es aber nicht finden kann. Sie ist froh, dass sie eine Vorsichtsmaßnahme ergriffen und die Mitarbeiter angewiesen hat, nach der Speiseausgabe die Durchreiche jedes Mal wieder zu schließen.

Kaum ist der Fremde verschwunden, kommt Boss Hong vorbei und fragt sie, ob sie Hilfe brauche. Ihr Vater hat ihn geschickt, weil er meint, die Tochter könnte in Schwierigkeiten stecken. Zum ersten Mal kommt der Mann ihr sympathisch vor. Aber da der Erpresser bereits gegangen ist, sagt sie nur, es sei alles in Ordnung, und bietet ihm etwas zu essen an. Als er mit ihr schäkert, schenkt sie ihm sogar ein Lächeln.

Koch Lin hat gerade mal einen Tag lang gearbeitet, da lässt sein Arm sich erneut nicht bewegen. Diesmal schickt Mendy ihn allerdings nicht nach Hause, sondern begleitet ihn zu einer Orthopädie-Praxis in der Nähe des Restaurants, wo sich ihr Vater manchmal behandeln lässt. Nach Untersuchung und Röntgen sagt der Arzt: »Seltsam. Der Arm sieht eigentlich gesund und kräftig aus. Woher der Schmerz kommt, ist momentan nicht festzustellen.« Da er nichts Krankhaftes findet, empfiehlt er dem Patienten Gymnastik und verschreibt ihm ein paar Massagen.

Von nun an scheint Koch Lin einer bestimmten Taktik zu folgen: Er arbeitet einen oder zwei Tage, dann meldet er sich für den nächsten Tag krank, kommt am übernächsten Tag wieder zur Arbeit, ist aber nach zwei Tagen erneut krank …

Die Atmosphäre in der *Strahlenden Perle* hat sich verändert. Sobald feststeht, dass Koch Lin nicht zur Arbeit kommt, herrscht gute Stimmung unter den Mitarbeitern. Sie scherzen und lachen, als feierten sie noch immer das Frühlingsfest. Mendy erkennt schnell, dass Tubai die Fähigkeit besitzt, die Mitarbeiter in gute Stimmung zu versetzen und ihre Arbeit nahtlos zu koordinieren. Ihr Vertrauen in Tubai ist inzwischen so groß, dass sie ihm auch die Verantwortung für das ganze Restaurant überträgt, wenn sie mal auswärts etwas zu erledigen hat.

Als Tubai eines Tages sagt, er müsse mal wieder nach Potsdam hinausfahren, um sich in der Unterkunft für Asylbewerber zu melden, wo er offiziell wohnt, gibt es Mendy einen heftigen Stich. Den ganzen Tag hat sie ein taubes Gefühl in den Gliedern, als hätte man ihr alle Nerven herausgezogen. Sie hat total verdrängt, dass er kein freier Mann ist, sondern strenge Regeln beachten und für die Behörden jederzeit erreichbar sein muss. Aber es bleibt ihr nichts anderes übrig, als Tubai gehen zu lassen. Da es immer noch kalt ist und Tubai nur eine leichte Jacke besitzt, schenkt sie ihm schnell noch einen dicken Wollschal.

Die Tage ohne Tubai kommen Mendy wie Jahre vor. Mehr als einmal schreckt sie hoch, wenn sie sich dabei ertappt, am Fenster des Restaurants mit ausgestrecktem Hals nach Tubai Ausschau zu halten. Bin ich in ihn verliebt? Nein, ich bin doch in Oswald verliebt. Außerdem hat Tubai nur die Grundschule besucht. Mit so wenig Bildung ist er nicht der Richtige für mich. Dennoch spüre ich eine hartnäckige Sehnsucht nach ihm. Was ist mit mir los?, fragt sich Mendy. Habe ich nach einem schützenden Bruder gesucht?

Nach zwei Tagen kommt Tubai zurück. Mendy entdeckt ihn zwischen den Passanten auf der Straße. Genauer gesagt, sie entdeckt zuerst den roten Schal, den sie ihm geschenkt hat. Noch nie hat sie einen Schal so freudig und graziös tanzen sehen. Sie rennt aus dem Restaurant und geht ihm eilig entgegen. Als sie ihn erreicht, umklammert sie seine Hand und führt ihn ins Restaurant. Erst als Kellner Bogo witzelt, die beiden ähnelten einem Liebespaar in einem Spionagefilm, errötet sie und lässt Tubais Hand los.

Kapitel 7

Die Nacht, die Träume zerstört

In Berlin leben viele Nationen. Mendy will ein Stück dieser Vielfalt in die *Strahlende Perle* zaubern und das fünfzehnjährige Bestehen des Restaurants im März mit einer Veranstaltung feiern. Aber was soll sie sich ins Haus holen? Ein Konzert? Ein chinesisches oder ein deutsches Kabarett? Ein feierliches Programm mit Löwentanz und Walzer?

Bei einer Übungsstunde mit Oswald erzählt Mendy von ihrem Dilemma, und der junge Mann hat sofort eine Idee: Die erste Veranstaltung in der *Strahlenden Perle* soll ein Konzert seiner Band sein. Dann könne Mendy als Sängerin ihren ersten großen Auftritt im eigenen, vertrauten Restaurant absolvieren. Das passe doch wie das Ei in die Schale.

Mendy lacht. Auf dem Neujahrsfest bei Yulin haben Oswald und Marcel gezeigt, dass sie eine tolle Stimmung erzeugen können. Es ist keine schlechte Idee, sie beim Jubiläum spielen zu lassen. Aber soll sie dabei singen? Früher hat sie nur bei ihrer Gesangslehrerin und zu Hause gesungen. Seit sie Oswald kennt, fühlt sie sich zunehmend sicherer mit ihrer Stimme. Und für ihr eigenes Restaurant ist sie auch bereit, etwas mehr zu riskieren. Da hat Oswald recht: Wenn sie singen will, dann ist das Restaurant der perfekte Ort für sie.

Oswald hat schon genaue Vorstellungen davon, wie sie sich geben soll: »Du brauchst nur ganz natürlich zu sein: verliebt, aber nicht ganz zufrieden, verträumt, aber zugleich hellwach. Du brauchst nur dich selbst zu spielen, dann liegen dir alle zu Füßen.« Er betrachtet sie mit verliebten Augen. Er ist fest davon überzeugt, dass sie ihm erst ganz gehören wird, wenn sie sich der Musik ergibt. Solange sie mit einem Bein draußen steht, bleibt ihre Zuneigung wackelig. Erst wenn die Musik sie gepackt hat, wird sie ihn von Kopf bis Fuß lieben. Er will sie zu nichts zwingen. Aber er arbeitet jeden Tag daran, sie zu erobern. »Hm«, sagt er, »vielleicht sollten wir lieber kein Konzert machen. Sonst hast du plötzlich zu viele Verehrer. Ich will dich ja nicht an einen anderen verlieren.«

»Du hast das Konzert vorgeschlagen. Jetzt musst du's auch machen.«

Seit das Konzert vereinbart ist, verwandelt sich Oswald in einen Antreiber, der keinen Widerspruch duldet. Er ordnet an, dass Mendy täglich eine Stunde üben muss, und kontrolliert ständig, ob sie sich auch daran hält. Schwindeln hilft nichts. Denn an ihrem Gesang erkennt er schnell, ob sie geübt hat oder nicht. Er nimmt sich viel Zeit für sie. Hin und wieder holt er sie aus ihrer Wohnung oder aus dem Restaurant, um ein Lied mit ihr einzustudieren.

Am Anfang ist Mendy etwas verdutzt über Oswalds Eifer. Aber sie will gut sein und lässt sich darauf ein.

Bald merkt sie, dass Oswalds Erwartungen hoch sind. Mal vermisst er die Ausgelassenheit, dann wieder die Erotik. In einer einzigen Zeile soll sie Koketterie, Ironie und Verliebtheit zum Ausdruck bringen. Schließlich fühlt Mendy sich überfordert und weigert sich, weiterzusingen. Da greift Oswald nach den Noten und schleudert sie quer durchs Zimmer. »Du und deine chinesische Sanftheit! Da schlafen die Leute ja ein! Willst du im Krankenhaus Karriere machen?« Vor Schreck hält Mendy die Hand vor den Mund. Tränen treten ihr in die Augen.

Ein anderes Mal hämmert Oswald auf das Klavier ein und faucht sie an: »An dieser Stelle musst du schreien. Du musst dir die Lunge aus dem Leib schreien! Du musst dich aus deinem inneren Korsett befreien. Nur so kannst du dein Publikum begeistern!«

Mendy flüchtet aufs Klo und kaut an den Fingernägeln. Sie fragt sich, ob sie und Oswald wohl jemals ein Liebespaar werden können.

Doch Oswald treibt es nie zu weit. Wenn er merkt, dass Mendy verstimmt ist, wird er ganz sanft und versöhnt sich mit ihr. Mendy begreift, dass Oswald ihr einen bestimmten Stil geben will. Eine schöne, saubere Stimme allein genügt nicht. Sie akzeptiert es. Zwischen verschiedenen Ausdrucksformen entscheidet sie sich schließlich für eine Mischung aus Eleganz, Sehnsucht und Leichtigkeit.

Ihren Lehrmeister betet sie heimlich an. Als die Studioaufnahme der Band auf CD gebrannt ist, wirft sie einen nervösen Blick zu Oswald und wartet auf sein Urteil. Erst als er lächelt und sie umarmt, löst sich die Spannung. Nun weiß sie, dass sie reif für die Bühne ist.

Gleichzeitig zeigt Oswald auch sein Organisationstalent bei den Vorbereitungen für das Konzert. Seine Website ist aktualisiert und Mendy als neue Sängerin vorgestellt worden. Ein Plakat mit einer Einladung zur Jubiläumsfeier hängt im Fenster der *Strahlenden Perle* und kündigt auch die Band an. »Fenster zum Salat«, steht da, und die Fotos der drei Bandmitglieder sind appetitlich mit grünem und rotem Salat dekoriert.

Als Tubai das Plakat sieht, ist er begeistert: »Wir machen ein Festmenü und ein Buffet. Man wird noch monatelang davon reden!« Tatsächlich stellt er ein Essen zusammen, das Mendy entzückt: Viele kleine Delikatessen wie Reisknödel, sauer eingelegte Bohnen und weiß gekochtes Huhn gehören dazu. Allein schon bei der Aufzählung der einzelnen Speisen läuft Mendy das Wasser im Mund zusammen.

»Ist das nicht zu teuer?«, fragt sie. »Und wie willst du die viele Arbeit schaffen?« Aber Tubai sagt, sie solle sich nur um ihren Gesang kümmern, die Küche könne sie getrost ihm überlassen. Den Preis für das Festmenü könnte man auf 25 Euro pro Person festsetzen. Allerdings werde er am Konzertabend und die Tage davor ein paar tüchtige Küchenmitarbeiter brauchen. Mendy stimmt zu und macht ihn für das Jubiläum zum Küchenchef.

Je näher der Konzerttermin rückt, desto nervöser wird Mendy. Sie hat keinerlei Bühnenerfahrung und fürchtet außerdem, das Restaurant könne leer bleiben. Oswald meint, es würden genug Leute kommen, auch wenn noch Ferien seien. Als die *Berliner Zeitung* zwei Tage vor dem Konzert einen Artikel über seine Musik veröffentlicht, ist er sich eines Publikumsansturms sicher. Tubai ist nicht in der Lage, den Artikel zu lesen. Er glaubt eher an Mendys Beliebtheit bei den Stammgästen und bereitet sich dementsprechend auf ein großes Essen vor. Immerhin liegen auch schon ein paar Tischreservierungen vor.

Dann kommt der große Tag. Der Raum wird mit roten Lampions und Plakaten mit goldenen chinesischen Schriftzeichen geschmückt, als stünde eine Hochzeit bevor. Schon am Nachmittag kommen Freunde, Bekannte, Nachbarn, Stammgäste, Fans und Neugierige. Mendy fühlt sich, als hätte sie heißen Pflaumenwein getrunken. Lange vor Beginn des Konzerts sind alle Tische besetzt. Diejenigen, die keinen Sitzplatz ergattern, stehen in kleinen Gruppen herum, kaufen Bons für das Buffet und plaudern miteinander. Die Stimmung ist prächtig.

Mendys Herz flattert wie ein Drachen im Sturm, als sie das bis auf den letzten Platz gefüllte Restaurant sieht. Mit so vielen Besuchern hat sie nicht gerechnet. Um das Lampenfieber zu dämpfen, nippt sie an einem eiskalten, alkoholfreien Fruchtcocktail, den Tubai extra für sie gemixt hat. Danach fühlt sie sich ein wenig besser.

In der Küche herrscht Hochbetrieb. Teller flitzen von einer Hand zur anderen. Flammen summen. Drei Köche schwingen ihre Arme mit einer Geschwindigkeit und Geschmeidigkeit wie Kung-Fu-Meister. Nur

Koch Lin lässt sich nicht blicken. Er hat sich wegen seiner steifen Schulter wieder mal krankgemeldet.

Schließlich treten Oswald und Marcel als Erste auf die Bühne und stimmen das Publikum mit ihren Instrumenten auf das Konzert ein. Mendy, die hinten im Büro sitzt und den Applaus mitbekommt, fällt ein Stein vom Herzen.

Jetzt hört sie Oswald ins Mikrofon sprechen: »Stellen Sie sich vor, eines Tages kommt ein Orangenbaum auf eine Apfelbaumwiese geflogen. Die Apfelbäume wachen auf und verlieben sich in den duftenden Baum. Sie tanzen um ihn herum und rascheln mit ihren Blättern. Doch der Orangenbaum starrt in die Ferne. Er vermisst ein Mädchen, das einst in seinem Schatten sang. Es war das schönste Lied, das er je gehört hat. Hier ist sie, die Sängerin Mendy, deren Stimme der Orangenbaum abgöttisch liebt!«

Die Gäste applaudieren höflich. Als Mendy die Bühne betritt, verstummt der Beifall, und alle schauen sie gespannt an. Sie trägt ein grün schimmerndes Abendkleid, in dem sie wie fließendes Glas erscheint, wenn sie sich in den Hüften wiegt. Nichts von ihrer sonstigen Aschenputtel-Erscheinung ist zu sehen. Das Gesicht zur Decke erhoben, stößt sie ein sinnliches Seufzen hervor, bevor sie mit dem Singen beginnt:

> »Ich warte auf dich, meine Liebe, unter dem Orangenbaum auf dem Hügel. Ich hab ihn geküsst und gestreichelt, als wäre er du. Es dämmert schon, und ich warte auf dich …«

Als Mendy ihr Lied beendet hat, jubeln die Gäste. Einen Augenblick fragt sie sich, ob der Applaus nicht ironisch gemeint ist, doch Oswalds Gesichtsausdruck sagt eindeutig, dass sie die Erwartung des Publikums übertroffen hat. Ein kleines Lächeln umspielt ihre Mundwinkel, und sie ist glücklich.

Als das Konzert vorbei ist, tritt die große Eisenschwester Yulin auf die Bühne, umarmt Mendy herzlich und lobt ihre Stimme. Sie sei so erfrischend wie Pfefferminz, sagt sie und drückt ihr einen großen Blumenstrauß in die Hand. Mendy schwebt wie auf Wolken. Es wird gesungen, getanzt, gegessen und gelacht.

Nach dem Konzert wollen die Gäste noch längst nicht nach Hause gehen. Peipei, in Kellnerkleidung und mit einer roten Rose im Haar, springt auf die Bühne und ruft, sie wolle auch etwas singen. Marcel und Oswald begleiten das Lied. Peipei zieht eine lüsterne Schau ab: Beim Singen fährt sie sich mit der Hand zwischen die Beine und stößt mit den Hüften, als läge sie in den Armen des Teufels. Das Publikum johlt. Mendy empfindet das als Herausforderung und kehrt erneut auf die Bühne zurück. Sie ist so glücklich über ihren Erfolg, dass sie beschlossen hat, sich Oswald noch in dieser Nacht hinzugeben. Und das lässt sie ihn spüren. Sie geht viel mehr aus sich heraus als bisher, und ihre Liebe zur Musik und die Liebe zu Oswald scheinen ihr ein und dasselbe.

Kurz nach Mitternacht ist der Tumult vorbei. Während alle beim Aufräumen sind, starrt Mendy den Kassenzettel mit geweiteten Pupillen an, als ob sie halluzinierte. Ist das überhaupt möglich? Der Umsatz hat sich versiebenfacht! Mendy möchte am liebsten ihrem Küchenchef Tubai einen Kuss geben, aber das bringt sie dann doch nicht über sich.

Als Mendy die Kasse zur Aufbewahrung zu Stiefmutter Yeye nach oben trägt, hat sie das Gefühl, heute Abend den Olymp erklommen zu haben. Und der Lorbeerkranz liegt in der Kasse für sie bereit.

Anschließend, als sie wieder unten ist, überlegt sie kurz, ob sie sich umziehen soll. Sie entscheidet sich dagegen. In dem Kostüm, das Oswald für sie entworfen und besorgt hat, fühlt sie sich wie sein Geschöpf. Er hat sie auf die Bühne erhoben und sie zur Sängerin gemacht – und jetzt wird er ihr erster Mann sein.

Aber als sie aus dem Restaurant kommt und auf Oswalds Auto zugehen will, nähert sich ein schwarzer BMW und versperrt ihr den Weg. Ein bulliger Chinese im schwarzen Anzug steigt aus und geht auf sie zu. Sein linkes Augenlid hängt herunter, sodass er irgendwie schläfrig wirkt. Mendy kennt ihn nicht. Er stellt sich auch nicht vor, sondern sagt nur, dass Boss Hong ihn geschickt habe. Er solle Mendy in ein Restaurant in Wilmersdorf bringen. Boss Hong habe wichtige Nachrichten von ihrem Vater für sie.

Mendy fürchtet, ihrem Vater könnte etwas Schlimmes zugestoßen sein. Sie lässt Oswald allein nach Hause fahren und steigt in das fremde Auto ein.

Tatsächlich wartet Boss Hong im italienischen Restaurant *La Traviata* auf sie. Wie immer schimmert seine Haut etwas rötlich, und sein Gesicht wirkt wie aus Kupfer getrieben. Neben seinen Füßen steht ein kleiner, eleganter Koffer, so als wolle er auf Reisen gehen. Kaum hat sich Mendy gesetzt, beginnt er von ihrem Auftritt zu schwärmen und lobt auch sehr ihr Kostüm. Es sei ihm aufgefallen, sagt er, dass sie die ganze Nacht das Kleid nicht gewechselt habe. Es sei ja auch sehr nett, aber ein einziges Kleid sei viel zu wenig für eine schöne Sängerin. Er stellt den Koffer auf einen Stuhl und öffnet ihn. »Ein Geschenk für dich«, sagt er.

Da kommt ein glänzendes Farbenmeer zum Vorschein. Mendy schaut genau hin. Es sind drei Kostüme aus Seide. Alles von bester Qualität, das sieht Mendy sofort. Als sie darunter noch drei chinesische *Qipaos* entdeckt, schlägt ihr das Herz bis zum Hals. Diese Kleider sind oben eng anliegend und haben unten an den Seiten zwei Schlitze, sodass man die Beine der Frauen beim Gehen für einen kurzen Augenblick nackt sieht.

Früher haben alle schönen Frauen das *Qipao* getragen. In Maos Ära wurde es dann als Symbol der kapitalistischen Dekadenz abgestempelt, und niemand wagte es, solche Kleider noch anzuziehen. Erst in jüngster Zeit sieht man bei feierlichen Anlässen dieses »Bannerkleid« wieder. Schon als Teenager hatte Mendy sich zum achtzehnten Geburtstag ein *Qipao* gewünscht. Doch dann war ihre Mutter gestorben und konnte ihren Wunsch nicht mehr erfüllen. Jetzt hat sie plötzlich drei davon, wie sollte sie da nicht aufgeregt sein! Sie streichelt die glänzende Oberfläche und hält sich eins davon an die Brust, um zu sehen, ob es ihr passt. Aber als sie den Blick des Mannes sieht, errötet sie und legt das Kleid hastig wieder zurück.

»Die sind wunderschön«, sagt sie kühl. »Aber ein so großes Geschenk kann ich nicht annehmen. Ich habe ja gar nichts für Sie getan.«

»Ach, weißt du, das ist eine Investition«, sagt Boss Hong. »Dein Vater ist mein Geschäftspartner. Wenn es dir gut geht, hat er eine Sorge weniger und kann sich besser auf unsere Geschäfte konzentrieren.« Und als Mendy erneut versucht, das Geschenk abzulehnen, sagt er: »Du wirst deinen Vater doch nicht beleidigen, oder? Der hat sie geschickt.« Als sie Genaueres wissen will, gibt der Mann keine Antwort. Mendy bleibt nichts anderes übrig, als das Geschenk anzunehmen und sich zu bedanken.

»Was ist mit meinem Vater? Sie wollten mir doch etwas von ihm erzählen«, sagt Mendy.

Der Goldene Drache stößt einen Seufzer aus. »Dein Vater war überhaupt nicht einverstanden, dass ein Konzert in eurem Restaurant stattfindet. Er hat mich heute Mittag schon angerufen und gesagt, ich solle das unterbinden. Ich habe ihm lange zugeredet, bis er einsah, dass es schädlich wäre, das Konzert am Tag der Jubiläumsfeier noch abzusagen.«

»Danke«, sagt Mendy erleichtert. »Mein Vater ist etwas altmodisch. Aber wenn er sieht, was für ein Erfolg das Konzert war, wird er sich freuen.«

»Aber eins hat dein Vater nicht zurückgenommen.« Der Goldene Drache seufzt erneut. »Er will nicht, dass du noch einmal auftrittst. Genauer gesagt, er will überhaupt nicht, dass du Sängerin wirst.«

»Sie können meinen Vater beruhigen. Ich habe sowieso nicht vor, Sängerin zu werden«, sagt Mendy kühl.

»Aber lass dich doch nicht gleich davon abbringen.« Der Goldene Drache streichelt besänftigend ihre Hand. »Du musst unbedingt singen. Wenn deine Stimme sich erhebt, bist du wirklich betörend.«

Die Berührung des Mannes wirkt wie ein Stich, der unter die Haut geht, auf Mendy. Sofort muss sie daran denken, wie Boss Hong sie vor aller Augen mit Stäbchen gefüttert hat. Sie tut so, als müsste sie ihr Getränk zum Mund führen, und zieht ihre Hand zurück. Dann fragt sie, was ihr Vater noch gesagt habe. Als sie keine weiteren Neuigkeiten erfährt, bittet sie, gehen zu dürfen, sie sei jetzt doch etwas müde.

Boss Hong lässt sie gehen, besteht aber darauf, dass sein Chauffeur sie nach Hause fährt. »Er heißt übrigens Himmelsstachel«, sagt er mit einem kalten Lächeln. »Ein sehr zuverlässiger Mann.«

Als Mendy allein in ihren vier Wänden ist, stellt sie sich vor den Spiegel und probiert die *Qipaos* an. Wann sie die wohl einmal tragen wird?

Als Mendy aufwacht, ist sie so weit weg, dass sie einen Augenblick lang nicht weiß, wo sie sich befindet. Dann hört sie den vertrauten Klingelton ihres Telefons. Sie schlüpft aus der Decke und tastet mit der Hand nach dem Apparat. Draußen ist es noch dunkel, aber in ihrer Wohnung ist es gemütlich. Kaum hat sie den Hörer ans Ohr gelegt, hat sie jedoch das Gefühl, dass der Boden unter ihr weggerissen wird.

»Es brennt! Das Restaurant steht in Flammen! Komm schnell! Ich muss weg, die Polizei ist schon vor der Tür!«, hört sie Tubai verzweifelt schreien. Bevor sie eine Frage stellen kann, ist die Leitung bereits unterbrochen.

Als sie mit zerzaustem Haar und verkehrt herum angezogener Bluse die *Strahlende Perle* erreicht, ist sie außer Atem und völlig verängstigt. Feuerwehr und Polizei verstopfen die Straße vor dem Lokal. Der Eingang ist nur noch ein schwarzes Loch. Feuerwehrleute schießen Schaum durch die von der Hitze gesprungenen Fenster. Zwar ist der Himmel noch nicht ganz hell, aber im Lichtgewitter der Feuerwehr und der Streifenwagen sieht man den Rauch im Inneren des Lokals. Auch aus einem Fenster in der ersten Etage scheint es zu qualmen. Mendy denkt an ihre schwangere Stiefmutter und will ins Haus laufen, doch die Polizei hält sie zurück. Dann erfährt sie, dass ihre Stiefmutter bei der Flucht aus der Wohnung auf der Treppe gestürzt ist und gerade ins Krankenhaus gebracht wird.

Erst nach Stunden, als der Brand vollständig gelöscht ist, darf Mendy ins Restaurant. Was sie sieht, lässt sie schaudern. Der Gastraum ist dunkel und gleicht einer schwarzen Höhle, in der die Scheinwerfer der Feuerwehr geisterhaft hin und her huschen. Die Tische und Stühle sind zwar nicht vollständig verbrannt, aber die Oberfläche wirft Blasen. Die provisorische Bühne scheint der Ausgangspunkt des Brandes gewesen zu sein. Die Wand dahinter ist völlig verrußt. Im Büro und in der Küche halten sich die Schäden in Grenzen, aber der stechende Brandgeruch macht den Aufenthalt auch hier unerträglich.

Die von der Decke herunterhängende Leiter in Mendys Büro zieht sofort die Aufmerksamkeit der Polizei auf sich. Die Beamten stellen ihr heikle Fragen. Die Notunterkunft auf dem Zwischenboden sei früher mal eingerichtet worden, weil einige Mitarbeiter sich den Weg nach Hause ersparen wollten, wenn es gelegentlich spät wurde und keine Bahnen mehr fuhren. Sie bezweifle aber, dass gestern jemand hier übernachtet habe. Wahrscheinlich habe jemand etwas vom Zwischenboden heruntergeholt und dann vergessen, die Leiter wieder hochzuklappen. Die Polizei findet Kleidungsstücke und einen Koffer, stellt weitere Fragen. Mendy erfindet Geschichten und lügt, was das Zeug hält, aber Tubais Namen lässt sie sich nicht entlocken. Schließlich verliert die Brandpolizei das Interesse. Da oben dürfe niemand mehr übernachten, sagen sie bloß noch.

In der Küche fällt Mendy zuerst gar nichts auf. Aber als sie in der Wäschekammer steht, glaubt sie Benzingeruch wahrzunehmen. Der Geruch ist jedoch so leicht, dass sie ihrer Nase nicht wirklich traut. Ihr Blick fällt auf ein sauberes Tischtuch, das neben dem Regal auf dem Boden liegt. Der Abdruck eines Turnschuhs ist darauf zu erkennen. Ihr Blick geht nach oben. Als sie sieht, dass der Reserve-Wäschekorb mit sauberen Tischtüchern beinahe leer ist, wird sie misstrauisch. Hat jemand die Tücher mit Benzin übergossen und sie als Zündstoff verwendet? Hatte er zu viel auf dem Arm, und ist ihm deshalb dabei ein Tuch zu Boden gefallen?

Und wer könnte der Täter gewesen sein? Tubai? Der Koch Lin? Ein Fremder? Wilde Gedanken schießen ihr durch den Kopf. Da die Kammer kein Feuer gefangen hat, hat sich die Polizei nicht dafür interessiert. Soll sie die Beamten auf die Spur hinweisen? Nein. Solange Tubai mit dem Restaurant in Verbindung steht, will sie lieber Abstand zur Polizei halten. Sie legt das Tuch, den Schuhabdruck nach unten gedreht, zurück in den Korb, als wollte sie nur aufräumen.

Nach einem langen Verhör darf Mendy gehen. Sie fährt in die Charité. Als sie von einer Krankenschwester erfährt, dass Yeye eine Fehlgeburt erlitten hat, hält sie vor Schreck die Hand vor den Mund und beginnt am ganzen Körper zu zittern. Dann geht sie ins Krankenzimmer.

Yeye hält das Gesicht zur Wand gekehrt und will die Stieftochter nicht sehen. Sie beauftragt sie lediglich, sich um Michael zu kümmern, ihren zehnjährigen Halbbruder. Der sei gestern Nacht nicht zu Hause gewesen, weil er bei einem Freund übernachtet habe. Dort solle Mendy ihn abholen.

Mit Tränen in den Augen verspricht Mendy der Stiefmutter, sich um den Jungen zu kümmern. Kaum sind ihre Worte verklungen, erhält sie einen Anruf von ihrer Bank. Ihre zukünftige Chefin ist am Apparat. Mendy denkt an den versprochenen Arbeitsvertrag und glaubt, die Chefin wolle einen Termin für die Unterschriftsleistung vereinbaren. Aber die Chefin will etwas anderes. Sie sagt, wegen einer internen Umstrukturierung, die noch andauere, solle ihre Einstellung um einen Monat verschoben werden. Es wäre möglich, dass Mendy dann in eine andere Abteilung kommt.

Schon nach ein, zwei Sätzen wird Mendy klar, was dahintersteckt. Während ihres Praktikums bei der Bank war sie einem hohen Manager aufgefallen, der sie gern

»für das China-Geschäft einsetzen« wollte. Mendy würde eigentlich lieber in Berlin bleiben; denn sie ahnt, dass sie als Assistentin des Managers zwar gute Chancen hätte, Karriere zu machen, aber nicht allzu viel lernen würde. Sie hütet sich jedoch, das zu sagen. Ob sie sich vorstellen könne, auch in China zu arbeiten, will die Chefin von ihr wissen. Mendy zeigt großes Interesse, beteuert aber, dass sie genauso gern in Berlin bleiben würde. Die Chefin gibt sich mit dieser Antwort zufrieden. Sobald eine Entscheidung gefallen sei, würde sie informiert. Dann ist das Gespräch beendet.

Mendy drückt die Fäuste auf die Augen, damit ihr das Chaos in ihrem Kopf nicht den Schädel sprengt. Was bedeutet der Anruf konkret? Im April hat sie also noch keine Arbeit. Und ob sie überhaupt einen Vertrag bekommt, ist plötzlich auch nicht mehr sicher. Die beiden Chefs, die sich jetzt um sie streiten, könnten ihrer bald überdrüssig werden, obwohl sie gar nichts dafürkann. Innerlich sieht sie die Bank schon wie eine Insel mit imposanten Bauten davonschwimmen.

Wieso ist ihr so schwindlig? Befindet sie sich auf hoher See? Wütende Wellen schleudern ihr hölzernes Schiff hin und her. Und wo kommt dieses Feuer her, das sie umgibt? Ihre Kopfhaut beginnt zu brennen, dann wird ihr schwarz vor Augen, und sie bricht auf dem Flur des Krankenhauses zusammen.

Drei Stunden später entdeckt sie Tubai auf einem Spielplatz in der Nähe des Restaurants. Erleichterung strömt wie eine warme Welle durch ihren Körper und mildert das innere Zittern. Inzwischen ist es früher

Nachmittag, und es beginnt schon zu dämmern. Auf dem Spielplatz ist kein einziges Kind zu sehen. Tubai kauert auf einer Schaukel und hält den Kopf tief auf die Brust gesenkt. Man könnte meinen, er schläft.

Leise geht sie auf ihn zu. »Wieso sitzt du hier in der Kälte herum? Du hast noch nicht mal deine Jacke an.«

Tubai zuckt zusammen, als hätte er jetzt erst die Kälte gespürt. »Ich ... ich hätte besser auf das Restaurant aufpassen müssen«, stammelt er. »Ich kann mir nicht erklären, warum ich wie ... wie ein Toter geschlafen habe. Der Teufel! Der Schnapsteufel muss mich betäubt haben.« Qual und Reue stehen ihm ins Gesicht geschrieben.

Gestern nach dem Konzert haben die Restaurantmitarbeiter zur Feier ihres Erfolgs noch eine Runde Schnaps getrunken. Und als er gesehen hat, dass Mendy mit Oswald wegfahren wollte, hat Tubai noch zwei weitere Gläser heruntergestürzt. Er hat gespürt, dass Mendy mit Oswald schlafen wollte, und war darüber so unglücklich, dass er seinen Kummer mit Alkohol zu betäuben versuchte. Dass ausgerechnet in dieser Nacht ein Brand ausgebrochen ist, betrachtet er als Strafe für seine Eifersucht und seine fehlende Wachsamkeit. Aber natürlich wagt er nicht, Mendy das zu sagen.

»Wer so viel gearbeitet hat wie du, der schläft natürlich fest wie ein Stein«, sagt Mendy, um ihn zu trösten. Sie sieht, dass Tubai Ruß und Blut im Gesicht hat, und am Kopf hat er eine kahle Stelle, weil dort das Haar verbrannt ist. Eine halb gefüllte Penny-Plastiktüte liegt neben dem Sandkasten. Das müssen die Dinge sein, die er vor dem Feuer zu retten versucht hat. Jetzt wird es bald dunkel, und sie hat keine Arbeit und keine Unterkunft mehr für ihn. Der Anblick des Schutzlosen tut ihr so weh, dass sie ihre Augen für einen Moment schließen muss.

»Was für ein Glück, dass dir nichts passiert ist«, sagt sie nach einer Weile. Sie merkt, dass sie kurz vor einem Weinkrampf steht, aber das will sie unter offenem Himmel nicht zulassen. Sie greift nach seiner Tüte und sagt: »Die Polizei hat unser Restaurant abgesperrt und will noch einiges untersuchen. Da darfst du dich nicht blicken lassen. Komm jetzt mit mir. Ich mache dir einen heißen Kakao. Du musst dich erst einmal aufwärmen.«

Tubai folgt ihr. Unterwegs erzählt er mit gebrochenen Sätzen, was er in der Nacht erlebt hat. Er habe von einem Vulkan geträumt und schrecklichen Durst gehabt. Dann sei er aufgewacht und habe eine ungewöhnliche Hitze gespürt. »Ich dachte, es wäre ein Sturm, bei dem die Blätter rauschen und Äste brechen.« Er hatte die Decke weggestoßen und weiterzuschlafen versucht. »Dann kam so ein lautes Piepen, aber ich wusste ja nicht, was das war. Ich hab nur das Zischen und Knistern gehört. Ich habe Angst gekriegt und wollte aufstehen. Dabei bin ich die Leiter hinuntergefallen. Ich habe die Tür zum Lokal aufgemacht, und da hab ich das Feuer gesehen.«

Er habe die Tür gleich wieder geschlossen. Dann habe er einen Eimer geholt und zu löschen versucht. Vor allem die Büro- und die Küchentür habe er nass gespritzt, um die dahinterliegenden Räume zu schützen. Auch sich selbst habe er mehrfach mit Wasser begossen, um länger gegen das Feuer kämpfen zu können. »Dann habe ich die Sirenen gehört.«

Er sei zurück ins Büro gelaufen, habe Mendy angerufen und schnell noch ein paar Dokumente und persönliche Dinge aus seinem Versteck geholt, ehe er durch die Küche davongerannt sei. Wer die Feuerwehr alarmiert hat, wisse er nicht.

Zu Hause angekommen, macht Mendy erst einmal Milch heiß. Tubai fängt sofort an, das schmutzige Geschirr abzuwaschen, das neben der Spüle steht, als wäre das selbstverständlich für ihn. Mendy will ihn aus der Küche schicken, doch er hört nicht auf sie. Nachdem jeder eine Tasse Kakao getrunken hat, spürt Mendy einen nagenden Hunger. Jetzt fällt ihr ein, dass sie den ganzen Tag noch nichts gegessen hat. Aber es hilft nichts, sie muss jetzt endlich ihren Halbbruder Michael von seinem Schulfreund abholen.

Tubai ist nach dem Kakao auch nicht mehr so verzweifelt wie vorher. Er fragt sie, ob sie irgendwelche Vorräte dahat. Aber außer Reis, Eiern, Zwiebeln und ein paar Büchsen ist in Mendys Küche nicht viel zu holen. Trotzdem verspricht Tubai, etwas zu kochen, wenn sie mit ihrem kleinen Bruder zurückkommt.

Ehe Mendy die Wohnung verlässt, hebt sie leise einen von Tubais Schuhen auf und dreht die Sohle nach oben. Dann atmet sie auf: Tubais Schuhsohle hat ein völliges anderes Muster als der Schuhabdruck, den sie in der Kammer entdeckt hat. Sie legt den Schuh wieder auf den Boden und kehrt noch einmal in die Küche zurück. »Haben wir gestern mehr Tischdecken als sonst verbraucht?«, fragt sie.

»Meinst du die Stofftücher? Nein. Die haben wir gar nicht genommen. Für die Feier haben wir Papierdecken auf die Tische gelegt, das ist praktischer bei dem Trubel«, sagt Tubai, die Hände weiß von Mehl.

Jetzt fällt auch Mendy wieder ein, dass auf den Tischen Papierdecken lagen. »Kannst du dich erinnern, ob die Körbe mit den sauberen Tischdecken gestern voll oder leer waren?«, fragt Mendy noch einmal nach.

»Die waren beide bis zum Rand voll«, sagt Tubai. »Warum fragst du?«

»Ach, nichts.« Mendy will das Gespräch nicht vertiefen. »Ich muss jetzt los.« Sie winkt noch einmal, dann schlägt sie die Tür zu.

Als sie eine Stunde später mit Michael die Treppe zu ihrer Wohnung hinaufsteigt, duftet es schon im Hausflur so herrlich, dass sie für einen Augenblick glaubt, sie wäre wieder bei ihren Eltern zu Hause und alles wäre wie früher, als die Mutter noch gesund war und der Vater zum Frühlingsfest aus dem Ausland zurückkam. Wie lange sie das vermisst hat!

Aber nach dem Essen sagt Tubai, er wolle nach Potsdam ins Asylantenheim fahren. Er habe ja keine Arbeit und auch keine Unterkunft mehr. Dann zieht er das kleine Handy hervor, das ihm Mendy geschenkt hat. »Rufst du mich an, wenn ich dir helfen kann? Oder willst du es wieder zurück?«

Mendy erschrickt. »Bleib hier«, bittet sie. »Du kannst dich um Michael kümmern. Ich habe dafür nicht viel Zeit. Ich muss doch das Restaurant retten!«

Tubai lässt sich überreden. Mendy richtet das Sofabett für ihn und den Jungen her, dann schieben sie zusammen das einzige Regal vor Mendys Bett und spannen einen Vorhang davor, damit sie einen abgetrennten Raum für sich hat. Schon hat sich die Einzimmerwohnung in eine Notunterkunft für drei Personen verwandelt.

Die Nacht wäre ruhig verlaufen, wenn der Junge in seinen wilden Träumen nicht ins Bett gemacht hätte. Aber Tubai macht kein Theater daraus. Er zieht dem Jungen trockene Sachen an und steckt ihn wieder unter die Decke. Mendy bleibt gleich im Bett liegen, weil Tubai ihr verboten hat, aufzustehen. Sie hört seine leisen Schritte und seine raschen Bewegungen und fühlt sich zutiefst geborgen.

Kapitel 8

Keine Rettung in Sicht

Mitte März gibt es einen Aufruhr in Lhasa. Tibetische Mönche und Rebellen stecken Läden und Fabriken in Brand. Dutzende Han-Chinesen werden erschlagen. Die Regierung in Peking schickt Panzer und die Armee auf die Straße, um die Lage unter Kontrolle zu bringen. Als die Fotos mit den Panzern um die Welt gehen, empfinden viele Deutsche Mitleid mit den Tibetern. Es kommt zu Sympathiebekundungen. Menschen gehen auf die Straße und verlangen: »Free Tibet!«

All das geht an Mendy vorbei wie das Spiel der Wolken am Himmel. Das halb verbrannte Restaurant drückt ihr aufs Herz wie ein glühender Lavabrocken. Sie ist sich inzwischen ganz sicher, dass der Brand von menschlichen Händen gelegt wurde. Aber wer war der Brandstifter? Koch Lin Yaonan? Nachdem er beim Diebstahl ertappt wurde, hegt er gewiss einen Groll gegen das Restaurant. Er würde sich bestimmt freuen, wenn es Mendy und ihrer Familie schlecht ginge. Aber würde er deshalb gleich einen Brand legen? Er hat ja auch einiges zu verlieren.

Haben die Schutzgelderpresser die Finger im Spiel? Aber sie haben doch brav bezahlt. Gibt es noch eine konkurrierende Bande, die sie bisher gar nicht in Betracht gezogen haben? Mendy erschaudert.

Boss Guan, der sich noch immer in China aufhält, hat am Telefon gleich zu schimpfen begonnen. Seine Tochter sei eine Versagerin. Das Konzert sei ein Fluch und eine Teufelsfeier gewesen. Sie habe den Feinden die Tür zur *Strahlenden Perle* geöffnet und schlechtes Feng-Shui hereingelassen. Da sie alles im Alleingang beschlossen habe, solle sie sehen, wie sie die Sache wieder in Ordnung bringe.

Mendy wäre nie auf die Idee gekommen, dass Musik und Gesang das Feng-Shui verschlechtern können. Hat womöglich einer der Konzertbesucher etwas Gefährliches im Lokal hinterlassen? Ungewissheit und ein heftiges Schuldgefühl quälen sie. Mit unterdrücktem Schluchzen verspricht sie, ihr Bestes zu tun und den Schaden wiedergutzumachen, ganz gleich, was sie dafür tun muss.

Um keine Zeit zu verlieren, beschließt Mendy, gleich mit der Renovierung anzufangen, sobald die Polizei die Sperrung aufgehoben hat. Aber wo soll sie das Geld hernehmen? Die Versicherung will auf die Untersuchungsergebnisse der Polizei warten. Aber so lange kann Mendy nicht warten. Jeder Tag, an dem die *Strahlende Perle* geschlossen bleibt, kostet Kundschaft. Sie wird sich Geld von Bekannten und Freunden borgen, um die Renovierung so schnell wie möglich in Gang zu bringen.

Unterdessen führt die Polizei ihre Untersuchungen fort und stößt auch auf eine verdächtige Spur. In den verkohlten Überresten der Bühne haben sie eine Verlängerungsschnur mit einer Mehrfachsteckdose gefunden, die völlig verschmort ist. Sie habe offenbar unter der Bühne gesteckt und sich durch den übermäßigen Stromverbrauch während des Konzerts überhitzt. Wahrscheinlich habe sie unbemerkt angefangen zu brennen und später den Brand ausgelöst.

Aber die Polizei will auch Brandstiftung nicht ausschließen und fragt, ob die Besitzer Feinde gehabt hätten, was Mendy verneint. Doch damit geben sich die Beamten durchaus nicht zufrieden. Sie wollen unbedingt den Mann verhören, der in der Brandnacht im Restaurant übernachtet hat. Die bescheidene Unterkunft und Kleidungsstücke im Büro belegen ihrer Ansicht nach eindeutig, dass sich dort jemand häuslich eingerichtet hat. Mendy erklärt, sie habe alle Mitarbeiter befragt und niemanden gefunden, der in der Brandnacht über dem Büro geschlafen habe. Aber die Polizei lässt nicht locker und will einen Namen hören. Mendy gibt nach und sagt, die Beamten könnten ja den Kellner Bogo fragen. Von Tubais Existenz erwähnt sie weiterhin kein Wort.

Die Polizei bestellt den Kellner zum Verhör aufs Revier, findet aber nichts Verdächtiges an ihm und lässt ihn wieder ziehen. Ein paar Tage später erklärt die Polizei den vermeintlichen Kabelbrand zur alleinigen Ursache des Feuers und stellt die Ermittlungen ein.

Daraufhin will die Versicherung gar nicht mehr für den Schaden aufkommen. In ihrem Bericht hat die Polizei festgestellt, schon einen Tag vor dem Konzert, während einer Probe, habe es im Restaurant einen Kurzschluss gegeben. Mitarbeiter hätten einen brenzligen Geruch wahrgenommen, die Quelle aber nicht finden können. Die Versicherung unterstellt grobe Fahrlässigkeit seitens des Restaurantbesitzers und erklärt die Entschädigungspflicht für erloschen. Als Mendy das erfährt, sieht sie schwarze Sterne vor den Augen flimmern. Zu diesem Zeitpunkt hat sie bereits einige Tausend Euro in die Renovierung gesteckt, und um sie zu Ende zu führen, wird sie weiter Geld leihen müssen. Sie ist nicht nur ein Habenichts, sondern sitzt schon in einem tiefen Schuldenloch.

Aus dem Krankenhaus entlassen, wirkt Yeye gealtert, zerbrechlich und kraftlos. Sie ist zwar gerade erst vierzig, aber man könnte meinen, sie hätte die sechzig schon überschritten. Stundenlang bleibt sie im Bett liegen und trauert dem verlorenen Kind nach. An ihrem Sohn Michael zeigt sie kaum noch Interesse und benimmt sich, als wäre dieser ein Fremder. Holt Mendy die Stiefmutter morgens aus dem Bett, sinkt sie in einen Sessel und bleibt dort den ganzen Tag sitzen, bis sie abends zum Esstisch geholt wird. Ihre Augen sind glasig, als wäre die Seele fortgegangen. Für Mendy, der sie früher freundlich und gütig begegnet ist, hat sie kein Wort mehr.

Mendy fragt ihre Freundin Yulin um Rat. Diese meint, Yeye leide offenbar unter Depressionen, weil sie ihr Baby verloren habe, sie brauche jetzt Zuwendung und Nähe. Als Mendy fragt, ob ihre Stiefmutter sie wegen des Unfalls hassen könnte, sagt die junge Ärztin nur: »Sei immer gut zu ihr. Hilf ihr, die Schmerzen zu überwinden. Dann wird alles wieder wie früher.«

Mendy ist froh, dass sie Tubai nicht hat gehen lassen. Die verräucherten Tapeten in den vorderen Zimmern der Stiefmutter hat Tubai bereits ersetzt und auch die Fensterrahmen und Türstöcke frisch gestrichen, als sie noch im Krankenhaus war. Nun bittet ihn Mendy, sich auch um Yeye selbst und ihren Sohn zu kümmern.

Mendy schlägt sich mit Elektrikern, Klempnern, Parkettlegern und Dekorateuren herum, um die Renovierung zügig voranzutreiben. Aber kaum sind noch drei neue Fenster eingesetzt, geht ihr das Geld auf dem Bankkonto des Restaurants aus. Auch ihr eigenes Konto ist längst leer geräumt.

Sie bittet Freunde und sogar einen ihrer Dozenten um Hilfe und schildert ihnen die Notlage. Hier und da kann sie sich etwas borgen, aber viel ist es nie. Bei Yulin bekommt sie nicht weniger als dreitausend Euro und umarmt ihre Eisenschwester vor Dankbarkeit. Yulin entschuldigt sich sogar noch, dass sie Mendy nicht mehr geben könne, da ihre bevorstehende Hochzeit ihr keinen großen Spielraum erlaube. Dann rät sie Mendy, chinesische Arbeitskräfte anzuheuern, nicht nur um die Kosten zu senken, sondern auch um die typische Einrichtung des Lokals richtig hinzubekommen. Sie kennt einen Landsmann, der als preisgünstiger und zuverlässiger Maurer und Maler einen guten Ruf genießt.

Aber die Renovierung verlangt weit mehr Geld, als Mendy borgen kann. Sie muss es bei Geschäftsleuten versuchen. Die erste Person, die ihr in den Sinn kommt, ist natürlich ihre Stiefmutter Yeye. Schließlich verwaltet sie mehrere Immobilien und gilt als ausgesprochen wohlhabend. Um sie günstig zu stimmen, hat Mendy ihr getrocknete Longans mitgebracht – eine edle Frucht, die wegen ihrer perfekten Kugelform als »Drachenauge« bekannt ist.

Yeye sitzt in ihrem Sessel, die Knie mit einer Wolldecke zugedeckt, und strickt. Michael ist nicht zu sehen. Er spielt wahrscheinlich in seinem Zimmer am Computer. Tubai ist in der Küche beschäftigt. Er berichtet ihr leise, dass Tante Yeye heute einen besseren Appetit gezeigt habe. Beim Mittagessen habe er Geschichten aus seiner Heimat erzählt, da habe sie zweimal gelächelt. Sie gehe inzwischen auch wieder allein aus dem Haus und habe ein paar kleinere Einkäufe gemacht.

Mendy überreicht Yeye die »Drachenaugen«. Der Anblick lässt die Augen der Stiefmutter kurz aufflackern. Nachdem sie zwei Stückchen in den Mund gesteckt hat, schiebt sie die Schale jedoch wieder von sich. Sie hat keinen Appetit.

Mendy setzt sich und unterhält sich mit ihr. Yeye ist zwar immer noch wortkarg, aber ihr Denkvermögen scheint nicht beeinträchtigt zu sein. Als Mendy über das Geld zu sprechen versucht, wendet Yeye sich ab und greift wieder nach ihrem Strickzeug.

»Ich werde euch das Geld zurückzahlen«, versichert die Stieftochter. »Wenn ich erst bei der Bank arbeite, werde ich jeden Monat eine Rate zurückzahlen.«

Stiefmutter Yeye sagt nichts. Nur die Nadeln, die beim Stricken aneinanderstoßen, klappern ein wenig lauter.

»Je schneller das Restaurant renoviert ist, desto früher können wir das Geschäft wiederaufnehmen. Was meinst du, Mutter Yeye?«

Ein Seufzer entfährt Yeyes Brust. »Dein Vater hat mir streng verboten, dir Geld zu geben.«

»Wieso?« Mendy friert.

»Du hast mit dem Konzert Rowdys und Unruhestifter ins Restaurant gelockt. Einer von ihnen hätte wahrscheinlich den Brand gelegt, sagt er.«

»Das ist unmöglich. Es waren keine Fremden mehr im Lokal, als ich gegangen bin, und die Polizei hat auch keine Spuren gefunden, die auf Brandstiftung hinweisen«, sagt Mendy mit zitternder Stimme.

»Dein Vater hat gesagt: Wenn man dir Geld gibt, bringt das nur Unheil. Wenn du Geld willst, musst du mit deinem Vater reden«, sagt Stiefmutter Yeye und reckt sich im Sessel. Für sie ist das Thema erledigt. »Mir tut das Sitzen weh. Ich muss mich ein wenig hinlegen.«

Schließlich geht Mendy zu Oswald. Der ist in keiner guten Stimmung. Er ärgert sich über einen Artikel, in dem seine letzte CD kritisiert wurde.

Seit dem Brand ist Mendy so mit der Beseitigung der Schäden beschäftigt, dass sie sich um Oswald kaum kümmern konnte. Der junge Mann ist enttäuscht, hat aber bald genügend Beschäftigung, als das Semester wieder beginnt. Am Abend des Konzerts trennte sie nur noch dünnes Papier. Er hätte es an diesem Abend mühelos zerreißen und Mendy haben können – für immer. Aber ein unbekannter Chinese war dazwischengekommen und hatte sie im letzten Augenblick weggeholt. Inzwischen hat sich der Abstand zwischen ihnen wieder vergrößert, fast so, als wären sie Fremde, die zufällig auf dem Bahnsteig nebeneinanderstehen und auf denselben Zug warten. Sie sitzen am Tisch, jeder ein Getränk vor sich, und schweigen.

Schließlich ergreift Mendy die Initiative. »Der Mann hat sich eingehend mit unserem Album beschäftigt und einen langen Artikel darüber geschrieben. Auch wenn er mehr nach Kritik klingt, ist es doch auch eine Anerkennung. Ich freue mich jedenfalls, dass unsere Namen in der Zeitung stehen.«

»Hm«, macht Oswald, den Kopf in die Hände gestützt. »Vielleicht hast du recht.«

Er wird ein wenig gesprächiger. Sie reden über dies und jenes und erzählen sich, was sie in letzter Zeit so gemacht haben. Irgendwann kommt Mendy auf das Geldproblem zu sprechen. Ob Oswalds Vater ihr nicht etwas leihen könnte, fragt sie vorsichtig. Der sei doch ein erfolgreicher Unternehmer.

»Mein Vater kennt dich doch gar nicht. Was bringt dich auf die Idee, er könnte dir Geld leihen?«, kommt prompt die Antwort.

»Ich meine, du leihst es dir von deinem Vater, und ich leihe es mir dann von dir.«

»Das ist dasselbe«, sagt Oswald. »Mein Vater ist ein humorloser Mann. Sieht er keinen Profit, wird er mir kein Geld geben.«

»Nun, du könntest dir ja etwas ausdenken. Zum Beispiel, du brauchst eine neue Gitarre. Eine besonders kostbare.«

»Mit meiner Musik bin ich meinem Alten schon

genug auf die Nerven gegangen«, sagt Oswald und wirft einen scharfen Blick auf seine Sängerin. »Wieso schmeißt du das Restaurant nicht hin? Dein Vater hat dich doch sowieso schon entmachtet.«

»Aber ich kann ihm das Lokal nicht in diesem Zustand zurückgeben«, sagt Mendy schwach.

»Wenn dir dein Vater kein Geld geben will, dann heißt das, dass er dir die Renovierung nicht zutraut. Er denkt wahrscheinlich, dass die Handwerker dich übers Ohr hauen«, sagt Oswald sachlich.

Diese Ansicht hört Mendy zum ersten Mal. Sie denkt nach und muss innerlich zugeben, dass der junge Mann recht hat.

Da Mendy keinen Laut von sich gibt, setzt Oswald seine Analyse fort. »Du hast Schuldgefühle, nicht wahr? Es geht dir um deine Würde? Na schön, wenn du die Renovierung unbedingt selbst bezahlen willst, warum versuchst du es dann nicht mit deinem Gesang? Wenn wir einen richtigen Hit haben, sind wir von einem Tag auf den anderen reiche Leute!«

»Aber das ist nur ein Traum. Das weißt du doch«, wispert Mendy.

»Wenn du nicht den Mut zu einem Traum hast, womit willst du dann zwanzigtausend Euro herzaubern? Mit deinem künftigen Gehalt? Du hättest jahrelang Schulden und würdest ein knauseriger Spießer. Am Ende bist du dann genauso verhärtet wie meine Großeltern.« Oswald schnaubt durch die Nase.

Mendy bedeckt ihr Gesicht mit den Händen. Sie schämt sich, als hätte er sie beim Lügen ertappt. »Glaubst du wirklich an meine Stimme?«, fragt sie unsicher.

»Du hast doch selbst gelesen, was für heiße Post die Fans dir schicken. Aber seit dem Brand hast du nur noch das verkohlte Restaurant im Kopf. Alle Proben mit uns hast du sausen lassen, und zum Festival wolltest du auch nicht mitfahren. Wenn dein Talent dir so wenig bedeutet, kann ich dir auch nicht helfen.« Oswalds Stimme klingt kalt und distanziert. Sie weiß jetzt, dass Oswald ein gnadenloser Jurist werden wird.

Aber es geht ihm nicht nur um die Musik. Insgeheim ist er wütend, weil sie Tubai nach dem Brand bei sich aufgenommen hat. Ob sie die Absicht habe, ein Asylbewerberheim zu eröffnen, hat er gespottet. Mendy hat seine Eifersucht herausgehört und gesagt, zwischen ihr und Tubai werde nichts geschehen. Oswald hat darauf zwar nichts mehr geantwortet, doch sie hat gespürt, dass seine innere Ruhe dahin war.

Jetzt grübelt Oswald darüber nach, wie er Mendy aufheitern und an sich binden kann, aber es fällt ihm nichts ein. Nach einer Weile des Schweigens zieht Mendy die Nase hoch, als ob sie geweint hätte. Dann sagt sie mit erstickter Stimme: »Falls du mich noch nicht aufgegeben hast, werde ich singen, wenn wir das Album vorstellen. Es wird noch dauern, bis ich bei der Bank anfangen kann. Der Termin hat sich um einen Monat verschoben.«

»Das klingt schon besser«, sagt Oswald.

Mendy unternimmt einen neuen Versuch. »Wenn ich dir verspreche, dass ich mich in jeder freien Minute der Band widmen werde, wirst du mir dann helfen? Wirst du deinen Vater fragen, ob er mir Geld leiht?«

Oswald seufzt. Aber in Wirklichkeit ist er zufrieden.

Nach langer Überlegung sagt er: »Du musst noch natürlicher werden. Du bist auf der Bühne zu steif und zu brav.« Er steht auf, geht zum Schreibtisch und malt. Kurz darauf kehrt er zum Esstisch zurück und überreicht Mendy ein buntes Blatt. Darauf steht: *Gutschein für Mendy: Zwölf kostenlose Unterrichtsstunden bei ihrem geliebten Oswald, gültig bis zur Präsentation ihres Albums.*

»Willst du mein Geschenk annehmen?«, fragt Oswald.

»Ich bin sehr gerührt von deinem Geschenk!« Sie wirft ihm die Arme um den Hals und küsst ihn.

»Ich werde bei der nächsten Gelegenheit meinen Vater fragen, ob er uns Geld leiht, okay?«

»Du bist ein edler Schatz«, gurrt sie. Aber als er die Hand unter ihre Bluse schieben will, lässt sie es nicht zu.

Mendy steht vor Peipeis Wohnungstür und drückt auf die Klingel. Sie glaubt, die Dielen knacken zu hören, aber dann ist es wieder ganz still. Hat sie sich getäuscht? Oder kam das Geräusch vielleicht aus der Nachbarwohnung?

Mendy schaut auf die Uhr. Sie ist eine halbe Stunde zu früh da. Ist Peipei noch unterwegs? Mendy drückt erneut auf den Knopf. Totenstille hinter der Tür.

Mendy geht langsam die Treppe hinunter. Im Hof gibt es keine Sitzmöglichkeit. Soll sie rund um den Block gehen, um die Zeit totzuschlagen? Dazu ist sie nicht in der Stimmung. Sie steigt die Treppe wieder hinauf, setzt sich auf die oberste Stufe und wartet. Da

Peipei ganz oben in der fünften Etage wohnt, wird kaum jemand bemerken, dass da eine im Treppenhaus sitzt.

Aber dann dringt plötzlich das Geräusch schneller Schritte aus Peipeis Wohnung, als wäre mehr als eine Person auf dem Korridor. Also ist doch jemand zu Hause. Mendy steht auf und will gerade erneut klingeln, da öffnet sich die Tür, und zu ihrer Überraschung tritt nicht Peipei, sondern der Goldene Drache heraus.

Hong Litong ist wohl auch verblüfft, Mendy zu sehen. Seine Hand, die gerade eilig das Haar nach hinten ordnet, erstarrt in der Luft. Doch dann wird aus der Verblüffung freudige Überraschung. »Ah, unsere bekannte Sängerin. Alle sind von dir begeistert. Ich habe mir bei deinem Konzert die Hände feuerrot geklatscht. Das hast du wohl gar nicht bemerkt, was? Wann gibst du dein nächstes Konzert?«

Auf dem Korridor sind jetzt scharfe Trippelschritte zu hören. Das muss Peipei sein, die auch zu Hause immer in Stöckelschuhen herumläuft, als würde sie in der nächsten Sekunde zu einer Diplomatenparty geholt. Allerdings scheint sie einen der Schuhe nicht richtig angezogen zu haben, denn das Klicken der Schritte klingt unregelmäßig. Im nächsten Augenblick erscheint tatsächlich Peipeis Kopf hinter dem Rücken des Goldenen Drachen. Als sie die Freundin erblickt, erschrickt sie, und ihre Hände glätten eilig das Kleid, als hätte sie es gerade erst übergestreift.

»Mendy, so früh bist du heute schon hier! Nein, nein, kein Problem. Boss Hong hat etwas Geschäftliches mit mir zu besprechen gehabt.« Sie legt die Hand auf Hongs Arm und schiebt ihn sanft aus der Tür, als wäre er ein alter Freund von ihr und diese Geste könne ihn gar nicht beleidigen. »Du hast es sicher eilig, Boss Hong! Dann erlassen wir dir die höfliche Konversation und sagen gleich Tschüs zu dir.«

»Auf Wiedersehen«, sagt der Goldene Drache beim Gehen. Dabei wandert sein Blick interessiert zu der schweigenden Mendy hinüber. »Sei gütig zu deiner kleinen Freundin«, sagt er zu Peipei. »Ich glaube, der Brand sitzt ihr ziemlich im Nacken.«

Mendy starrt die beiden abwechselnd an. Hat sie das Paar aus dem Bett aufgescheucht? Aber während sie noch überlegt, zieht Peipei sie schon in die Wohnung und schließt die Tür hinter sich.

»Du kannst schon mal Tee kochen«, sagt sie zu Mendy und schiebt sie in die Küche. »Ich muss erst mal lüften. Boss Hong hat mein Zimmer ganz blau gequalmt. Jetzt stinkt wahrscheinlich das Sofa.«

Mendy bleibt in der Küche stehen. Wie fremd ihr die Freundin geworden ist! Sie haben sich weit auseinandergelebt, seit sie den eisernen Schwesternbund beschworen haben.

»Was ist los mit dir?«, fragt Peipei, als sie in der Küche vor Tee und Gebäck sitzen. »Du siehst ja wie eine erfrorene Tomate aus!«

Da gesteht Mendy, dass die Renovierung des Restaurants nur stockend vorangeht. Ob die Freundin ihr etwas Geld leihen könne? Peipei hat nämlich früher einmal erwähnt, dass ihr ein reicher Gönner – ein Ex-Liebhaber, vermutet Mendy – ein größeres Geldgeschenk gemacht hat, als sie nach Deutschland ging.

»Mendy Baby, ich helfe dir natürlich gern«, versichert Peipei. »Aber mein Geld ist angelegt. Wenn ich meine Aktien jetzt plötzlich verkaufe, mache ich nur Verlust. Wenn du zwei, drei Monate warten kannst, lässt sich einiges machen.«

Mendy legt die Stirn in Falten. »Niemand hat Geld zu Hause herumliegen, das ist mir auch klar. Wenn es nicht geht, dann geht es eben nicht.«

»Aber dein Vater hat doch genug Geld. Außerdem gehört das Restaurant ihm und nicht dir. Warum kümmerst du dich überhaupt um die Renovierung?«

Mendy erzählt ihr von dem Zerwürfnis mit ihrem Vater. Daraufhin sagt Peipei: »Dann leih dir Geld bei den Glücksspielfreunden deines Vaters. Wenn die sich zum Spiel treffen, werfen sie leicht mal fünfzigtausend Euro auf den Tisch. Ein paar Scheine für die Renovierung sind für die nur ein Glückskeks. Dein Vater wird die Schulden schon begleichen, wenn er zurückkommt. Er will bei seinesgleichen doch nicht sein Gesicht verlieren, verstehst du?«

»Darauf bin ich noch gar nicht gekommen«, murmelt Mendy verstimmt. Sie verspürt nicht die geringste Lust, die Freunde ihres Vaters um Hilfe zu bitten, denn sie hat zu keinem einzigen von ihnen auch nur das geringste Vertrauen. »Ich will meinem Vater nicht noch mehr Ärger machen«, sagt sie. »Er ist kein schlechter Vater. Er verdient eine gute Tat.«

»Mendy, sei nicht so naiv«, sagt Peipei. »Die ältere Generation hat Geld, die jüngere nicht, so ist das Leben. Wenn du Geld brauchst, musst du dich an die Älteren halten.«

»Das versuche ich ja«, erklärt Mendy und zwingt sich zu einem Lächeln. »Oswald ist zu seinem Vater gefahren. Vielleicht schafft er es, ihn zu einem Kredit für mich zu überreden.«

»Du bist eine Traumtänzerin«, lacht Peipei, als wäre die Freundin ein kleines Mädchen, das keine Ahnung vom Leben hat. »Du bist nicht mit Oswald verheiratet. Für den Vater existierst du noch gar nicht. Warum sollte er einer Fremden wie dir aus der Patsche helfen?«

»Ich bin ehrlich und vertrauenswürdig. Und ich werde hart arbeiten, um Geld zu verdienen. Vielleicht kann Oswald das seinem Vater vermitteln«, sagt Mendy.

»Schau an, du denkst wirklich an Heirat.« Peipei lacht erneut, als wolle sie sagen: Du hast keine Ahnung von Männern, du Küken.

Mendy senkt den Kopf und nippt verstimmt an ihrem Tee. »Nicht alle sind blind. Es wird jemanden geben, der meine Fähigkeit zum Geldverdienen schätzen wird«, sagt sie bissig.

Peipei dämpft ihre Stimme ein wenig und mustert die Freundin eingehend. »Ach, weißt du, du hast dir einen guten Mann ausgesucht. Dein Oswald ist wirklich sehr großzügig und nett. Hat er dir erzählt, dass er einen Beitrag zur Gründung unseres Instituts leisten wird? Natürlich mit seiner Gitarre. Die Feier soll Ende Mai stattfinden.«

Mendy verschluckt sich und versprüht einen Schluck Tee auf dem Tisch. »Oswald will ein Konzert mit dir machen?«, sagt sie und reibt sich dabei die Augen, als hätte ihr jemand ein Sandkorn hineingestreut. Benommen steht sie auf, um den Tisch sauber zu wischen.

»Mit dem Konzert will ich gleichzeitig etwas Privates feiern«, sagt Peipei. »Ich bin nämlich bald mit der Uni fertig.«

»Das ging aber schnell.«

»Na ja«, sagt Peipei. »Man soll eine Frau mit Vogelnestfrisur niemals unterschätzen.«

Mendy zieht die feinen Augenbrauen hoch. Immer wieder einmal sind ihr Gerüchte zu Ohren gekommen, dass man Diplome und Doktortitel auch käuflich erwerben könne. Aber über ihre Eisenschwester will sie nichts Schlechtes denken. »Und was willst du dann machen, als frischgebackene Historikerin?«

»Nun, vorhin hat Boss Hong mir von einer Geschäftsidee erzählt, die mich sehr interessiert«, sagt Peipei kokett und streckt die Arme in die Höhe, als wolle sie einen Regenbogen berühren. »Wahrscheinlich werde ich eine China-Boutique mit Seide und Porzellan aufmachen.«

Mendy fällt fast vom Stuhl. Dass Peipei mit ihrem halbgaren Studium plötzlich an ihr vorbeischießt, erschüttert ihr Selbstvertrauen. Ihrer Freundin fällt das Glück offenbar in den Schoß, während sie selbst immer bloß hinterherrennt. Was hat sie nur falsch gemacht?

»Was machst du für ein Gesicht? Hast du gedacht, deine Eisenschwester müsste in Deutschland verhungern?« Peipei lacht so hemmungslos, dass das Vogelnest auf ihrem Kopf wippt.

»Nein, du wirst besser leben als wir alle«, sagt Mendy mit leiser Stimme. »Du hast so ein Glücksgesicht.«

Die Freundin lächelt geschmeichelt. »Als Investor

hat man mit der Aufenthaltsgenehmigung keine Probleme. Wahrscheinlich werde ich mir auch bald Geld leihen müssen – vielleicht hilft mir der Goldene Drache«, sagt sie und spitzt die Lippen.

Diese Worte rufen Mendy ihre miserable Lage ins Gedächtnis. Sie fühlt sich elend und wird zunehmend wortkarg. Als sie Peipeis Wohnung verlässt, hat sie zwar dreihundert Euro mehr in der Tasche, doch ihr Gesicht ist noch düsterer als zuvor.

Mendy starrt seit Stunden auf ihren Laptop. Der Arbeitsvertrag von der Bank lässt auf sich warten, und sie sucht dringend nach einer Stelle. Ein halbes Dutzend Bewerbungen hat sie bereits geschrieben. Dass es schon Nacht ist, merkt sie erst, als sie draußen den schwarzen Himmel sieht.

Jetzt fällt ihr auf, dass Tubai offenbar die ganze Zeit auf Zehenspitzen herumgeschlichen ist, um sie nicht zu stören. Seit Michael zu seiner Mutter zurückgekehrt ist, teilen sie sich die Wohnung zu zweit. Tagsüber leistet Tubai bei Yeye den Pflegedienst oder unternimmt etwas mit dem Jungen. Nur abends treffen sie sich. Aber Mendy ist meist so abgehetzt, dass sie ihren Mitbewohner gar nicht beachtet. »Ich bin gleich fertig. Dann kannst du schlafen gehen«, sagt sie und verschwindet im Bad.

Aber zwei Sekunden später steht sie schon wieder im Wohnzimmer. »Tubai, du sollst meine Wäsche nicht waschen!«, sagt sie mit scharfer Stimme. »Ich verbiete es dir!«

»Das war nicht ich, sondern die Waschmaschine.«

»Und wer hat sie im Bad auf den Wäscheständer gehängt?«

»Ein Paar Gummihandschuhe.«

»Sehr schlau. Und welche Hände haben in den Gummihandschuhen gesteckt?«

»Ein Paar passende Hände von der Straße halt. Könnten auch ein Paar kleine Füße wie deine gewesen sein.«

Mendy verkneift sich ein Kichern. »Tubai, du weißt, was ich meine. Ich möchte nicht, dass du dich um meine Sachen kümmerst. Lern lieber Deutsch, wenn du Zeit hast.«

Tubai tut so, als hätte er nichts gehört. Er beugt sich noch tiefer über den Herd und rührt eifrig in einem Topf, aus dem köstliche Düfte aufsteigen.

»Tubai«, sagt Mendy mit sanfter Stimme, »du musst doch nichts für mich kochen. Es ist fast Schlafenszeit.«

Tubai nickt zwar, zeigt ihr aber weiterhin den Rücken.

»Wenn ich mit meinen Bewerbungen fertig bin, lernen wir ein bisschen Deutsch, ja?«

Ein wortloses Nicken.

Mendy geht zum Schreibtisch zurück. Hinter ihr wird die Küchentür leise ins Schloss gedrückt. Stille umgibt sie. Bald ist sie wieder in der Stellensuche versunken. Als sie, den verspannten Hals dehnend und reckend, wieder in der Küche auftaucht, stellt Tubai eine dampfende Schale vor sie auf den Tisch.

»Silbermorchelsuppe! Die habe ich eine Ewigkeit nicht mehr gegessen.« Wie ein Kind wirft sie sich auf ihren Platz, hält die Nase über die Schale und zieht den Duft ein.

»Wenn du da bist, habe ich oft das Gefühl, wieder zu Hause zu sein. Ist das nicht eigenartig?«

»Ich fahre morgen nach Potsdam zurück«, sagt Tubai leise.

Mendy zuckt wie vom Blitz getroffen zusammen. »Wieso?«

»Ich war heute im Restaurant und wollte bei der Renovierung helfen. Aber du hast mich nicht dabeihaben wollen.«

Mendys Nasenflügel beben. »Du musst eine Weile in Deckung bleiben.«

»Deiner Stiefmutter geht es von Tag zu Tag besser. Sie braucht mich nicht mehr.«

»Aber in Potsdam hast du auch nichts zu tun«, wendet Mendy ein.

Tubai seufzt. »Vielleicht sollte ich mich nach Hause abschieben lassen. Das Warten und Verstecken laugt mich so aus.«

»Nein. Ich lasse dich nicht gehen«, sagt sie mit einer verkrampften Stimme, die sie selbst überrascht. »Die Entscheidung über deinen Asylantrag wird nicht mehr lange auf sich warten lassen. Wenn mein Vater zurück ist, werde ich mit ihm reden, ob er in seinem Supermarkt eine Arbeit für dich hat.«

Sie streckt die Hand über den Tisch, um sie auf seinen Arm zu legen. Dabei stößt sie beinahe die leere Schale hinunter, aber Tubai rettet sie in letzter Sekunde.

»Siehst du, das ist ein gutes Omen, dass du die Schale gerettet hast. Du sollst hierbleiben, das hat das Schicksal entschieden.« Auf einmal spürt sie den Drang, sich zu bewegen. Sie springt vom Stuhl auf.

»Deine Kunst, Glas aus der Luft zu fangen, habe ich schon immer bewundert.« Einem plötzlichen Impuls folgend, fragt sie: »Ich habe sechs Schalen. Wenn ich sie dir eine nach der anderen zuwerfe, kannst du sie alle fangen?«

»Wenn du sie schön im Bogen wirfst ...«

»Pass auf, wenn du mindestens fünf davon fängst, wollen wir Bruder und Schwester werden.« Mendy geht zum Schrank, um die Requisiten zu holen.

»Willst du einen armen Küchentuchbeißer zu deinem Bruder machen?« Tubais Blick flackert wie eine Kerze im Wind. Als Mendy nickt, schmilzt die Erstarrung in seinem Körper dahin, und er wird lebendig. Er stellt sich ans eine Ende des Zimmers und ruft: »Jetzt kannst du werfen!«

Die erste Schale segelt durchs Zimmer – und landet sicher in seinen Händen. Die zweite, die dritte ... Das Porzellan klirrt leise, aber Mendy kann gar nicht so schnell werfen, wie Tubai die Schalen fängt. Mit sicherem Griff angelt er sie aus der Luft und stapelt sie übereinander.

»So, jetzt komm«, sagt Mendy. »Gib mir die Schalen.« Sie stellt die sechs Schalen feierlich auf den Boden und gießt in jede einen Schluck Reiswein. Dann knien sie sich gegenüber, leeren die Schalen eine nach der anderen mit ineinander verschränkten Armen und schwören sich treue Freundschaft. Nachdem sie sämtliche Schalen geleert, ihren Schwur dreimal wiederholt und sich dreimal tief voreinander verneigt haben, sind die Halbwaise Mendy und der Bauernsohn Tubai jetzt Schwurgeschwister.

Mendy strahlt übers ganze Gesicht und umarmt den Mann schwesterlich. »Jetzt hast du einen guten Grund, in Berlin Wurzeln zu schlagen.«

Röte steigt Tubai ins Gesicht. »Ich werde meinem Bruder erzählen, dass ich jetzt eine Schwester habe, die im Ausland studiert hat.«

Oswald ist aus Hamburg zurückgekehrt, hat aber keine gute Nachricht für Mendy. Sein Vater stecke selbst in Geldsorgen und könne ihr nicht helfen, erzählt er. Das Gespräch habe nicht einmal fünf Minuten gedauert, dann habe im Vorzimmer jemand gewartet und der Vater habe den Sohn vor die Tür gesetzt. Was er noch gesagt habe? Oh ja, wenn die Beziehung ernst sei, dann solle der Sohn nächstes Mal seine chinesische Freundin mitbringen und vorstellen.

Mendy verstummt. Das grelle Sonnenlicht, das den Tisch zum Glänzen bringt, blendet und irritiert sie. Sie kneift die Augen zusammen. Plötzlich vergräbt sie ihr Gesicht in den Händen und fängt an zu schluchzen.

»Aber, mein Schäflein, ich helfe dir doch. Wir haben doch ausgemacht, mit unserer Musik Geld zu verdienen. Warum weinst du denn jetzt?« Oswald legt ihr die Hand aufs Haar und streichelt sie.

»Mein Vater kommt bald zurück. Wenn er die Baustelle im Restaurant sieht, wird er mich in die Hölle wünschen.«

»Keine Angst. Ich hole dich wieder heraus«, sagt Oswald und küsst ihre Augen trocken. »Ich gebe dir mein Taschengeld der nächsten zwei Monate. Das sind zweitausend Euro. Es ist nicht viel, aber damit kannst du immerhin die Wände alle streichen lassen. Demnächst stehen einige Konzerte in meinem Kalender. Dann habe ich wieder mehr Geld und kann dir was abgeben. Mendy, sei nicht traurig. Wir schaffen es schon.«

»Danke. Ich gebe dir das Geld später zurück.« Sie legt ihre Hand auf die seine, um ihre Dankbarkeit zu zeigen. Sie glaubt zwar nicht an seine Vorstellungen, aber sie hat auch kein Konzept, wie sie aus dem tiefen Loch wieder herauskommen soll, in das sie gefallen ist. Als Oswald vom Trösten zur Liebkosung übergehen will, steht Mendy auf und verabschiedet sich. Oswald hat immer noch nicht kapiert, dass sie sich ihm nicht bei irgendeinem beliebigen Anlass hingeben will. Dann muss sie ihn eben allein lassen.

Kapitel 9

Der Kasinobesuch

Mit dem Geld von Oswald kann Mendy die Rechnung des Elektrikers bezahlen und einige Materialien besorgen, die für die Renovierung dringend gebraucht werden. Danach sind nur noch zweihundert Euro übrig. Der chinesische Maurer hat ihre Not gerochen und will sofort Geld sehen, aber Mendy gelingt es, ihn zu vertrösten. Der Maurer denkt an ihren reichen Vater und beharrt nicht auf seiner Forderung.

Abends schlüpft sie in den grauen Anzug, den sie für ihre künftige Arbeit bei der Bank gekauft hat, und fährt mit dem Bus zum Europa-Center. Ihr Ziel ist das Spielkasino. Peipei hat sie einmal dorthin mitgenommen, als sie eine Delegation von chinesischen Wissenschaftlern als Dolmetscherin durch Berlin geführt hat. Mendy erinnert sich heute noch, wie leidenschaftlich ihre Landsleute ihre Einsätze getätigt hatten. Sie kauften Jetons, als wären es Kartoffelchips. Am Ende hatten sie zwar fast alle ihr Geld verloren, aber die Aufregung stand ihnen ins Gesicht geschrieben, und das einzige Mitglied der Delegation, das zweihundert Euro gewonnen hatte, wurde gefeiert wie ein echter Held.

Mendy hat diesen Besuch nie vergessen, und jetzt erscheint ihr das Kasino als letzte Möglichkeit, um das

Schicksal zu wenden. Sie braucht ja nur zwei, drei Mal zu gewinnen …

Als Mendy den großen Saal des Kasinos betritt, wird ihr bewusst, dass sie nicht recht in diese Umgebung passt. Sie ist blass, angespannt und sieht wie ein gerade gekeimter Sojasprössling aus, die anderen dagegen wirken gelassen und machen undurchschaubare Fuchsgesichter. Ursprünglich wollte sie Peipei um Begleitung bitten. Aber die Vorstellung, die Freundin könnte bei den männlichen Spielern zu viel unliebsame Aufmerksamkeit wecken, hinderte sie daran, Peipei anzurufen. Jetzt bereut sie es aber, allein gekommen zu sein.

Sei's drum. Sie tauscht die zweihundert Euro, die sie noch besitzt, gegen vier Spielchips und stellt sich an den Roulette-Tisch. Nachdem sie das Spiel eine Weile beobachtet hat, setzt sie einen Chip auf die ungeraden Zahlen, die fast fünfzig Prozent Gewinnchance mit sich bringen. Die Kugel dreht sich und landet bei der Siebzehn. Was für ein Glück! Sie bekommt zwei Chips zurück. Lächelnd nimmt sie die Plastikscheibchen entgegen. So einfach ist das! Die Abenteuerlust rührt sich in ihrer Brust, sodass sie den Jeton, der ihr Glück gebracht hat, am liebsten mit hundert Küssen bedecken möchte. Aber noch ist sie ihr eigener Herr. Bleib nüchtern, und lass dich nicht zu schnell erhitzen. Damit sie wieder zur Ruhe kommt, lässt sie die nächsten zwei Runden aus.

Und das Glück bleibt ihr treu. Sie hat ihr Spielvermögen verdreifacht, als sie aus den Augenwinkeln zwei Chinesen aus dem Nebenraum kommen sieht. Der eine kommt ihr bekannt vor, und der andere … Oje, es gibt viele leidenschaftliche Spieler unter den Chinesen, aber wieso muss ausgerechnet heute Boss Hong mit seinem Chauffeur hier sein? Sie dreht ihm den Rücken zu, aber es hilft nichts, der Mann hat sie schon entdeckt. Er kommt zu ihrem Tisch, stellt sich breitbeinig auf die ihr gegenüberliegende Seite und schaut dem Spiel zu. Sobald sie den Blick vom Tisch erhebt, lächelt er und fragt: »Na, wie viel hast du gewonnen?«

»Ich hab's nicht gezählt«, lügt sie glatt. Am liebsten möchte sie an einen anderen Tisch wechseln. Aber sie weiß nicht, was dort für Regeln gelten, und außerdem glaubt sie den Rhythmus der Zahlen an diesem Tisch jetzt im Blut zu haben.

»Ein so junges Mädchen kennt schon einen so großen Spruch«, sagt Hong. »So was würde nicht mal dein Vater sagen. Du scheinst eine echte Begabung zu sein.«

»Wer hat gesagt, dass ich überhaupt Gewinn gemacht habe?«, gibt Mendy etwas verschnupft zurück. Ihr ist aufgefallen, dass Hong zwei, drei andere Spieler im Schlepptau hat. Sie halten Abstand zu ihm, sprechen ihn nicht an, schauen aber bewundernd zu ihm auf, wenn er etwas sagt oder sich bewegt. Mendy vermutet, dass der Goldene Drache im anderen Saal einen großen Gewinn gemacht hat. Denn Spieler meiden Verlierer und suchen die Nähe von Siegern.

»Ah, du hältst dich bedeckt. Du bist eine kluge Person«, schmeichelt der Goldene Drache. Dann steckt er den Kopf mit seinem Chauffeur zusammen und gibt ihm irgendwelche Anweisungen.

Mendy nutzt die Gelegenheit, senkt den Blick auf den Tisch, lauscht auf das Rattern der Kugel und den

Rhythmus der Zahlen. Aber als sie den Blick nach einer Weile vorsichtig hebt, stehen ihre Landsleute immer noch da. Mendy will aber nicht mit sechshundert Euro nach Hause gehen. So setzt sie erneut einen Chip ein. Dann noch einen …

Der Wind scheint sich gedreht zu haben, seit die Männer ihr gegenüberstehen. Mendy macht jetzt drei, vier Mal Verlust hintereinander. Als ihr letzter Chip den Besitzer wechselt, wird ihr Gesicht blass wie Papier. Sie muss die Hände an die Brust pressen, um das Zittern der Finger zu unterdrücken.

Aus der Traum. Das Kasino wird nicht für die Renovierung der *Strahlenden Perle* bezahlen. Welche Möglichkeiten hat sie noch, das Geld aufzubringen? Gar keine. Null Möglichkeit! Mendy ist zum Weinen zumute. Mit einem bitteren Geschmack im Mund senkt sie den Kopf und will das Spielkasino unauffällig verlassen.

Aber der Goldene Drache hat sie genau beobachtet. Er weiß, was passiert ist, und stellt sich ihr in den Weg. »Ach, bitte«, sagt er, »kannst du mir einen Gefallen tun?« Er hält ihr einen Chip hin, der tausend Euro wert ist. »Kannst du den einmal anhauchen? Ich glaube, du hast einen Glücksatem.«

»Halt dich lieber fern von mir«, sagt Mendy schwach und macht einen Bogen um den Mann mit dem schimmernden Kupfergesicht. »Ich bin heute anscheinend ein Pechvogel.«

»Dann bringt dir dieser Chip eine Wende. Er hat mir schon viel Glück gebracht.« Der Goldene Drache wirft den Jeton in die Luft, um ihn mit einer geschickten

Bewegung wieder zu fangen. »Aber ich spüre, dass er nicht mehr bei mir bleiben will. Hauch ihn an, dann wissen wir gleich, wo er hinwill.«

Mendy weiß nicht, wie sie seine Beharrlichkeit brechen soll. Dieser Mann zwingt sie mit seiner Hartnäckigkeit immer wieder zum Nachgeben. Nun ja, was will er schon? Sie wird auf dieses Stück Plastik pusten, und dann wird sie rasch verschwinden. Es scheint die einzige Möglichkeit, von ihm wegzukommen.

»Aber nur ein einziges Mal.« Sie schürzt die Lippen zu einer leicht geöffneten Kirsche, schließt die Augen und bläst auf den Jeton, als wäre er eine Geburtstagskerze. Zu ihrer Bestürzung drückt ihr der Mann plötzlich den Chip auf den Mund, sodass sie ihn küssen muss. Sie dreht den Kopf weg und will protestieren, da sagt Boss Hong: »Komm jetzt.« Mit schwungvollem Schritt steuert er auf den Tisch zu und legt den Chip auf das schwarze Feld. Die beiden Deutschen, die ihm gefolgt sind, machen es ihm nach und häufen eilig ihre Chips daneben. Denn das Rad dreht sich schon. *»Rien ne va plus.«* Ein paar Sekunden später hört das Klappern der Kugel auf, und ein Aufschrei geht um den Tisch. Die beiden Deutschen strecken triumphierend die Faust in die Höhe. »Komm, Mendy, hol dir deinen Gewinn«, sagt der Goldene Drache zu ihr.

Erst jetzt merkt Mendy zu ihrem Entsetzen, dass sie immer noch neben dem Spieltisch steht. Schlimmer noch: Sie ist dicht an den Goldenen Drachen herangetreten, um genau zu sehen, wohin die Kugel rollt. Ihre Hüfte streift sogar seine Jacke. Hastig springt sie zurück. Mit großen Augen sieht sie, wie der Croupier die

Jetons über das Feld schiebt. Vor dem Goldenen Drachen bleiben zwei große Tausender liegen. Sie haben die gleiche hellblaue Farbe, die gleiche Größe, als wären sie Zwillinge. Nur, der eine trägt den roten Abdruck von Mendys Lippen, der andere nicht. Ungläubig starrt sie die blauen Monster an.

»Haben Sie jetzt tausend Euro gewonnen?«, fragt sie töricht.

»Nein, du hast sie gewonnen. Die beiden Chips gehören dir. Nimm sie«, sagt der Mann.

»Nein, sie gehören nicht mir.« Jetzt schickt sich Mendy im Ernst an, zu gehen.

Blitzschnell hält sie der Goldene Drache am Arm fest. Er tut es ganz selbstverständlich, als wären sie seit Langem miteinander vertraut. Die junge Frau zuckt zusammen, aber sie wagt nicht, sich loszureißen.

»Du hast den Einsatz geküsst, also gehört er dir«, sagt der Mann. »Jetzt nimm auch deinen Gewinn.«

»Nein, so ein großes Geschenk kann ich nicht annehmen.« Mendy möchte sich losmachen, aber sie will keine Zerrerei. Sonst denken die Leute womöglich, sie hätte was mit dem Kerl gehabt. Sie will jetzt nur noch weg. Sie schaut den Mann zornig an und richtet dann ihren Blick auf die Hand, die sie immer noch festhält. Wäre er ein anständiger Mensch, so hätte er gespürt, dass ihr Blick ein scharfes Messer ist. Doch er scheint nichts zu spüren und lässt sie nicht los.

Am Tisch hat das nächste Spiel begonnen. Chips werden scheppernd auf das Spielfeld gesetzt. Einige Blicke richten sich auf den Goldenen Drachen, weil er seine Chips noch immer nicht einsammelt, andere wandern zu Mendy herüber und mustern sie eindringlich. Da sie das Chinesische nicht verstehen, beginnen die Leute zu rätseln. Röte steigt der jungen Frau ins Gesicht. Bloß keinen Skandal! Wenn ihr Vater erfährt, dass sie im Kasino war …

»Dummes Mädchen, nimm die Chips endlich! Oder willst du deinen Onkel beleidigen?« Er schüttelt sie am Arm, als wäre sie ein Lausbub, der bei einem Unfug erwischt worden ist. »Wer weiß, ob du beim nächsten Spiel genauso viel Glück hast!«

Mit zusammengepressten Lippen greift sie nach den Chips. Da lockert Boss Hong seinen Griff. Tief einatmend steuert er sie auf den Ausgang zu. Sie senkt den Blick zu Boden und beschleunigt die Schritte. »Zum Wechselschalter geht's da lang.« Der Mann streckt den Arm aus, um ihr die Richtung zu zeigen.

Mendy sieht schon vor sich, was geschehen wird, wenn sie sich weigert: Er wird ihren Arm wieder in die Zange nehmen, um sie zum Gehorsam zu schütteln, falls sie ihre Flucht fortsetzen will. Sie geht an den Schalter, schiebt mit kalten Fingern die beiden Chips unter der Panzerglasplatte durch und sieht zu, wie ihr der Kassierer zweitausend Euro hinzählt. Als sie den kleinen Stoß grüner Scheine in ihre Handtasche steckt, murmelt sie fast unhörbar: »Danke!« Sie weiß, dass er direkt hinter ihr steht. Sie wird das Geld aufbewahren und ihm bei einer günstigen Gelegenheit zurückgeben. Aber diesen Vorsatz behält sie lieber für sich, sonst kommt sie überhaupt nicht mehr von ihm weg. »Darf ich jetzt gehen?«

»Ich bringe dich nach Hause«, erklärt der Mann.

»Dein Vater würde mir Vorwürfe machen, wenn dir in der Nacht was passiert.« Verflixt! Wieso wird sie ihn einfach nicht los?

Zu ihrer Überraschung lässt Boss Hong sie auf dem Rücksitz einsteigen und setzt sich selbst hinters Steuer. Seinen Chauffeur hat er offenbar weggeschickt. Mendy weiß nicht, ob sie darüber froh sein soll. Während sie in seinem Auto sitzt und in die Dunkelheit starrt, wünscht sie sich einen Spalt unter den Füßen, in den sie sich verkriechen und worin sie verschwinden kann.

»Du brauchst Geld. Viel Geld für dein zartes Alter, nicht wahr?«, sagt der Goldene Drache plötzlich, als sie ein Stück weit gefahren sind.

Mendy hüllt sich in Schweigen. Woher weiß der Mann das? Hat Peipei sie verraten? In Zukunft muss sie noch vorsichtiger sein.

»Wieso kommst du nicht zu mir? Ich bin doch der Partner deines Vaters.«

»Ich brauche kein Geld«, behauptet Mendy.

»Du kannst nicht lügen, du zartes Milchgesicht«, kommt es zurück. »Wenn du willst, kann ich dir ein Darlehen geben. Zwanzigtausend Euro. Was hältst du davon?«

Im Rückspiegel sieht er, dass Mendy horcht. Doch mehr Reaktion kann er ihr nicht entlocken. Daraufhin verfeinert er sein Angebot: »Du könntest ein paar Monate als meine Assistentin arbeiten.«

Mendy kräuselt die Lippen und tut so, als wäre sie mit dem nächtlichen Straßenbild beschäftigt.

Wie ein geschickter Händler beleuchtet der Goldene Drache sein Angebot. »Du brauchst nur ab und zu ein paar Briefe für mich zu schreiben und mir ein bisschen Deutsch beizubringen. In meinen alten Felsenkopf dringt diese Sprache nur schwer ein.«

Mendy kichert ein bisschen. Endlich sind sie an einem Punkt, wo er nicht der Überlegene ist. »Das Leben in Berlin scheint Ihnen zu gefallen, Herr Hong?« Sie hat beschlossen, ihn mit ein wenig Konversation zu belohnen.

»Ich passe mich an«, sagt der Goldene Drache und schaut aufmerksam auf die Straße.

»Sie passen sich an? Woran denn?«

»Zum Beispiel an die Beziehungen zwischen Männern und Frauen. In China spüren Frauen instinktiv, in welchem Mann die Sonnenkraft ruht. Hier müssen die Männer den Frauen nachlaufen.«

Will er mich verspotten? Mendy spürt, wie ihre Wangen brennen. Sie kichert gekünstelt. »Andere Länder, andere Sitten. Alles kann man wechseln wie die Socken. Nur das Geld ist beständig, und man trägt es am liebsten unter dem Herzen.«

»Du hast keine Ahnung«, lacht der Goldene Drache vergnügt. »Geld ist nicht gleich Geld. In China hat das Geld zum Beispiel viel mehr Kaufkraft. Du kriegst immer eine Handvoll Lächeln oder Liebe umsonst dazu, wenn du was kaufst. Hier machen die Leute immer ein saures Gesicht.«

Mendy prustet vor Lachen. Als das Auto vor ihrem Haus anhält, ist sie überrascht, dass sie schon angekommen ist. Sie will sich gerade verabschieden, da fragt er: »Habe ich heute nicht einen Kuss verdient?«

Mendy kichert und kräuselt die Nase: »Davon war

nicht die Rede, Boss Hong.« Im nächsten Moment löst sie selbst das Problem. »Aber ein bisschen China kann ja nicht schaden.« Sie spitzt die Lippen und berührt damit blitzschnell die kräftige goldene Wange, die er ihr hinhält. Es ist, als hätte eine Libelle mit ihren Flügeln die Wasseroberfläche berührt. Der Goldene Drache will gerade sagen, dass er nichts gespürt hat, da hat Mendy die Tür aufgestoßen und ist aus dem Auto geschlüpft.

Kapitel 10
Die Rückkehr des Vaters

Nach fast zwei Monaten kehrt der Geschäftsmann Guan Baohan aus Schanghai zurück. Mendy will das Wiedersehen ihres Vaters mit seiner Frau nicht stören und erscheint erst am späten Nachmittag in der Wohnung über der *Strahlenden Perle*. Sie hofft auf einen friedlichen Familienabend und hat bei Tubai ein festliches Essen bestellt. Aber als ihr Stiefmutter Yeye die Tür öffnet, sieht sie hinter einem Tränenvorhang ein Paar angeschwollene rote Augen schwimmen.

»Ist meinem Vater etwas passiert?« Sie rennt an Yeye vorbei in die Wohnung. Aber im Wohnzimmer ist niemand. Auch die Küche, wo sie zumindest einen beschäftigten Tubai erwartet hat, ist leer. Wie gelähmt kehrt sie langsam zu Yeye zurück.

»Dein Vater hat in Schanghai viel Geld verloren. Jetzt lässt er seinen Ärger an jedem aus, der ihm über den Weg läuft.« Die Erzählung wird mehrfach von Schluchzen unterbrochen. Es dauert einen langen Atemzug, bis Yeye sich wieder gefasst hat. »Vorhin haben die Wände nur so gezittert. Jetzt hat er sich zum Glück ins Sonnenzimmer zurückgezogen. Von mir aus kann er dort bleiben, bis die Sonne im Westen aufgeht.«

Wie es scheint, hat sich das Ehepaar wieder einmal

gestritten. Nur gut, dass ihr Vater nie gewalttätig wird. »Wie viel hat er denn verloren?« Mendy stützt die Stiefmutter mit der Hand, führt sie zum Tisch und bringt ihr eine Tasse heißes Wasser.

Yeye geht nicht auf ihre Frage ein, sondern beklagt sich nur weiter über ihr Leben. Ihr Mann sei von Habgier vergiftet. Andere lebten zufrieden und glücklich mit ihrem Geld, aber er werde nur immer unerträglicher. Eine Kakerlake sei er geworden …

Mendy hört zu und unterbricht die Stiefmutter nicht. Aus Yeyes früheren Erzählungen weiß sie, dass der Vater als Student ein angenehmer, bescheidener Mensch war. Als 1989 in Peking die Studentenbewegung mit Gewalt niedergeschlagen wurde, hatte Deutschland die Aufenthaltsbedingungen für chinesische Studenten gelockert. Guan Baohan war mit seinem Studium damals fast fertig, und die Rückkehr nach China stand ihm bevor. Er nutzte die Gunst der Stunde und beantragte eine unbefristete Aufenthaltsgenehmigung. Nach einigem Hin und Her ging sein Wunsch in Erfüllung. Er fand einen Job bei einem großen Konzern, aber seine Aufstiegschancen waren sehr klein. China galt als fernes Entwicklungsland, und der Chinahandel war noch gering. 1992 schmiss er die Arbeit hin und machte mit seiner sechs Jahre jüngeren Kommilitonin Yu Yeye das Restaurant *Strahlende Perle* auf. Sie schufteten vom Morgen bis tief in die Nacht, um die Kredite zurückzuzahlen. Aber sie lachten viel und waren glücklich miteinander. Als der Sohn Michael sich in Yeyes Bauch eingefunden hatte, heirateten sie. Es war die schönste Zeit ihres Lebens.

Berlin war gerade erst wieder Hauptstadt geworden, und die *Strahlende Perle* entwickelte sich wegen ihrer günstigen Preise zum beliebten Lokal für die vielen neuen Bürger der Stadt und die Touristen. Das Geschäft lief so gut, dass Vater Guan seiner Tochter später erzählte: »Was wir damals jeden Tag nach Hause brachten, war so viel wie ein Goldbarren.«

Als sich die Goldbarren häuften, hörte Guan Baohan auf, Gemüse zu putzen und Teller zu tragen. Er stieg ins Immobiliengeschäft ein und übernahm sogar einen Supermarkt. Von da an verbrachte er seine Tage nicht mehr mit seiner Frau, und sie bekam ihn kaum noch zu Gesicht. Mendy vermutet, dass ihm damals auch seine Ehe wie ein ausgewachsener Stiefel zu eng wurde. Als Mendy 2001 nach Berlin kam und ihre Stiefmutter kennenlernte, war Yeye schon eine unglückliche Frau.

Jedes Mal, wenn Mendy sie mit angeschwollenem Gesicht sieht, hat sie Mitleid mit ihrer Stiefmutter. Eine Lösung für das Eheproblem hat sie jedoch nicht.

Sie versucht, Yeye zu beruhigen. »Hat Vater nicht gesagt, in China kann heutzutage jeder Analphabet Millionär werden? Wenn das stimmt, wird er bei seiner nächsten Reise sicher wieder viel Geld verdienen. Lass ihn ein paar Tage in Ruhe, bis seine Wut verraucht ist.« Dann fragt sie: »Ist Tubai beim Einkaufen?«

»Einkaufen? Nein. Dein Vater hat ihn nach Potsdam zurückgeschickt.« Stiefmutter Yeye tupft sich erneut die Augen mit einem Taschentuch.

Mendy erblasst. »Oh nein! Aber wieso denn? Was hat er denn getan? Wo ist er jetzt?«

»Er ist weggerannt. Ich weiß nicht, wohin.«

Mendy springt auf. Sie müsse schnell nach Hause, sagt sie. Vielleicht sei Tubai noch beim Kofferpacken. Vielleicht könne sie ihn ja zurückhalten.

Yeye schüttelt den Kopf. »Tubai war doch der Grund, weshalb dein Vater ausgerastet ist. Er hat ihm verboten, weiter bei dir zu übernachten. Deinetwegen.«

»Aber Tubai würde mir nie etwas antun. Ich gehe zum Vater und rede mit ihm.«

Doch Yeye hält sie am Arm fest. »Lass das«, sagt sie auf einmal in strengem Ton. »Dein Vater hat Tubai bereits entlassen. Er hat mich angebrüllt, nach dem Brand hätte Tubai sofort verschwinden müssen, warum wir ihn hier noch hätten herumlaufen lassen? Wenn ihn die Behörden erwischten, hätten wir so viel Bußgeld zu zahlen, dass es einem zweiten Brand gleichkäme. Dein Vater hat völlig recht: Tubai muss verschwinden. Bitte, fang jetzt keinen Streit mit ihm an. Er hat sich erst heute wieder über sein Herz beklagt. Ich möchte nicht, dass er deinetwegen ins Krankenhaus muss.«

Kraftlos lässt Mendy sich auf einen Stuhl fallen. »Nun ja«, sagt sie bitter. »Ist ja euer Restaurant. Natürlich hat Papa jetzt wieder die Entscheidungsmacht.«

In diesem Moment klingelt das Telefon. Es ist Vater Guan. Ob Mendy schon da sei? Sie solle sich sofort bei ihm einfinden.

»Keinen Widerspruch!«, schärft Yeye der Stieftochter ein. »Wenn er dich beschimpft, dann hör es dir einfach nur an. Keinen Streit, hast du gehört?« Ihre Finger krallen sich so fest um Mendys Handgelenk, dass sie alle Knochen spürt.

Mendy nickt und verlässt die Stiefmutter stumm.

Als sie im Hinterhaus ihren Vater erblickt, wie so oft mit dem Handy am Ohr, spürt sie eine Mischung aus Wiedersehensfreude und Schuldgefühl wegen des ruinierten Restaurants. Sie zwingt die Mundwinkel in Richtung Ohren und lächelt: »Papa, deine Haare sind ja wieder pechschwarz geworden. Und ein bisschen dünner kommst du mir auch vor. Die Reise in die Heimat hat dich verjüngt.« Die Sorgenfalten, die sich noch tiefer in seine Stirn gegraben haben, übersieht sie geflissentlich.

Vater Guan klappt das Handy zu und starrt die Tochter an, als wäre ein Schafswolf hereinspaziert. »Wie siehst du denn aus?«

Mendy folgt dem Blick des Vaters und schaut auf ihr zartgrünes Kleid. »Ich musste zu einem Vorstellungsgespräch.«

»Wo hast du den Fetzen her?«, bohrt der Vater nach. Er erinnert sich noch ganz gut daran, dass er das Kleid vor ein paar Wochen zusammen mit ein paar anderen als Muster an den Goldenen Drachen geschickt hat, damit dieser sich überzeugen kann, in was für ein Geschäft er sein Geld investiert hat.

»Dein Geschäftspartner Onkel Hong hat es mir geschenkt«, sagt Mendy wahrheitsgemäß.

Der Vater zischt durch die Zähne. »Nimm kein Geschenk an, wenn du den Grund nicht erkennst.«

»Nun ja, er hat gesagt, es käme von dir.« Sie schlüpft in die Rolle des hilflosen Kindes, die sie schon öfter ihrem Vater gegenüber gespielt hat. Sie setzt sich auch nicht, sondern bleibt schuldbewusst stehen. »Hast du's gesehen, Papa? Das Restaurant ist schon fast wieder schneeweiß. Noch zwei, drei Tage, dann sind wir fertig mit der Renovierung. Wir können bald wieder aufmachen.« Ihre Stimme klingt wie das Piepsen eines Amselkükens, das aus dem Nest gefallen ist.

Der Vater zieht missbilligend die Mundwinkel nach unten. »Das ist schon der zweite Brand, seit wir damals eröffnet haben. Vielleicht sollte ich die *Strahlende Perle* allmählich verkaufen«, sagt er.

Dann folgt noch ein kurzes Verhör. So wortkarg, wie er ist, erlaubt er Mendy auch nicht, eine ausführliche Antwort zu geben. Versucht sie es trotzdem, schneidet er ihr das Wort ab wie ein Fallgitter. Als er genug gehört hat, sagt er: »Das Restaurant ist ab sofort wieder meine Sache. Sieh zu, dass du bald Arbeit findest.«

»Ja, Papa«, sagt Mendy brav. Aus den Augenwinkeln registriert sie, dass der Vater sie mit einer Handbewegung hinausschicken will. Sie verbeugt sich. »Papa«, sagt sie mit der sanftesten Stimme, »die Uni hat mir mitgeteilt, dass ich nächste Woche mein Diplom abholen kann.«

»Gut.« Vater Guan gönnt der Tochter endlich ein mildes Lächeln. »Rasche Auffassungsgabe und Nüchternheit sind deine Stärke. Behalte sie für immer. Sie werden dich in deinem Berufsleben voranbringen.«

»Ich danke dir für das Studium. Mama wird dir auch dankbar sein.«

»Nun ja, ich hab's für deine Mutter getan. Ich hoffe, sie findet nun ihre Ruhe unter der Erde.« Dass seine verstorbene Exfrau erwähnt wird, ist Boss Guan unangenehm. Er zerrt an seinem Kragen, als bekomme er nicht ausreichend Luft. »Ich weiß, ich weiß, das Geld hat mich manchmal geritten … Aber ich kriege schon alles wieder hin. Über das Restaurant brauchst du dir keine Gedanken zu machen, ja?« Er steht auf, geht ins Nebenzimmer und kommt mit etwas quadratisch Glänzendem in der Hand zurück. »Das sind CDs von den besten chinesischen Sängern. Die wolltest du doch haben, nicht wahr?«

»Danke, Papa.«

Als Mendy über den Hof geht, muss sie sich die Tränen aus dem Gesicht wischen. Innerhalb von zehn Minuten hat man ihr die Verantwortung für das verbrannte Restaurant abgenommen. Und wegen Yeyes Fehlgeburt hat der Vater ihr auch keinen Vorwurf gemacht. Aber fühlt sie sich jetzt erleichtert? Nein. Das Ganze macht ihr nur deutlich, was für ein Versager sie ist.

Die Sorge um Tubai treibt sie nach Hause. Sie fühlt sich wie eine Ameise auf einem heißen Kuchenblech. Ihr Vater hat kein Wort über Tubai verloren – so als existierte er schon gar nicht mehr. Das gibt ihr ein ungutes Gefühl. Sie presst die Aktentasche an sich und rennt, so schnell sie kann. In ihrer Wohnung angekommen, sieht sie gleich den Schlüssel auf ihrem Küchentisch liegen. Da weiß sie, dass Tubai fort ist.

Sie lässt sich aufs Sofa fallen. Sie hat den Vater in ihrer Kindheit und Jugend nur selten gesehen. Er war stets im Ausland, und die Mutter war die einzige zuverlässige Säule in ihrem Leben. Als die Mutter starb, schien ihre Welt zusammenzubrechen. Sie fühlte sich allein und verlassen. Als der Vater sie zu sich holte, lernte sie ihn endlich kennen. Ja, er ist tüchtig, hat einige Vorzüge. Doch tief im Herzen hat sie ihm nicht verziehen, dass er Mutter und Kind in der Heimat zurückließ. Es war ein Verrat, der dazu führte, dass sie ihrem Vater nie wieder hundertprozentig vertraut hat. Sie schwor sich, wenn sie je einen Mann an sich heranlassen würde, dann sollte er vor allem vertrauenswürdig sein. In Tubai hat sie einen Bruder gefunden, der ihr volles Vertrauen genießt, aber sie darf ihm kein Dach über dem Kopf bieten …

Sie vergräbt das Gesicht in den Händen. Kurz danach erfüllt ihr herzzerreißendes Schluchzen die kleine Wohnung. Sie trauert – denn es ist schrecklich, erwachsen werden zu müssen.

Als es dunkel wird, verlässt Boss Guan unauffällig das Haus. Zwischen seinen Brauen braut sich etwas zusammen. Er blickt hoch. Aus den Fenstern der ehelichen Wohnung dringt Licht. Frau und Sohn warten wahrscheinlich schon mit dem Abendessen auf ihn. Leise trabt er zu seinem Auto. Als er hinter dem Steuer sitzt, zieht er sein Handy heraus, wählt die Nummer der Wohnung und sagt seiner Frau, sie solle mit dem Essen nicht auf ihn warten, dann fährt er los.

Was für ein eigenartiger Tag! Er hat siebenmal bei Peipei angerufen, bis er sie endlich erreicht hat. Nach der langen Reise quält ihn das Verlangen nach ihr. Er vermisst ihre Milchhaut, ihre schlanken Arme, ihre lächerliche Frisur, ihre sanften Rundungen, ihre Art, ihn zu necken. Am Ende haben sie lange telefoniert, bis seine Ohren ganz wund waren, doch gekommen ist sie nicht, und er saß wieder alleine in seinem Büro.

Angeblich hat sie sich riesig gefreut, dass er ihr Sachen aus China mitgebracht hat, die sie sich gewünscht hat. Aber nach einer Stunde war sie immer noch nicht da. Stattdessen ein Anruf, sie habe einen Termin mit dem Tutor vergessen und müsse schnell in die Uni, dann werde sie kommen.

Stunden später hieß es, in der Uni sei sie jetzt fertig, müsse aber zu Hause noch einige Seiten tippen. Außerdem müsse sie einkaufen gehen, denn sie habe zu Hause nichts mehr zu essen. Aber sie werde heute noch zu ihm kommen. Wenn es dunkel sei, umso besser. Sie hätten ja noch die ganze Nacht. Boss Guan gab sich damit zufrieden, aber als er nach einer Weile wieder anrief, ging sie nicht mehr ans Telefon.

Irgendwann hat er sie dann doch erreicht, aber sie druckste herum, als wäre noch jemand bei ihr. Verdammt! Früher hat er sie mit einem einzigen Anruf zu sich bestellt, und jetzt spielt sie Katz und Maus mit ihm. Der Sache will er jetzt auf den Grund gehen.

Auf der lauten Turmstraße in Moabit hält er an. Da es dunkel ist und viele Leute unterwegs sind, fällt es nicht auf, dass er zehn Minuten mit einer hübschen neuen Damenhandtasche und ein paar Einkaufstüten vor Peipeis Haus hin und her geht, bis endlich jemand herauskommt. Boss Guan zertritt seine Zigarette und schiebt sich rechtzeitig durch die Tür, ehe sie wieder zufällt.

Auf der vertrauten fünften Etage im Seitenflügel angekommen, wartet Boss Guan, bis sich die Treppenhausbeleuchtung ausschaltet, dann schleicht er sich an die Tür von Peipei und legt das Ohr an das immer wieder überstrichene Holz.

Tief in der Wohnung hört er das Gemurmel von Stimmen. Er presst sich minutenlang an die warme Tür wie ein riesiger Hausgecko. Als er sich davon löst, muss er sich dehnen und schütteln, um wieder beweglich zu werden. Von Dunkelheit umhüllt, setzt er sich auf die Treppe. Hier kennt er sich aus, und er weiß, er kann sich oben vor dem Eingang zum Dachboden verstecken, wenn er unbemerkt bleiben will.

Ein Flämmchen flackert aus seinem Feuerzeug und beleuchtet die triste Umgebung. Mit einer Zigarette zwischen den Lippen und einem Gesicht wie geschnittenes Gras nähert er sich der Flamme. Doch dann besinnt er sich, dass der Rauch ihn verraten könnte, und steckt das Feuerzeug wieder ein.

Es vergeht eine Ewigkeit, bis Schritte aus Peipeis Wohnung ertönen, die sich der Tür nähern.

»Du Teufelsengel, du hast mich wachsweich gestoßen«, flüstert Peipei. »Ich kann kaum noch laufen.«

Ein geschmeicheltes männliches Lachen. Undefinierbare tierische Laute. Dann plumpst etwas Schweres gegen die Tür. Stoff raschelt, Seufzen und Stöhnen. Die beiden Stimmenbesitzer scheinen sich heftig zu winden. Boss Guan beißt die Zähne zusammen, seine Hände krampfen sich um die nutzlosen Geschenke aus China.

»Aber jetzt muss ich wirklich gehen, sonst komm ich gar nicht mehr weg«, gurrt die männliche Stimme, dann wird der Riegel zurückgeschoben, und die Tür öffnet sich.

»Wollen wir am Wochenende noch mal singen üben?«, fragt Peipei, die Hände um den Nacken des Mannes geschlungen. Sie trägt nur einen Bademantel, ihre Füße sind nackt.

»Ja«, sagt der Mann. Rückwärts schiebt er sich aus der Tür und zieht die Frau dabei mit. Seine linke Hand tastet schon nach dem Lichtschalter im Treppenhaus.

Boss Guan stehen die Haare zu Berge. Jetzt, im Licht aus der Wohnung, hat er endlich den Hinterkopf des Mannes klar vor Augen. Dieser Mann, der Peipei gerade wachsweich geklopft hat, ist der schäbige Musiker Oswald, der Mendy den Kopf verdreht und sie auf Abwege gelockt hat. Ohne ihn und sein zum Himmel stinkendes Konzert wäre das Restaurant eine *Strahlende Perle* geblieben!

Als Oswald sich umdreht, stößt er fast mit einem Schädel zusammen. Erschrocken zieht er den Kopf ein und wirft sich nach hinten. Was ist das für ein Ungeheuer, das Feuer speit und seine Augen aus dem Schädel herausrollen kann? Bevor er sich ein klares Bild von der Situation verschaffen kann, landet eine Faust in seinem Gesicht. Der Mann mit dem langen Haar taumelt zurück in den Korridor. Zum Glück fängt ihn die Wand auf. Aber bevor er Fuß gefasst hat, trifft der zweite Hieb seine Brust, sodass er tief in die Wohnung purzelt.

Peipei stößt einen gellenden Schrei aus und versucht den Arm des Eindringlings festzuhalten. »Raus mit dir! Raufereien verboten!«

Dass Peipei sich ihm nähert, ist Boss Guan ganz recht. Eine Frau, die so schnell die Seiten wechselt, hat bestimmt auch das Restaurant angezündet. Das Flittchen hat nichts an den Füßen? Umso besser, dann lernt sie jetzt Eislaufen oder gar Segeln. Er holt mit der flachen Hand aus, um ihr eine zu verpassen …

»Halt!«, ruft Oswald, der jetzt sieht, wen er vor sich hat. Dieser Tyrann, dieses brutale Schlitzauge muss endlich gestoppt werden! Mit gesenktem Kopf stürmt der junge Mann auf den Gegner zu und rammt ihm die Faust in den Unterleib. Aber Boss Guan hat sich geschickt beiseitegedreht, sodass die Faust gerade noch seinen Blinddarm streichelt. Oswald prallt mit dem Schädel gegen die halb offene Tür …

Jetzt sieht Peipei ihre Chance. Neben ihr steht der Schuhschrank. Sie greift nach einem ihrer Stöckelschuhe, und weil Boss Guan ihr den Rücken zukehrt, kann sie mit voller Kraft zuschlagen. Drei, vier Mal hämmert sie mit dem spitzen Absatz auf seinen Hinterkopf. Der Restaurantbesitzer spürt einen stechenden Schmerz vom Scheitel bis zur Zehenspitze, er sackt zusammen und verliert das Bewusstsein …

Als er wieder aufwacht, sieht er erneut die zwei Gesichter vor Augen, die er nicht sehen will, und dreht den Kopf weg. Dass er jetzt einen schrägen Blick hat, merkt er nicht. Er hat nur das Gefühl, als gehöre sein Körper ihm nicht mehr. Wie merkwürdig.

»Der Krankenwagen ist gerade eingetroffen«, sagt Peipei vorsichtig.

Boss Guan versucht aufzustehen. Als er merkt, dass er auf dem linken Bein nicht stehen kann, lässt er sich ins Krankenhaus einliefern. Ohne Begleitung.

Wie so oft geht Yeye an diesem Tag allein ins Bett. Sie hat es sich längst abgewöhnt, nach dem Verbleib ihres

Mannes zu fragen. Hätte sie dennoch gefragt, hätte er bloß ins Handy gesagt: »Ich habe noch wichtige Dinge zu erledigen, geh du also schlafen.«

Gerade hat sie das Licht ausgeknipst, da schrillt das Telefon. Sie nimmt den Hörer ab und hält vor Schreck die Hand vor den Mund. Die Stimme ihres Mannes klingt so schwach, als würde er gerade von einer Schlägerbande mit schweren Stiefeln getreten. Er befinde sich in der Charité, teilt er seiner Ehefrau mit. Es drohe ihm keine Lebensgefahr, so viel sei inzwischen klar, aber die Ärzte wollten ihn für ein paar Tage dabehalten, um sein Herz zu beobachten.

Yeyes Hand, die den Hörer festhält, beginnt zu schwitzen. Sie will sofort ins Krankenhaus fahren. Aber der Ehemann würgt ihren Satz ab. Das Krankenhaus habe geregelte Besuchszeiten. Zu dieser Stunde werde sie nicht mehr ins Krankenzimmer hineingelassen. Damit beendet er das Gespräch.

Erst am nächsten Tag stehen Yeye und Mendy an seinem Krankenbett. Seine Augen sind trüb, und er zeigt keine Freude beim Anblick seiner Familie. Als Frau und Tochter sich nach dem Grund seines plötzlichen Aufenthalts im Krankenhaus erkundigen, behauptet er unbestimmt, er habe sich gestern Abend nicht wohlgefühlt. Aber jetzt brauche sich keiner mehr Sorgen zu machen. Er sei in besten Händen. Dann schaut er zum Fenster hinaus und sagt nichts mehr.

Ehefrau Yeye ist über die Bandage am Kopf ihres Mannes beunruhigt, und da der nichts sagen will, verlässt sie das Krankenzimmer, um den behandelnden Arzt oder wenigstens eine Krankenschwester zu suchen.

Mendy hat eine Tasse Tee für den Vater geholt und will sie ihm gerade in die Hand drücken, als er plötzlich sagt: »Schmeiß den langhaarigen Dackel mit der Gitarre aus deinem Adressbuch. Der Bursche taugt nur zum Störenfried.«

Mendy runzelt die Stirn. »Meinst du Oswald? Der kann doch keinem Schäfchen ein Haar krümmen.«

»Du wirst an der Nase herumgeführt und merkst es noch nicht mal. Wann wirst du endlich erwachsen?« Der Vater macht eine ungeduldige Handbewegung. »Halte ihn von uns fern. Ich möchte keinen zweiten Brand im Haus haben.«

»Aber, Papa ...«

Ein scharfer Blick des Vaters lässt sie verstummen. Sie senkt den Kopf und denkt nach. Gestern konnte sie Oswald weder am Handy noch über das Festnetz erreichen. Hat es einen Zusammenstoß zwischen Oswald und ihrem Vater gegeben? »Hast du Oswald gestern gesehen?«

Als der Vater ihr keine Antwort gibt, sagt sie: »Er hat mit dem Brand überhaupt nichts zu tun.«

Der Vater nippt am Tee und schließt die Augen. Dass seine Tochter so naiv und leichtgläubig ist! Wann wird sie endlich genügend Misstrauen entwickeln, um eine erfolgreiche Geschäftsfrau zu werden? »Dein Oswald steckt mit deiner Busenfreundin Peipei unter einer Decke. Also hör auf, ihm nachzulaufen.«

Mendy sperrt Mund und Nase auf. Die Worte des Vaters schmerzen sie wie spitze Gallensteine. Oswald wartet doch auf ihre Liebe! Insgeheim hat sie schon Zukunftspläne geschmiedet und wartet nur auf den Tag, an dem sie sich ihm hingeben kann. Und jetzt erzählt ihr Vater, er wüsste etwas von Peipei und Oswald? Unsinn! Das kann doch nicht sein. Woher soll denn ihr Vater das wissen? Mendy will es nicht glauben. Sie krallt sich mit beiden Händen am Bettrand fest.

Als Yeye zurückkehrt, findet sie Vater und Tochter wortlos und stumm vor. Sie vermutet, dass ihre Stieftochter wieder einmal eine Lektion erhalten hat, was sie nicht besonders erstaunt. Aber was sie eben vom Arzt ihres Mannes gehört hat, liegt wie ein Felsbrocken auf ihrem Herzen, da kann sie sich um Mendys Stimmung nicht weiter kümmern.

Sie schlägt die Decke ein wenig zurück und fasst nach dem Fuß ihres Mannes. Als ihre kalten Finger die Sohle berühren, zuckt Boss Guan empört zurück. »Warte«, sagt sie und kitzelt ihn an den Zehen. Diesmal zeigt der Mann keinerlei Reaktion. Yeyes Gesicht wird aschfahl. Der Arzt hat ihr also die Wahrheit gesagt: Ihr Mann hat einen leichten Schlaganfall erlitten. Die Zehen am linken Fuß sind ohne Gefühl.

»Warst du gestern bei Chen Peipei?«, fragt die Ehefrau plötzlich voller Argwohn.

»Meinst du etwa, ich finde den Brandstifter, wenn ich zu Hause rumhocke?«, sagt Boss Guan kalt. »Kümmere dich um Michael und die Mieter. Zu mehr bist du sowieso nicht fähig.«

»Ohne mich bist du ein Wrack«, gibt Yeye mit unterdrückter Wut zurück, bohrt jedoch nicht weiter. Sie weiß, es hat keinen Sinn, ihren Mann auszufragen, wenn er nicht antworten will.

Als die beiden Frauen vor dem Krankenhaus stehen, sagt Yeye plötzlich: »Wir gehen jetzt zu dieser Hure Peipei. Sie hat deinem Vater ein Loch in den Kopf gehauen, das mit fünf Stichen genäht werden musste. Das werde ich ihr heimzahlen.«

Mendy ist sprachlos. Peipei und ihr Vater? Wie kann diese Frau nur so schamlos sein?! Mendy fühlt sich gedemütigt, und in diesem Zustand will sie die »Freundin« nicht sehen.

»Peipei ist bestimmt nicht zu Hause«, murmelt sie tonlos.

Aber Yeye hält ihr bloß das Handy hin. Mendy bleibt nichts anderes übrig, als Peipei anzurufen. Zum Glück ist die Freundin nicht zu erreichen. Weder unter der Festnetz- noch unter der Handynummer.

Yeye ist das egal. »Wenn sie noch einen Löffel Gewissen hat, wird sie nicht auf der Straße herumstolzieren, sondern sich in ihrer Wohnung verstecken«, sagt sie. »Wir fahren jetzt hin.«

»Ich fühle mich nicht wohl. Vielleicht fährst du lieber allein ...«, murmelt Mendy. Sie hält die Hand vor die Brust, als müsste sie sich erbrechen.

»Wie bitte?«, sagt Yeye vorwurfsvoll. »Deine Freundin hat deinen Vater zum Krüppel geschlagen, und du willst dich drücken? Wie kannst du deinen Vater nur so im Stich lassen?! Nein, nein, Mendy, du kommst jetzt mit.«

Sie winkt nach einem Taxi, und zehn Minuten später stehen die beiden Frauen vor Peipeis Haus in der Turmstraße. Yeye hält die Hand ihrer Stieftochter fest, als wäre sie ein Schulmädchen, das nicht zum Zahnarzt will. Sie wartet geduldig, bis jemand aus der Haustür kommt, dann schiebt sie Mendy hinein.

Vor Peipeis Wohnung angekommen, drückt Yeye das Ohr an die Tür, um zu horchen. Mendy möchte am liebsten die Treppe wieder herunterrennen, so peinlich ist ihr das alles, doch Yeye hält sie fest und gibt ihr mit Gesten zu verstehen, dass sie keinen Lärm machen soll. Angestrengt horcht sie weiter. Als sie sich sicher ist, dass jemand in der Wohnung ist, drückt sie auf den Klingelknopf.

Sie muss mindestens fünfzehnmal klingeln, bis die Tür endlich aufgeht. Peipei hat sich einen Morgenmantel übergeworfen. Ihr Gesicht ist verschrammt und geschwollen wie nach einer ruppigen Saufparty.

Yeyes Augen beginnen wütend zu glitzern. »Du unverschämte Hure!«, schreit sie. »Wie kannst du nur so grausam sein? Mein Mann ist halbtot, er bleibt womöglich für immer behindert. Das wirst du mir büßen!« Überraschend wirft sie sich gegen die Tür und stößt sie weit auf.

»Was hat dein Mann mit mir zu tun?«, zetert Peipei und weicht erschrocken zurück. »Er ist auf der Treppe gestolpert. Basta. Frag du ihn doch selber.« Vorsichtig zieht sie sich in die Küche zurück, wo auf dem Herd eine Pfanne steht und auch ein Messer bereitliegt.

Mendy wird blass wie Papier. Ihr Vater war also tatsächlich hier! Und wenn er auf der Treppe gestürzt sein soll, woher kommt dann die Schramme in Peipeis Gesicht? Diese Frau, ihre Eiserne Schwester, lügt offensichtlich. Und wenn sie mit ihrem Vater etwas gehabt hat, dann bestimmt auch mit Oswald. Ihr Vater hat also die Wahrheit gesagt. Ihre Freundin hat sie verraten! Dabei zeigt die hübsche Frau weder Reue noch Scham. Nein, im Gegenteil. Wie eine Filmschauspielerin steht sie da! Mit erhobenem Kinn und heruntergezogenen Mundwinkeln wirkt sie so anmaßend, als sei sie auch noch stolz auf das, was sie angerichtet hat.

Mendy möchte sie anschreien: Du blonder Teufelskuckuck, du bist nicht mehr meine Freundin! Aber die anderen Akteure lassen sie überhaupt nicht zum Zuge kommen. Sie drängen sie beiseite und machen sie zur bloßen Zuschauerin.

»Hör bloß auf zu lügen!«, herrscht Yeye ihr Gegenüber an. Sie schwingt ihre Handtasche wie einen ledernen Knüppel und schlägt Peipei damit ins Gesicht. Es knallt, als wäre ein Pfeil durch angespanntes Papier geschossen. Peipeis Wange wird feuerrot. »Du willst mir erzählen, die Beule am Hinterkopf meines Mannes käme von einem Treppensturz?! Da hast du aber vergessen, dass es noch ehrliche Ärzte gibt.« Sie will erneut zuschlagen.

»Schließ deinen Mann zu Hause mit sieben Schlössern ein, säg ihm die Beine ab, wenn du ihn von Unheil fernhalten willst. Wieso rennst du zu mir, du holzfades Weib?!« Peipei greift zum Herd und hebt drohend die Pfanne. Gestern hat sie sich erfolgreich gegen Boss Guan gewehrt, da wird sie sich heute von einer Ehefrau ohne Kurven und Klugheit erst recht nicht einschüchtern lassen.

»Hört auf zu schreien!«, ruft Mendy. Als niemand auf sie hört, versucht sie, die beiden mit Gewalt auseinanderzubringen.

Es folgt eine ähnlich wilde Szene wie gestern. Nur gehen heute einige Teller und Tassen dabei zu Bruch. Außerdem eilen zwei aufgescheuchte Nachbarn von unten herbei. Mit vereinten Kräften werden die Streithennen endlich getrennt. Als Yeye aus der Wohnung gezerrt wird, streckt sie triumphierend ein Büschel blondierter Haare ihrer Widersacherin in die Höhe. Dass sie dafür eine Bisswunde am Handrücken hat und außerdem ätzend riecht, weil Peipei ihr eine Flasche Essig über die Bluse geschüttet hat, trübt ihre Siegesfreude kein bisschen. »Warte nur, du wirst mich noch kennenlernen!«, droht sie keuchend.

»Verkriech dich bloß in dein Rattenloch. Ich werde dich und deinen Mann vor Gericht bringen!«, schreit Peipei ihr hinterher. Dann wechselt sie plötzlich den Tonfall: »Mendy, kommst du noch mal hoch? Ich muss mit dir reden.«

»Nein, der Eiserne Bund zwischen uns ist aufgelöst. Ich möchte nie mehr in deine Nähe kommen.« Mendys Stimme ist so traurig, als spräche sie zu einer Leiche.

»Dann geht doch alle ins Paradies, ihr heiligen Stuten!«, faucht Peipei und befördert ihre Tür mit einem kräftigen Fußtritt ins Schloss.

Als Mendy mit rot geschwollenen Augen vor seiner Tür steht, ist Marcel überrascht. Sie verstehen sich und sind gute Freunde geworden. Aber bisher ist sie immer mit Oswald gekommen, niemals allein. Dass sie heute mit gesenktem Kopf und finsterer Miene zu ihm kommt, kann nur eines bedeuten: Sie hat sich mit Oswald gestritten. Marcel stellt sich darauf ein, zwischen den beiden Freunden schlichten zu müssen.

Eine eigene Wohnung hat Marcel nicht, nur ein Zimmer in einer WG. Es ist ziemlich billig, und das sieht man auch. Aber er hat sich Mühe gegeben, es mit originellen Möbeln und Plakaten ein wenig attraktiver zu machen. Er holt zwei Gläser und eine Flasche Wasser und bietet Mendy an, sich auf das ausgeleierte Ledersofa zu setzen. Er selber zieht sich den Drehsessel her, der vor seinem Computer steht. Während er versucht, sie mit einer Geschichte über seine Mitbewohner zu amüsieren, um ihre Beklemmung zu lösen, schweifen ihre Augen ziellos durchs Zimmer. Der bunte Bildschirmschoner sticht ihr sofort ins Auge. Sie steht auf, um sich das Bild genauer anzuschauen.

»Ein hübsches Foto. Da siehst du viel besser aus als Oswald. Daraus könnte man auch ein Plakat machen«, sagt sie. Das Bild zeigt Marcel und Oswald mit ihren Instrumenten auf einer Wiese. Sie lächeln sorglos in die Sonne, und im Hintergrund sieht man den Eiffelturm. »Wann wart ihr in Paris?«

Marcel, der in Wirklichkeit eindeutig weniger attraktiv ist als Oswald, lächelt geschmeichelt. »Gut getroffen, nicht wahr? Das Foto ist noch ganz frisch. Gerade mal zwei Wochen alt.«

»Was? Ihr seid in Paris gewesen?« Mendy hat das Gefühl, als stürzten ihre Eingeweide tief in den Keller, und zwar ohne sie. »Ich dachte, ihr wart in Hamburg?«

Marcel wirkt etwas verlegen. Ihm ist zu spät eingefallen, dass er die Paris-Reise Mendy gegenüber nicht erwähnen sollte. Hastig schaltet er den Computer aus, räuspert sich und versucht, das Thema zu wechseln. Doch Mendy beharrt darauf, mehr zu erfahren. Da Marcel nicht lügen kann, erzählt er ihr schließlich die Wahrheit.

Sie seien nach Paris gefahren, weil ihnen eine Menschenrechtsorganisation die Reise geschenkt hätte, damit sie am Protest gegen den olympischen Fackellauf durch Paris teilnehmen könnten. Oswald habe seiner Freundin die Reise verheimlicht, um ihren Stolz als Chinesin nicht zu verletzen.

Olympischer Fackellauf? Menschenrechte? Paris? Mendy glaubt zu träumen. Warum hat Oswald ihr nichts davon erzählt? Hat er kein Vertrauen zu ihr? Sie bedeckt das Gesicht mit den Händen und fängt an zu weinen.

»Tut mir leid«, stammelt Marcel. »Ich hätte dir das nicht erzählen dürfen.«

»Nein, nein«, sagt Mendy und wischt sich das Gesicht ab. »Es ist sowieso aus. Ich will mit Oswald nichts mehr zu tun haben.« Mit Rotz und Wasser im Gesicht und tapferer Miene kramt sie einen Briefumschlag aus der Tasche und überreicht ihn Marcel. »Bitte gib ihn an Oswald weiter. Sag ihm, es war eine schöne Zeit mit euch. Aber wir werden uns niemals verstehen. Es ist besser, jeder von uns geht seinen eigenen Weg …«

»Aber, aber … was ist denn passiert?«, fragt Marcel. Er späht in den Briefumschlag. Es sind ein paar Fotos von Oswald, eine silberne Kette und ein Anhänger mit Oswalds Initialen darin. »Es ist bestimmt nur ein Missverständnis. Oswald mag dich sehr. Wenn du dich von ihm trennen willst, musst du ihm das selbst sagen.« Er gibt Mendy den Umschlag zurück, und als sie ihn nicht annehmen will, steckt er ihn einfach in ihre Handtasche.

Mendy legt den Kopf auf den Tisch und weint. Marcel versucht vergeblich, sie zu beruhigen. Als er merkt, dass er damit nicht weiterkommt, entschuldigt er sich und geht eilig ins Bad. Dort zieht er sein Handy heraus und telefoniert. »Du musst sofort kommen«, sagt er, dann geht er wieder zurück.

Nachdem zwei Taschentücher vollgeweint sind, wird Mendy ein wenig müde. Ihr wird es allmählich peinlich, dass sie Marcel so ratlos gemacht hat. Sie schleppt sich ins Bad, bringt, so weit es geht, ihr Gesicht in Ordnung und versteckt den Briefumschlag im Arzneischrank, dann schleppt sie sich wieder ins Wohnzimmer. Schade, dass sie ihn in Zukunft nicht mehr so oft sehen werde, sagt sie mit schmerzlicher Stimme und streckt ihm zum Abschied die Hand entgegen. Aber Marcel will sie jetzt nicht mehr gehen lassen. Er schenkt ihr erneut ein Glas Wasser ein und nötigt sie, noch ein wenig zu bleiben. Mendy schiebt sich in die Ecke des Sofas und versucht, sich zusammenzunehmen. Sie möchte nicht auf der Straße losweinen.

Plötzlich klingelt es. Marcel geht zur Tür, kurz darauf erscheint Oswald im Wohnzimmer, während sich Marcel in der Küche versteckt. Überrascht von diesem Manöver, findet Mendy keine Worte. Ihre Augen folgen jeder kleinsten Bewegung von Oswald, als wäre sie mit einem Schäferhund zusammen in einen Käfig gesperrt.

Oswald hat ein geschwollenes Auge. Sein Gesicht zeigt Spuren einer Prügelei. Als er sich zu ihr auf das

Sofa schiebt, um sie zu umarmen, springt Mendy auf und flüchtet auf die andere Seite des Tisches. Oswald macht ein verlegenes Gesicht und murmelt: »Es tut mir leid …«

Mendy zuckt zusammen, als hätte eine Biene sie gestochen. Sie blickt ihm scharf ins Gesicht. Das heißt, so scharf sie kann, denn ihre Augen sind kleine, schmerzende Schlitze geworden, und sie sieht nur noch einen wässrigen roten Nebel. »Ich möchte nur eins von dir wissen: Hast du was mit Peipei?«

»Ich liebe dich«, sagt er, und es klingt wie ein Eingeständnis. »Wir gehören doch zueinander.«

Mendys Beine zittern und wollen sie nicht mehr tragen. Sie hält sich am Tisch fest.

»Ich weiß, was du hören möchtest«, fährt der Mann fort. »Aber kannst du mich nicht verstehen? Natürlich bist du für mich der wichtigste Mensch, aber …«

Wie ein flüchtiges Reh hastet Mendy zur Tür. »Komm mir nicht zu nah. Wir sollten uns nicht wiedersehen.« Sie stürmt durch den Korridor und flieht aus der Wohnung. Erst als sie den offenen Berliner Himmel wieder über dem Kopf hat, kommt sie zur Besinnung. Sie presst ihre Faust an die Brust, um ihre Verzweiflung zu unterdrücken. Dass Sex ein so grausames Messer sein könnte, hat sie sich nie vorgestellt.

Kapitel 11

Ein rohes Ei

Nach dem Abschied von Oswald wird Mendy krank. Glühend heiß liegt sie im Bett und spricht im Delirium. Yeye ist verzweifelt, sie rennt zwischen der Stieftochter und dem Ehemann hin und her und weiß nicht mehr, wo ihr der Kopf steht. Schließlich ruft sie Mendys beste Freundin Yulin an. Yulin ist immer noch mit ihren Hochzeitsvorbereitungen beschäftigt und hat die neueste Entwicklung gar nicht mitbekommen. Aber als sie von Mendys Zustand erfährt, kommt sie sofort.

Nach ein paar Tagen fachkundiger Pflege geht das Fieber zurück, und Mendys Gesicht bekommt allmählich auch wieder Farbe. Nur die Augen haben an Glanz und Kraft eingebüßt. Irgendetwas ist ihr abhandengekommen.

Nach der Entlassung aus dem Krankenhaus scheint auch Boss Guan ein anderer geworden zu sein. Früher war er dauernd unterwegs, jetzt sitzt er in seinem Sonnenzimmer herum und macht ein Gesicht wie sieben Tage Regenwetter. Yeye ist ratlos und ermahnt Mendy, sie solle sich mehr um den Vater kümmern.

Mendy vermutet, dass der Vater unter Depressionen leidet, seit er in China war, und versucht es mit einer

Beschäftigungstherapie. Sie bringt ihm Kataloge von Möbelhäusern und fragt, welche Tische und Stühle für die neue Innenausstattung des Restaurants bestellt werden sollen. Denn die Renovierung ist inzwischen fast abgeschlossen. Aber der Vater schiebt die Kataloge beiseite und meint, er werde später reinschauen, momentan habe er anderes zu erledigen. Dann schickt er die Tochter aus seinem Büro.

Zum Mittagsessen kommt er nicht in die Wohnung herüber, zum Abendessen auch nicht. Yeye meint, er müsse doch was essen, und kommt persönlich, um den Ehemann zum Abendessen zu holen. Aber der Mann schickt sie fort und macht dafür nicht einmal die Tür auf. Nach einer Weile schickt Yeye den Sohn herüber. Die kindliche Stimme scheint zu wirken. Kurz danach sitzt die Familie vereint um den Tisch. Seitdem ist es immer der Sohn, der den Vater nach Hause holt.

Eine Woche später sitzt Boss Guan im Sonnenzimmer und starrt die Kastanie vor seinem Fenster an. Der Baum ist groß und hat eine prächtige Krone, sodass der Hof wie unter einem riesigen Schirm steht. In der Dämmerung sehen die zartgrünen Blätter aus wie mit Tinte gestrichen.

An Boss Guan nagt das Gefühl, dass er einen großen Fehler gemacht hat. Die erfolgreichen Jahre und das vom Gesetz geregelte Leben in Deutschland haben dazu geführt, dass er sein Misstrauen und seine Wachsamkeit eingebüßt hat. Er ist sich jetzt sicher, dass hinter dem Brand ein gefährlicher Gegner steckt. Der Brand, der Verlust von Peipei … irgendwer ist dabei, alles an sich zu reißen. Er muss ihn finden und unschädlich machen, wenn er nicht untergehen will.

Wie kann ich die Schlange aus der Höhle hervorlocken?, fragt sich Boss Guan, aber er weiß, das sind leere Worte, er hat nicht mehr die Kraft wie früher. Nach zweiundzwanzig Jahren in Deutschland muss er gestehen, dass er kein echter Chinese mehr ist. Das chinesische Denken strengt ihn an. Und die chinesischen Strategien, die er früher beherrschte, sind ihm abhandengekommen. Müde reibt er sich die Augen und starrt in den Baum. Was ist das da draußen? Ein Vogel, ein tickendes Uhrwerk? Ist seine Zeit abgelaufen? In diesem Augenblick klopft es.

Er denkt, es wäre sein Sohn. Aber als er die Tür öffnet, steht Peipei vor ihm. Sie trägt jetzt gelocktes hellbraunes Haar und hat so schwarze Ringe unter den Augen, dass Boss Guan einen Augenblick glaubt, sie wäre die Elster aus der Kastanie. Sie hat sich zwar mächtig herausgeputzt, aber ihr Gesicht sagt etwas anderes. Boss Guan spürt sofort, dass sie kurz vor einem Zusammenbruch steht. Mitleid lähmt seinen Zorn, und er verzichtet darauf, ihr die Tür vor der Nase zuzuschlagen.

»Was willst du von mir?«, fragt er kalt, als sie in die Wohnung huscht.

Peipei will eine ganze Menge von ihrem ehemaligen Liebhaber. Unter anderem gehört dazu ein günstiger Mietvertrag für einen kleinen Laden, der sich in einem seiner Häuser in Berlin-Mitte befindet. Sie hat dem Goldenen Drachen das Startkapital für ihre Asien-Boutique abgepresst, aber in letzter Zeit scheint Boss Hong ihrer überdrüssig geworden zu sein. Ihre ewigen Forderungen nach Geld und ihre Erpressungsversuche scheinen ihm auf die Nerven zu gehen, und so hat Peipei sich entschlossen, Boss Guan aufzusuchen. »Bitte hör auf, mich zu beschatten«, fleht sie. »Ich habe nicht gewollt, dass du ins Krankenhaus musst. Aber *du* hast mit der Rauferei angefangen. Wenn du dich immer noch an mir rächen willst, dann tue es jetzt. Ich gebe dir alles, meinen Arm, mein Bein. Ich gebe dir alles, damit dein Groll gegen mich vergeht. Aber hör auf, mich verfolgen zu lassen. Ich halte es nicht mehr aus«, klagt sie.

Boss Guan verdreht die Augen und zuckt mit den Schultern. Was redet sie nur? Ist sie verrückt geworden? Am liebsten würde er sie gleich rausschmeißen.

Als hätte Peipei geahnt, was er vorhat, lehnt sie sich mit dem Rücken gegen die Tür. »Ich habe mir schon gedacht, dass du nicht dahintersteckst. Aber vergiss nicht, du hast eine eifersüchtige Frau, die mir am liebsten die Augen auskratzen und meine Lippen zertreten würde. Du musst sie stoppen.« Als der Mann sie bloß kopfschüttelnd ansieht, blickt sie über die Schulter, als stünden ihre Verfolger bereits hinter ihr, und wirft sich in seine Arme. Mit bebender Stimme erzählt sie, dass sie abwechselnd von zwei Männern verfolgt werde, wenn es dunkel sei. Einmal habe ein Mann mit einer Baseballmütze sogar sein Auto ein paar Meter vor ihr angehalten und die hintere Tür aufgehalten, als sie nach Hause gekommen sei. Hätte sie nicht schnell die Tür aufgeschlossen und sich in den Hausflur geflüchtet, wer weiß, was passiert wäre. Vielleicht habe der Mann sie entführen und ihr die Beine ausreißen wollen …

»Du bist verrückt. Meine Frau tut so was nicht.« Boss Guan schiebt sie weg, kann seine Augen aber nicht von ihr abwenden.

»Deine Frau tut so was nicht?«, äfft sie ihn nach und schiebt sich das Kleid von der rechten Schulter. Auf der nackten Haut ist eine rote, geschwollene Bissspur zu sehen. Sie ist so hässlich, als läge dort ein Drachenmaul. »Schau mal, wie deine Frau mich zugerichtet hat. Die ist keine zahnlose Tasche.«

Der Mann scheint verunsichert.

»Willst du noch mehr sehen?« Sie entblößt die andere Schulter. Auf einmal rutscht ihr das dünne Kleid bis zur Hüfte, und sie steht im Büstenhalter vor ihm. Vorsichtig hebt sie eine Brust an und zeigt auf ihr Herz. »Hier hat sie mir einen Fausthieb verpasst. Noch heute tun mir die Rippen weh.« Vor Schmerzen beißt sie sich auf die Lippe, und bei der Erinnerung an die erlittene Demütigung beginnen sich ihre Augen mit Tränen zu füllen. Wie ein zum Abschuss freigegebenes Vögelchen steht sie da und zittert am ganzen Leib. Ihre Kräfte scheinen sie zu verlassen, sie taumelt und sucht nach Halt. Da streckt Boss Guan seufzend die Hand aus und zieht die Frau an sich.

Kaum haben die Körper zueinandergefunden, verstummen die Stimmen, nur die Hände tasten gierig nacheinander. Keuchend schieben sie sich ins Schlafzimmer. Um die Frau aus dem Kleid zu schälen, greift der ungeduldige Mann heftig nach unten und fügt dem geschlitzten Seidenkleid einen Riss zu …

Plötzlich donnert es an der Tür. »Aufmachen! Polizei!« Heftige Schläge erschüttern die Wohnung. Der

Mann trennt sich sofort von der Frau und greift im Dunkeln nach seiner Hose.

»Wieso Polizei?«, murmelt Peipei. »Die haben sich in der Tür geirrt, oder?«

Ein hämmerndes Getöse übertönt ihr Gemurmel. Es ist eindeutig, dass die Männer da draußen versuchen, die Tür einzuschlagen. So zu tun, als wäre niemand zu Hause, nützt also nichts. Boss Guan streicht sich das Hemd glatt und öffnet die Tür einen Spalt. Schon wird die Tür aufgedrückt, und mehrere mit schwarzen Masken, Helmen und kugelsicheren Westen ausgestattete Männer stürmen ins Zimmer. Zwei nehmen Boss Guan in die Zange, ein dritter tastet ihn nach Waffen ab. Peipei stößt einen panischen Schrei aus und flüchtet ins Badezimmer. Aber das nützt ihr nichts. Eine Polizistin dreht ihr den Arm auf den Rücken, drückt sie an die Wand und befiehlt ihr, sich nicht zu bewegen.

»Sind Sie der Restaurantbesitzer Guan Baohan?«

»Ja.«

»Sie sind wegen Schmuggel und Produktpiraterie vorläufig festgenommen.«

Wer hätte gedacht, dass die beiden Container, die Boss Guan aus Schanghai nach Hamburg geschickt hat, ihm Handschellen eintragen würden? Aufgrund einer anonymen Anzeige hat das Zollamt gleich nach dem Eintreffen des Schiffes seine Container herausgepickt. Dabei finden die Beamten nicht nur einige Tausend verdächtige Kleider mit gefälschten Etiketten bekannter Modehäuser, sondern auch Handtaschen, Schuhe und andere Lederwaren bekannter Marken, die auf den mitreisenden Dokumenten nicht angegeben sind. Daraufhin hat die Staatsanwaltschaft einen Haftbefehl gegen ihn ausgestellt. In einer konzertierten Aktion werden Guans Wohnungen, sein Restaurant und der Supermarkt durchsucht, um weitere Beweise und Spuren zu sichern und mögliche Lagerräume für Schmuggelwaren zu finden.

Als die Polizei Boss Guan und Peipei in den Kastenwagen bringt, sitzt Yeye bereits drin. Sie starrt die halb bekleidete Peipei wütend an und knurrt: »Du Schlampe, bist du schon wieder dabei, meine Familie zu ruinieren? Dir werd ich es zeigen!« Sie senkt den Kopf, um Peipei einen Stoß zu versetzen, doch die Begleitbeamten stoppen sie rechtzeitig.

Nach einem Verhör im Polizeipräsidium dürfen die beiden Frauen wieder nach Hause. Boss Guan dagegen bleibt in Untersuchungshaft. Das Leben schmeckt plötzlich bitter. Die enge Zelle, das schmale Bett und die schlechte Luft legen sich wie eine eiserne Klammer um seinen Kopf, und in diesem Zustand muss er die Zeit verbringen, von der es plötzlich so reichlich wie Unkraut gibt.

Wulou pianfeng yu – Ausgerechnet wenn das Dach undicht ist, regnet es. Das Restaurant ist noch immer geschlossen, der Vater ist noch nicht wieder gesund, da wird er verhaftet. Und während Mendy und Yeye noch mit dem Rechtsanwalt der Familie telefonieren und verzweifelt nach einer Rettungsmöglichkeit für das inhaftierte Familienoberhaupt suchen, erhält Yeye die nächste Hiobsbotschaft: Im Keller eines ihrer Häuser in Neukölln steht fußhoch das Wasser.

Das Haus in der Weichselstraße ist alt und ungepflegt. Sowohl die Fassade als auch die Rohrleitungen und Elektrokabel hätte Boss Guan längst erneuern müssen. Aber er hält nichts davon, in die alten Häuser in dieser Gegend zu investieren. Er meint, bei niedrigen Mieten kriege man leichter ein volles Haus und verdiene damit mehr.

Yeye fasst sich an den Kopf. Seit der Verhaftung ihres Mannes hat sie das Gefühl, sie kann nicht mehr denken. Wieso muss gerade jetzt dieses Wasserrohr auslaufen? Hat jemand daran gedreht? Hat sich ein unzufriedener Mieter an ihnen gerächt? Oder liegt ein Fluch auf ihrer Familie?

Mendy betrachtet besorgt die Lippen der Stiefmutter, die sich ständig bewegen, ohne dass sie etwas sagt. Weiß Yeye nicht mehr, wer und wo sie ist? Mendy fasst sie sanft am Arm. »Sollen wir nicht einen Klempner hinschicken? Eine Pumpe brauchen wir wahrscheinlich auch. Wenn erst die Feuerwehr kommt, wird es teuer.«

Ein Ruck geht durch Yeye. Sie scheint aus ihrer Trance zu erwachen. Da sie die Telefonnummern ihrer bevorzugten Handwerker im Kopf hat, greift sie direkt nach dem Hörer. Sie weiß, sie muss den Schaden begrenzen, muss dafür sorgen, dass es keine Schäden an den elektrischen Leitungen gibt oder der Putz nicht von den Wänden fällt. Während sie telefoniert, macht sie Mendy zu ihrer Assistentin und lässt sie dies und jenes notieren. Ihre Entschlossenheit beruhigt die Stieftochter. Yeye hat die Dinge wieder im Griff.

Irgendwie hat der Goldene Drache von der Verhaftung seines Partners gehört und stattet Yeye einen Besuch ab. Er gibt sich sehr mitfühlend. Die Container mit den Kleidern seien beschlagnahmt worden? Sehr bedauerlich, sehr bedauerlich. Nun, er werde die Familie jetzt nicht unter Druck setzen und seine Entschädigungsforderung erst einmal zurückstellen. Er wisse ja, dass ihm Boss Guan alles zurückzahlen werde, sobald er wieder entlassen sei.

Die Familie Guan hat drei Mietshäuser, ein Restaurant und diverse Geschäfte. Da ist er sich sicher, dass er auf seine Kosten kommt. Und vielleicht kann er ja bis dahin auch das Vögelchen einfangen, das sich ihm so beharrlich entzieht.

Er tut so, als wäre er der beste Freund der Familie, und gibt Yeye zu verstehen, dass sie sich jederzeit an ihn wenden könne, wenn sie Hilfe brauche.

Yeye ist in Tränen aufgelöst. Dieser mächtige, stattliche Mann streckt ihr die helfende Hand hin, während andere ihr den Rücken kehren. Seit ihr Mann im Gefängnis ist, steht ihre Welt auf dem Kopf. Aber jetzt gibt es jemanden, der ihr beisteht und alles wieder einrenken will. Um ihre Dankbarkeit zum Ausdruck zu bringen, drängt Yeye den Gast, doch zum Abendessen zu bleiben. Aber der Goldene Drache erklärt, er habe einen anderen Termin. Dabei grinst er so anzüglich, dass Yeye verlegen den Blick abwendet, als er sich verabschiedet.

Der deutsche Anwalt, der Guan Baohan vertritt, teilt der Ehefrau Yeye mit, dass der Zustand ihres Mannes besorgniserregend sei. Er leide an Migräne und Appetitlosigkeit und habe stark abgenommen. Der Anwalt wolle alles versuchen, damit sein Mandant bis zum Prozess auf freien Fuß gesetzt werde. Dazu müsse aber eine Kaution gestellt werden, die sicher nicht niedrig sein werde.

Der Anwalt scheint tüchtig zu sein. Zwei Tage später erhält Yeye die Nachricht, dass ihr Mann freikommen könne, wenn eine Kaution von fünfhunderttausend Euro gestellt würde. Vor Freude will sie ihr Söhnchen umarmen und mit ihm jubeln, doch die hohe Summe beunruhigt sie. Sobald die Familie ein Häufchen Geld erarbeitet hatte, hat ihr Mann es sofort in ein neues Projekt investiert. Wenn das Häufchen nicht ausgereicht hat, hat er einen Kredit aufgenommen. Geld fließt herein und genauso schnell wieder hinaus. Wo soll sie jetzt plötzlich eine halbe Million Euro hernehmen?

Yeye macht sich hübsch und besucht ihre Hausbank. Aber seitdem ihr Mann in Untersuchungshaft sitzt, gilt er offenbar nicht mehr als guter Kunde. Nein, die Banken wollen ihr keine neuen Kredite geben.

Yeye geht zu Freundinnen, die wie sie Restaurants und Supermärkte besitzen und mit ihr Mahjongg gespielt haben. Einige lassen sich verleugnen, als hätte Yeye Scharlach oder sonst eine ansteckende Krankheit. Einige andere, die Yeye zu Gesicht bekommt, zeigen Mitleid mit ihr. Aber sobald Yeye das Thema Geld anschneidet, machen sie ein bekümmertes Gesicht und jammern ihr die Ohren voll. Wer wolle im Olympiajahr schon still sitzen? Es hört sich an, als hätte jede gerade in irgendein Geschäft investiert und hätte selbst nicht genug. Trotzdem wollen sie Yeye nicht im Stich lassen. In ein paar Tagen solle sie wieder vorbeikommen. Eine kleine Summe könne sie schon erhalten.

Nach der Schule klappt Michael die Kapuze hoch und trottet zur U-Bahn. Seit sein Vater von der Polizei geschnappt worden ist, spricht er nur noch wenig mit seinen Mitschülern. Umso mehr spielt er mit dem Game Boy, den ihm sein Vater aus China mitgebracht hat. Ein Schatzsuche-Spiel reizt ihn besonders. Aber seit Tagen macht er nur kleine Entdeckungen auf der virtuellen Insel, und wo die Schatztruhe steckt, weiß er noch immer nicht. Mit beiden Händen hält er das Gerät in Brusthöhe und starrt auf das Display. Mit einer ruckartigen Bewegung der linken Schulter gibt er einen Befehl ein, weil sein Held gerade in eine Falle getappt ist und schnell gerettet werden muss.

Während er die Welt um sich herum ausblendet und mit stummer Verbissenheit eine Hilfsaktion startet, schwingt plötzlich eine fremde Hand in sein Blickfeld und reißt ihm das Spielzeug aus den Händen. Bestürzt blickt Michael auf und sieht, wie zwei Jungen lachend mit ihrer Beute davonrennen.

»Gebt ihn mir zurück!«, ruft Michael. Seine Stimme ist nicht wütend, sondern eher vorsichtig protestierend. Seine Gegner sind größer und älter als er. Dass sie wie er asiatisch oder gar chinesisch aussehen, beruhigt ihn auch nicht. Er kann sich nicht erinnern, sie in seiner Schule schon einmal gesehen zu haben. Vielleicht ist er ihnen in der chinesischen Schule begegnet, die er jeden Samstag besucht? Ganz sicher ist er sich nicht.

»Hol ihn dir doch, wenn du ihn haben willst!«, ruft der Räuber auf Deutsch zurück und rennt immer weiter. Bevor sie aus seinem Blickfeld verschwinden, beginnt Michael ihnen hinterherzulaufen. Er keucht und brüllt, sie sollen ihm sein Eigentum wiedergeben. Die anderen sind schneller als er, aber jedes Mal, wenn der Abstand zu groß wird, bleiben sie stehen und spielen mit dem erbeuteten Spielzeug.

»So wenig Punkte hast du gesammelt, du Niete?«, ruft der Kumpel des Räubers Michael über die Schulter zu, als der sich keuchend nähert.

»Wir haben dir ganz schnell hundert Punkte dazugeschaufelt, du Rotznase. Kannst du nicht mal Danke sagen?«, lacht der Räuber überlegen, weicht Michaels greifender Hand aus und schlägt einen Haken. Passanten glauben, die Jugendlichen spielen miteinander, und schenken ihnen keine Beachtung.

Michael nimmt die Verfolgung erneut auf. Er ist aber nicht besonders sportlich, sondern eher ein bisschen tollpatschig. Der Rucksack, der wie ein Berg auf seinem Rücken hin und her schlingert, macht ihm zu schaffen. Er keucht und prustet und muss mehrmals haltmachen, um Luft zu schnappen. Als er merkt, dass er in einen menschenleeren kleinen Park geraten ist, überkommen ihn Panik und Wut. Er weiß nicht, ob er sein Spielzeug jemals zurückkriegen wird.

»Scheißkerle! Affenärsche seid ihr!«, brüllt er und stützt die Hände auf seine Knie.

Auf einmal kommen die Straßenräuber zurück. Michael spürt die Aggressivität seiner Gegner und will zur Straße zurückflüchten. Dort sind viele Leute unterwegs. Dort fühlt er sich sicher. Doch lange bevor er die Straße erreicht, packen die Gegner ihn an den Armen und zerren ihn in ein Gebüsch. Mit ein paar Hieben bringen sie ihm bei, ruhig zu bleiben.

»Du willst unbedingt deine Belohnung haben, nicht wahr, du Geizhals? Hier hast du sie.« Der Junge, der ihm das Gerät aus der Hand gerissen hat, holt ein Hühnerei aus seinem Rucksack. Sein Kumpel presst Michaels Kiefer zusammen und zwingt ihn, den Mund aufzumachen. Dann schiebt ihm der andere das Ei in den Mund.

»Wehe, wenn du es zerdrückst!«, droht der Räuber. Sie schubsen und schütteln ihn und klopfen ihm auf die Wangen. Sie stecken die Finger in seinen Mund und schieben das Ei noch ein bisschen weiter nach hinten. Michael röchelt und würgt. Er hat das Gefühl, zu ersticken. Ein unerwarteter Stoß zwischen die Beine lässt ihn zusammenklappen und ins modrige Laub fallen. Als er sich wieder aufrappelt, sind seine Peiniger verschwunden. Nur die blasse Nachmittagssonne strahlt unverändert vom Himmel.

Yeye stößt einen Laut der Überraschung aus, als sich ihr Sohn in die Wohnung schiebt. Sie lässt das Rechnungsbuch auf den Tisch fallen und läuft auf ihn zu. »Was ist mit dir los? Was reißt du den Mund so weit auf?«

Aber Michael gibt keine Antwort. Auch nicht, als die Mutter ihm den Rucksack abnimmt und Blätter und Grashalme von seiner Jacke abzupft. »Hast du dich wieder geprügelt? Wie oft habe ich dir gesagt, du sollst fleißig lernen und dich von aggressiven Jungs fernhalten!«

Der schmächtige Michael bleibt weiter stumm. Da sein Mund immer noch weit aufgerissen ist, sieht es aus, als stieße er stumme Schreie hervor. Panik ergreift seine Mutter. Sie zerrt an ihm herum, zieht sein Hemd hoch, wirft einen Blick auf seinen Rücken, drückt auf seine Brust und macht dazu »Ah, ah«. Der Sohn lässt alles über sich ergehen, spricht aber immer noch nicht.

»Michael, sprich endlich, sag wenigstens ›Mama‹ zu mir«, fleht Yeye ihren Sohn an und kann die Tränen kaum unterdrücken. Sie tastet mit der Hand vorsichtig an Michaels Unterkiefer herum, dann befiehlt sie ihm, ruhig zu bleiben – was überflüssig ist. Mit der einen Hand hält sie den Kopf des Verstummten fest, mit der anderen drückt sie das Kinn hoch. Es gibt einen Ruck, und der Kiefer knackt hörbar, dann ist Michaels Mund zugeklappt. Erleichtert tätschelt ihm die Mutter die Wangen. »Also, es war nur der Kiefer ausgehakt. Jetzt ist alles wieder in Ordnung.«

Kaum zieht die Mutter die Hände zurück, lässt der Sohn den Kopf hängen und steuert auf sein Zimmer zu. Da wird die Mutter ungeduldig. »Halt. Sag mir erst, was passiert ist«, befiehlt sie.

Endlich beginnt der Sohn zu stottern. »Ei, Ei … groß«, antwortet er röchelnd. Dann beginnt er zu würgen. Dass die Mutter chinesisch spricht und der Sohn auf Deutsch antwortet, ist keine Seltenheit im Haus.

Die Augen der Mutter folgen dem Sohn, der auf seinen Hals zeigt und dann ein verzerrtes Gesicht macht. »Wieso sprichst du in Rätseln? Ich habe dir heute doch gar kein Ei in die Brotbox getan. Oder willst du vielleicht ein Ei essen?«, fragt die Mutter.

Der Sohn sagt nichts mehr. Er bleibt verstört im Wohnzimmer stehen. Seine Blicke irren durch den Raum, als wäre ihm die Wohnung vollkommen fremd. Die Mutter hält bestürzt die Hand vor den Mund und rennt in die Küche. Mit einem rohen Hühnerei kehrt sie zurück. »Willst du ein Ei essen? Setz dich an den Tisch. Mama kocht es dir gleich.«

Doch der Junge fängt an zu zittern und fegt der Mutter das Ei aus der Hand. Es fliegt auf den Boden, und seine Schale zerbricht. Eiweiß und Dotter machen sich auf dem Teppich breit.

»Was ist nur in dich gefahren, du Trottel?« Die Mutter verpasst dem Sohn eine Kopfnuss, bevor sie versucht, ihren Teppich zu retten. Mit beiden Händen formt sie eine Schüssel und schöpft einen Teil der Flüssigkeit auf.

Während die Mutter mit der Rettung des Teppichs beschäftigt ist, gluckst und schluckt der Sohn. Dann rollt er die Augen. »Zerbrochen. Kaputt. Weg.« In seiner Stimme schwingt Erleichterung, nein Begeisterung mit. Seine Augen leuchten für eine kurze Weile wie bei einem Patienten mit Fieber, dann erlischt das Licht wieder. Er schlurft in sein Zimmer und legt sich ins Bett. Als die Mutter endlich mit dem Teppich fertig ist und zu ihm kommt, scheint er bereits fest zu schlafen.

Doch die Mutter sieht nur die Schuhe, die er nicht ausgezogen hat, und beginnt wieder zu schimpfen. Als sie ihm die Schuhe von den Füßen zerrt, merkt sie, dass der Sohn zittert. Sie hält inne, dann hört sie auf zu schimpfen, sagt ein paar besänftigende Worte und deckt ihn behutsam zu, bevor sie leise das Zimmer verlässt.

Ins Wohnzimmer zurückgekehrt, hört Yeye das eigene Herz in der Brust flattern. Hastig sucht sie ihr Handy.

Mendy hockt im *Café Melancholie* und starrt auf die Straße. Neben ihr sitzt Oswald, der an seinem Cappuccino nippt und ständig zu ihr hinschielt, um ihre Stimmung zu prüfen. Er hat sie fünfmal anrufen müssen, um sie zu diesem Treffen zu überreden. Nun sitzen sie wieder an einem Tisch, doch zur Versöhnung, die Oswald sich wünscht, will es einfach nicht kommen.

Dabei sitzen sie schon seit einer ganzen Weile da. Es läuft so: Oswald redet den ganzen Tisch voll, aber wenn Mendy dann an der Reihe wäre, gibt es nur Schweigen. Schafft er es schließlich doch, sie zum Sprechen zu bringen, bedecken ihre Worte noch nicht einmal ihre Untertasse.

»Willst du wirklich aus der Band austreten?«, fragt Oswald. »Wir haben doch gerade erst angefangen und können noch so viel erreichen. Komm, Mendy, lass uns wieder zusammen üben. Als Musiker hab ich dich schließlich nicht enttäuscht, oder?«

»Nimm doch deine Freundin Peipei. Sie brennt darauf, eurer Band beizutreten.« Mendy starrt in die Luft, als spräche sie mit einer Seifenblase.

»Weißt du, wenn du den Willen dazu hättest, wärst du längst ein Star«, sagt Oswald.

Mendy presst die Lippen zusammen und schaut demonstrativ aus dem Fenster.

Oswald berührt ihren Ellbogen. »Gut, ich kapituliere, du eiserne Lady. Wir trennen uns auch musikalisch in Freundschaft und trinken nur ab und zu einen keuschen Kaffee zusammen, okay? Schenk mir wenigstens noch ein Lächeln. Sonst schreie ich. Ganz laut.«

Mendy schickt ein kleines Lächeln in die gewünschte Richtung, ohne den Empfänger dabei anzusehen. Dann hält sie das Gesicht der Mittagssonne entgegen und schließt die Augen. Die Anspannung, die ihren Körper zusammenschnürt, fällt für einen Augenblick von ihr ab. Jetzt macht sie den Eindruck, als könnte sie endlich ihr eigenes Leben genießen.

Oswald grinst und knufft sie in die empfindliche Flanke. Wie erwartet, fängt sie an zu kichern. Aber in diesem Moment klingelt ihr Handy. Als sie Yeyes Stimme hört, weiß Mendy sofort, dass wieder ein neues Unheil über die Familie hereingebrochen ist. Sie horcht eine kurze Weile, dann springt sie auf. »Ich muss weg«, sagt sie.

»Lass nur. Wenn du Hilfe brauchst, ruf mich einfach an«, hört sie Oswald sagen, als sie ihr Portemonnaie zückt. Sie steckt ihr Geld wieder ein und wirft ihm einen fliegenden Kuss zu, ehe sie losrennt.

Kaum hat die Wohnungstür sich geöffnet, spürt Mendy die Nervosität ihrer Stiefmutter. Yeye flüstert etwas ins Handy, bevor sie es hektisch zuklappt. Ein prüfender Blick hinter Mendys Rücken ins Treppenhaus, als hätte sie Angst vor Einbrechern. Noch ehe Mendy sie etwas fragen kann, dirigiert Yeye sie mit dem Zeigefinger auf den Lippen zur Küche. Erst als sich die Küchentür hinter ihr schließt, macht Yeye den Mund auf. »Die wollen uns fertigmachen«, sagt sie.

Mendy blickt erschrocken auf. Die Stimme der Stiefmutter klingt so schrill, als könne sie jeden Augenblick in den Wahnsinn abstürzen. »Wer? Was?«, fragt Mendy. »Was ist mit Michael?« Sie will zu ihrem Halbbruder gehen, um sich selbst ein Bild von seinem Zustand zu machen, aber Yeye hält sie zurück. »Du darfst ihn nicht stören. Er schläft. Vielleicht kehrt der Geist, der seinen Körper verlassen hat, gerade zurück.«

Die beiden Frauen setzen sich an den Tisch und überlegen, wer Michael so zugerichtet hat. Mendy meint, Jugendliche könnten sehr grausam sein, und vermutet die Übeltäter unter Michaels Mitschülern. Sie schlägt vor, die Klassenlehrerin zu alarmieren und sie um Hilfe zu bitten. Doch Yeye winkt ab. Der Überfall auf den Sohn sei kein Schülerstreich. Irgendjemand wolle sie einschüchtern und ihnen zeigen, wie hilflos sie seien. Nur wer dahinterstecke, wisse sie nicht. Der Brand im Restaurant, Guans Verhaftung und jetzt der Angriff auf Michael, das habe System. Wenn sie die Ereignisse in einer Reihe betrachte, dann …

Yeye kann vor Angst nicht mehr sitzen bleiben. Sie springt auf, geht hin und her und zermartert sich das Gehirn, welchen Namen der Feind trägt.

»Die Schlampe Peipei«, platzt Yeye plötzlich heraus. »Diese unverschämte Hure möchte Michael und mich am liebsten aus dem Haus jagen und selber hier einziehen.«

Mendy schüttelt den Kopf. Intuitiv glaubt sie nicht, dass Peipei solche bösen Dinge tun kann. Aber dass sie mit ihrem Vater und Oswald geschlafen hat, kann sie ihr nicht verzeihen.

Yeye hat dafür kein Verständnis. »Du hast keine Ahnung von Menschen«, sagt sie abschätzig. Doch sie scheint sich selbst nicht ganz sicher zu sein, ob die kleine Hure einen so langen Arm hat.

Mendy fragt, ob sie Hilfe von der Polizei holen sollen. Da fährt Yeye sie an: »Der Feind steckt noch im Dunkeln. Wir wissen nichts über ihn. Was kann die Polizei denn schon tun außer aufschreiben? Mendy, sei nicht so naiv, denk lieber nach, wer uns beschützen kann.«

»Wer soll uns denn beschützen?«, fragt Mendy unwillig. »Wir müssen selbst damit fertigwerden.«

»Das verstehst du nicht«, sagt die Stiefmutter. »Du bist noch ein dummes Mädchen. So viel ist sicher: Solange dein Vater nicht wieder zu Hause ist, braucht Michael für unterwegs einen Begleiter.«

»Kann das nicht Tubai machen?«, sagt Mendy rasch.

Yeye wirft Mendy einen überraschten Blick zu. An den von ihrem Mann gefeuerten zweiten Koch hat sie noch gar nicht gedacht. Aber einen wirklichen Einwand kann sie auch nicht dagegen vorbringen. »Also schön«, sagt sie spöttisch. »Ruf deinen kleinen Verehrer an.«

Mendy telefoniert eine Ewigkeit, bis sie Tubai endlich in Potsdam erreicht. Das Asylbewerberheim ist nicht allzu hilfsbereit. Als sie endlich Tubais Stimme hört, bricht sie zu ihrer eigenen Überraschung beinahe zusammen. »Du musst uns helfen«, schluchzt sie. Dann kommt sie erst mal nicht weiter.

»Du bist niemals allein. Weine nicht, Mendy. Ich bin morgen bei dir«, sagt Tubai. Dieser Satz kommt wie ein warmer Sonnenstrahl. Wie schön, dass sie einen echten Bruder hat!

Nach dem Telefongespräch legt sie erschöpft den Kopf auf den Küchentisch. Als sie sieht, dass Yeye immer noch so angespannt herumschleicht, als befände sie sich in einem Minenfeld, beschließt sie, bei ihr zu übernachten, und kocht erst einmal eine heiße Suppe.

Beim Essen sagt Yeye: »Wir müssen die Kaution für deinen Vater zusammenbringen.«

Kapitel 12

Das Angebot

Am nächsten Tag erscheint Tubai vor Mendys Wohnung. Sein Gesicht ist von Leid, Scham und Sorgen gezeichnet, aber er freut sich ganz offensichtlich.

»Du bist dünner geworden«, sagt Mendy zur Begrüßung.

»Du noch mehr. Du bist dünn wie ein Essstäbchen.«

Mendy führt ihn in die Küche, um ihm ein Glas heißes Wasser zu geben. Dann wird die Wiedersehensfreude so groß, dass sie plötzlich das halb gefüllte Glas nimmt und es ihm zuwirft. Blitzschnell lässt Tubai den Rucksack fallen und fängt das Glas aus der Luft. Das Wasser schwappt ihm auf den Kopf, doch das Glas landet sicher in seiner Hand. Als er wortlos das restliche Wasser trinkt, klatscht Mendy in die Hände und lacht. »Du musst so lange bei mir wohnen und üben, bis kein Tropfen Wasser mehr aus dem Glas fliegt«, sagt sie und umarmt ihn.

»Ja«, sagt Tubai und drückt Mendy an sich, als wäre sie ein verloren geglaubter Schatz. Er hat Mühe, seine Stimme nicht beben zu lassen. Aber dann zieht er die Luft hörbar durch die Nase. »Hast du was auf dem Herd anbrennen lassen? Kochst du immer noch so miserabel?«

Nach dem Essen bringt Mendy ihn zu Yeye. Diesmal wird er fast wie ein Familienangehöriger empfangen. Yeye schiebt ihm den Sohn, den sie heute zu Hause behalten hat, förmlich entgegen und sagt ihm, er solle Onkel Tubai die Hand geben. Der Sohn wirkt zwar immer noch verstört, zeigt jedoch ein kleines schüchternes Lächeln, als er Tubai erkennt. Die beiden gehen ins Kinderzimmer und beginnen zu spielen.

Nun muss sich Yeye um andere Dinge kümmern. Ihr steht nämlich selbst eine schwere Bewährungsprobe bevor.

Nachdem Yeye bei allen Banken angeklopft und alle Freunde genervt hat, sieht sie nur noch eine Möglichkeit, das Geld für die Kaution aufzutreiben. Sie zieht ihr schönstes Kleid an und ein Paar elegante Pumps und verlässt im Dunkeln die Wohnung.

Es ist jetzt schon Ende April. Es ist wärmer geworden. Unterwegs sind Mädchen mit kurzen Röcken zu sehen. Doch Yeye hat dafür kein Auge. Das Autofahren strengt sie an. Obwohl sie seit Langem den Führerschein besitzt, fühlt sie sich im Straßenverkehr nicht mehr sicher. Sie wirft nervöse Blicke um sich und fürchtet sich ständig vor einem Unfall. Zum Glück ist der Weg nicht allzu lang.

Als sie bei Boss Hong klingelt, befindet dieser sich gerade im Gespräch mit zwei Landsleuten. Die geleerten Teetassen und die mit Zigarettenstummeln gefüllten Aschenbecher deuten darauf hin, dass sie schon eine ganze Weile geredet haben. Yeye ist überrascht, andere Gäste im Haus vorzufinden, und fragt gleich an der Tür, ob sie etwa zu früh gekommen sei. Nein, nein, sagt Boss Hong, sie komme gerade zum richtigen Zeitpunkt. Er bittet sie, einzutreten, stellt sie aber den Männern nicht vor. Trotzdem spürt die Frau, wie sie aus den Augenwinkeln gemustert wird.

Das Zimmer ist riesengroß. Würde man die Möbel wegräumen, so könnte man denken, es wäre ein Ballsaal. Während der Goldene Drache seine Besucherin zu einem Sofa führt, von dem aus man einen herrlichen Blick auf die Spree hat, räumen die Männer den Tisch ab, an dem sie gesessen haben. Einer kommt mit einer Kanne und serviert Yeye grünen Tee, dann verlassen sie nacheinander den Raum. Yeye wundert sich, dass sie sich Boss Hong gegenüber so gehorsam und demütig verhalten, als wären sie seine Angestellten. Und warum drehen sie beim Abschied alle ihre Hand mit der gleichen Bewegung? Ist das ein Geheimzeichen?

Als sie allein sind, setzt sich Boss Hong neben Yeye auf das Sofa und macht ihr ein Kompliment. Sie sehe heute so jung aus, man könne sie fast für eine Studentin oder gar Abiturientin halten. Er könne sich vorstellen, dass sie schon viele Männerherzen gebrochen habe …

Yeye kichert und lässt ihre Brust zittern. Wie lange hat sie solche Komplimente schon nicht mehr gehört? Zu lange, viel zu lange. In der Gegenwart dieses Mannes fühlt sie sich endlich wieder wie eine Frau und nicht wie eine Schlingpflanze, die nicht in der Lage ist, allein zu leben, wie ihr Mann immer sagt.

Während er ihr Komplimente macht, streckt Boss Hong plötzlich den Zeigefinger herüber und streichelt damit ihren Arm, als könne er ihrer Anziehungskraft nicht widerstehen.

Yeye blinzelt verwirrt mit den Augen. So schnell soll es gehen? Sie hat gedacht, sie müsse all ihren Charme und ihr Können aufbieten, um den Goldenen Drachen für sich einzunehmen. Nun gut, wenn er sie verführen will, umso besser. Geschmeichelt wendet sie ihm das Gesicht zu. In blumigen Formulierungen beginnt sie von seinem Aussehen und seinem Reichtum zu schwärmen und kommt schließlich auf sein großzügiges Angebot, ihr und ihrer Familie zu helfen, zu sprechen. Es sei gar nicht viel, worum sie ihn bitte. Aber sie wisse sich einfach nicht mehr anders zu helfen in ihrer Not. Die Kaution sei für ihn ja nur eine kleine Summe, ein winziger Tropfen aus seinem goldenen Meer, doch dieser Tropfen könne ihrer Familie das Leben retten. Natürlich wolle sie seine Großzügigkeit auch mit hohen Zinsen belohnen …

»Wie viel brauchst du?«, fragt er mit einem charmanten Lächeln, als wolle er wissen, ob sie in ihn verliebt ist. Er rückt etwas näher und beginnt mit ihren Haaren zu spielen. Zwischen ihnen könnte gerade noch eine Faust Platz finden.

Yeye spürt den Atemzug des Mannes, spürt seinen Blick, der ihr unter die Haut geht und sie anheizt. Sie beginnt tief zu atmen. Ihre Lippen bewegen sich mehrmals, bis sie die Summe aussprechen. Dabei schaut sie ihn flehend an.

»Aha«, grinst der Mann. »Eine kleine Frau mit großem Appetit.« Aber sein Gesichtsausdruck zeigt, dass das Gespräch für ihn eigentlich nur eine Beilage ist.

Vielmehr interessiert er sich für ihr Haar, ihren Hals, ihre Ohren. »Wann brauchst du's?«, fragt er beiläufig.

»Übermorgen. Oder morgen schon, wenn es dir keine Umstände macht«, platzt Yeye heraus. Sie drückt mit dem Kopf leicht gegen seine Hand, um sie mehr zu spüren. Innerlich fleht sie, er solle mit der Liebkosung nicht aufhören.

»Verstehe, du kannst ohne deinen Mann nicht leben, möchtest ihn lieber heute als morgen in deine Arme schließen«, sagt der Mann anzüglich. Aber dann lächelt er, als hätte ihr Äußeres all seine Sinne geblendet. »Schöne Haare hast du. Sie sind bestimmt so weich wie deine Lippen.« Als wäre sie ein Kunstwerk, wandern seine Finger selbstverständlich von Yeyes Haar zu ihren Lippen und streicheln sie.

Yeyes Brust hebt und senkt sich. »Würdest du mir denn helfen?« Sie küsst seine Finger. Als sie in ihren Mund eindringen, öffnet sie ihre Zähne, saugt an dem Mittelfinger des Mannes und liebkost ihn mit ihrer Zunge.

Der Mann scheint das zu genießen, legt den Kopf in den Nacken und schließt seine Augen. »Nun, euer Restaurant steht leer. Würdest du es an mich abgeben, wenn ich plötzlich Lust auf so ein Geschäft verspüre?«

Yeye zeigt sich irritiert. Die beiden Geschäfte haben doch nicht das gleiche Gewicht. Das Restaurant ist nur gepachtet. Doch ihre Verunsicherung dauert nicht lange, dann begreift sie: Boss Hong will verhandeln. Das erfüllt sie mit Hoffnung.

»Von mir aus sofort, und natürlich machen wir dir einen günstigen Preis«, sagt sie eilig. »Aber das Restaurant gehört meinem Mann. Wenn du ein paar Tagen warten kannst, bis er wieder zu Hause ist …«

»Dann sagt dein Mann womöglich noch Nein?«, fragt der Mann augenzwinkernd und streichelt mit der freien Hand ihren Oberkörper.

»Mein Mann hat seit dem Brand genug von der *Strahlenden Perle*. Wenn du wirklich interessiert bist, kommen wir ins Geschäft«, verspricht Yeye.

Boss Hong stößt zufriedene Laute aus und räkelt sich ein wenig auf dem Sofa. »Nun, was du haben willst, ist kein Schnipsel. Damit kann man hier eine Villa kaufen. Wie willst du mich belohnen, hm?«

Yeyes Herz springt ihr fast aus der Kehle. Sie wirft sich ihm in die Arme und küsst ihn auf die Brust. »Du hast Ja gesagt! Du bist ein guter Mann. Ich hab's doch gewusst.« Sie windet sich ein bisschen, damit er mehr von ihr spürt. »Sag mir nur, was du außer dem Restaurant noch haben willst.«

Die Erregung des Mannes lässt nicht auf sich warten. Er drückt die Frau an sich und lässt die Finger in ihren Slip gleiten. Sie stöhnt leicht, als er sie zwischen den Beinen streichelt. Doch sie hat nicht vergessen, weshalb sie gekommen ist. Während sie darauf achtet, seine Erregung auf kleiner Flamme zu halten, verstreut sie hier und da einen Satz und führt die Verhandlung fort. Der Mann scheint Gefallen daran zu finden und geht darauf ein. Während sie über Verzinsung und Garantie sprechen, setzen sie ihre Liebkosungen fort und ergänzen ihr Gespräch mit lustvollem Stöhnen.

Als schließlich auch der Rückzahlungstermin für das Darlehen feststeht, rutscht sie vom Sofa herunter und öffnet ihm den Hosenschlitz. Nun will sie ihm eine Belohnung geben, damit er sein Angebot nicht bereut. Dabei entfernt sich ihr Hintern so weit vom Sofa, dass der Mann ihren Intimbereich nicht weiter bearbeiten kann. Seine Hand gleitet aus ihrem Kleid hervor, und zwei glitschige Finger glänzen wie Aale im Licht. Er schnuppert daran, und seine Nase zuckt ungnädig. Im nächsten Moment schiebt er der Frau die Finger ins Haar, um die Glitzerhaut darin abzustreifen. Dann rückt er von der Frau weg und blickt prüfend zwischen die eigenen Beine.

Yeye heftet ihren Blick auf dieselbe Stelle. Eben war sein Organ zwischen ihren Händen noch hart wie ein Tischbein, jetzt schrumpft es wie ein in der Sonne geschmolzenes Sahnehäubchen zusammen. Was hat sie falsch gemacht? Wieso hat der Mann jetzt ein gleichgültiges Gesicht aufgesetzt, als wären sie Fremde? Nein, sie muss die Situation schnell retten. Sie nähert sich ihm und versucht, wieder Lippenkontakt mit ihm aufzunehmen. Doch davon wird es noch schlimmer. Er schiebt sie von sich. Dezent, aber eindeutig.

»Ich muss meine fünf Sinne einen Moment nicht beisammengehabt haben. Die Frau meines Freundes habe ich schließlich zu respektieren«, sagt der Mann scheinheilig, steht vom Sofa auf, zieht die Hose zu und ist wieder ganz der seriöse Geschäftsmann. Seine Erregung ist eindeutig verraucht, und seine Stimme ist so nüchtern und distanziert, als wäre sein Gegenüber ein bekannter Betrüger. »Gut, was das Darlehen angeht, haben wir alles besprochen. Aber eine kleine Bedingung habe ich noch: Ich habe ein Angebot für deine

Stieftochter Mendy. Sagt sie zu, kriegst du am selben Tag das Geld, das du ausleihen willst.«

»Was für ein Angebot?«, fragt Yeye irritiert.

»Ein Stellenangebot. Du kannst sie am besten selbst fragen, worum es geht.«

Yeye fällt ein, dass Mendy morgen einen Termin bei ihrer Bank hat. Der Arbeitsvertrag scheint jetzt nur noch eine Formalität, und Mendy freut sich schon sehr auf ihre strahlende Zukunft als Bankmanagerin. »Nun ja, das ist nett von dir. Aber was hat das mit dem Darlehen zu tun?«

»Das ist meine Sache«, versetzt der Mann. »Aber wenn sie morgen nicht kommt, machen wir alles rückgängig. Dann bedanke ich mich für deinen reizenden Besuch.«

Yeye gerät in Panik. Aber sie versucht, ihre Angst so gut wie möglich zu kaschieren. »Boss Hong, du bist ein großer Mann mit einem königlichen Herzen, das weiß ich. Du wirst uns doch helfen, nicht wahr?«

Aber der Goldene Drache spült sich gerade mit einem Schluck Tee den Mund aus und tut so, als hätte er Yeye nicht gehört. Da wird ihr klar, dass ihre Anwesenheit nicht mehr erwünscht ist. Sie macht sich zum Gehen fertig. »Mendy wird zu dir kommen. Und wir werden dir lebenslang dankbar sein für deine gute Tat.«

Am nächsten Morgen bringt der Anwalt Yeye eine schlechte Nachricht von ihrem Ehemann. Boss Guan sei nach einem Verhör im Treppenhaus im Untersuchungsgefängnis gestürzt und habe sich ein Bein gebrochen. Ihm gehe es sehr schlecht in Moabit. Seine Frau solle ihn so bald wie möglich herausholen.

Yeye hat schon gestern mit Mendy über die heikle Lage der Familie gesprochen und ihr das Versprechen abgepresst, Boss Hong zu besuchen. Von Panik ergriffen, ruft sie Mendy erneut an.

»Du musst ihn unbedingt für uns gewinnen«, schärft sie der jungen Frau ein, als Mendy die Wohnung betritt. Tubai bringt Michael gerade zur Schule, und die beiden Frauen sind unter sich. Deswegen muss Yeye gar nicht versuchen, ihre angsterfüllte Stimme zu dämpfen. »Du willst doch nicht, dass dein Vater in Moabit stirbt, oder? Wir müssen ihn schleunigst da rausholen. Und Boss Hong ist der Einzige, der uns helfen kann. Du darfst ihn auf keinen Fall ärgern.«

Mendy hat ein ungutes Gefühl. »Ich weiß nicht, ob ich für ihn arbeiten kann. Die Bank hat mir doch einen Arbeitsvertrag angeboten ...«

Yeye schneidet ihr das Wort ab. »Mendy, verstehst du nicht, wo wir stehen? Wir stehen vor einem Abgrund. Dein Vater ist tief gefallen, und wir müssen ihm helfen. Deine Bank wird deinen Vater nicht retten, das kann nur Boss Hong. Also, du musst sein Angebot annehmen, selbst wenn du die Nächte durchackern musst. Erst wenn dein Vater wieder zu Hause ist, kannst du vielleicht kündigen.«

Mendy presst die Lippen zusammen und sagt nichts mehr.

»Komm, lass uns schnell einkaufen gehen. Du musst weiblich und umwerfend aussehen, wenn du zu Boss Hong gehst.« Yeye greift nach ihrer Tasche, schaut in ihr Portemonnaie und sucht hektisch nach ihrer Kreditkarte.

Aber Mendy rührt sich nicht von der Stelle. »Ich habe heute doch den Termin bei meiner Bank.«

»Erst heute Nachmittag, nicht wahr? Wenn wir jetzt sofort losgehen, schaffst du beides.«

»Aber ich muss mich noch vorbereiten.«

»Willst du deinen Vater im Stich lassen?« Yeye wird auf einmal giftig.

»Ich brauche keine neuen Klamotten. Ich ziehe die Sachen an, die ich für die Bank gekauft habe. Die sind gut genug«, sagt Mendy.

»Du hast keine Ahnung von Männern, schon gar nicht von Boss Hong.« Yeye spürt einen bitteren Geschmack im Mund, als sie an die Szene auf dem Sofa des Goldenen Drachen denkt. Irgendwas muss ihn gestört haben. War sie zu ungeschickt? Oder war es ihr Alter? »Männer treffen ihre Entscheidungen mit den Augen, nicht mit dem Gehirn.«

Mendy versucht, sich zu wehren. »Heute bin ich sicher zu aufgeregt, um mit ihm zu reden. Willst du nicht lieber für morgen oder nächste Woche einen Termin für mich bei Boss Hong machen?« Sie dreht sich in Richtung Tür. »Jetzt muss ich gehen.«

»Du undankbares Kind! Heute musst du zu ihm gehen, nicht erst morgen!«, schreit Yeye und hält sie von hinten fest. »Wenn deinem Vater etwas zustößt, dann bist du schuld.«

Mendy streift Yeyes Hand zornig ab. »Wenn du unbedingt willst«, sagt sie mit Tränen in den Augen, »kann ich auch heute Abend schon hingehen. Aber ich sage dir: Je mehr wir uns an Boss Hong klammern, desto schneller kann er uns verschlucken.« Ohne auf eine Antwort zu warten, rennt sie die Treppe hinunter.

Nach dem Vorstellungsgespräch verlässt Mendy die Bank mit einem guten Gefühl. Es ist Frühling. Die Sonne strahlt. Der warme Wind streichelt ihre Haut. Der Arbeitsvertrag ist unterschrieben, und sie ist fest davon überzeugt, dass sie einen guten Eindruck bei ihrem neuen Chef hinterlassen hat. Anfang Juni soll sie mit einem Lehrgang beginnen. Ein neues Leben steht ihr bevor.

Das beflügelt sie so, dass sie alles macht, was Yeye von ihr verlangt. Sie geht mit ihr einkaufen, duscht sich gründlich und parfümiert sich, bevor sie unter Yeyes kontrollierenden Blicken Bluse, Rock und Jacke anzieht. Auch als Yeye von ihr verlangt, eine Pose einzunehmen und einem imaginären Mann einen koketten Blick zuzuwerfen, lässt sie sich darauf ein. Yeye ist so erstaunt, dass sie die Stieftochter sogar ehrlich lobt, was selten vorkommt. Als sie Mendy zum Taxi begleitet, ist sie überzeugt, dass die junge Frau das Herz des Goldenen Drachen im Handumdrehen erobern wird. Wenn sie gewusst hätte, dass Mendy als Erstes in ihre eigene Wohnung fährt, um das damenhafte Kostüm auszuziehen und sich das geschlitzte Seidenkleid überzustreifen, das Boss Hong ihr geschenkt hat, wäre sie noch erstaunter gewesen.

Durch das Umziehen kommt Mendy etwas verspätet beim Goldenen Drachen an. Sie fürchtet, damit könnte sie ihm die Laune verdorben haben. Aber nein, er mustert sie mit einem langen, zufriedenen Blick. »Schön, dass du heute den Mut gefunden hast, bei mir zu erscheinen. Eben dachte ich noch, du sitzt im nächsten Café und willst nicht zu mir hochkommen.«

»Ich dachte, du sagst erst mal was zu meinem Kleid, Onkel Hong«, erwidert Mendy kokett und wirft sich in eine Pose, die sie erst heute gelernt hat.

»Ich sehe, du weißt mein Geschenk zu schätzen. Das freut meine Augen«, sagt der Mann lächelnd und öffnet die Tür zu seinem Salon.

»Wow, Onkel Hong, dein Wohnzimmer ist ja größer als ein Volleyballfeld!«, sagt Mendy mit kindlicher Stimme und dreht sich zweimal um ihre eigene Achse. Sie hat beschlossen, sich ganz naiv zu verhalten, um ihre Scheu gegenüber dem bulligen Mann zu kaschieren. Als sie den mit kalten Vorspeisen beladenen Tisch sieht, macht sie ein verblüfftes Gesicht. »Aber, Onkel Hong, du hast mir ja gar nicht gesagt, dass es ein Essen gibt. Wie viele Leute hast du denn eingeladen?«

»Nur eine. Ich möchte heute nur dich füttern. Und du sollst mich unterhalten.«

»Wie damals in der *Strahlenden Perle*? Welch eine Ehre für mich! Gut, dass du meine Aufgabe für heute klar definiert hast. Und was erwartet mich morgen?«

Boss Hong geht nicht darauf ein, sondern führt die Besucherin an den Tisch mit den Vorspeisen. Es wird gegessen und getrunken und nach anfänglicher Scheu viel geplaudert. Mendy nimmt ihre Aufgabe ernst und redet und redet, als hätte sie ein brennendes Bedürfnis, diesem Mann alles von sich zu sagen. Zuerst erzählt sie von ihrer baldigen Einstellung bei der Bank und malt eine rosige Zukunft für sich aus. Wenn sie erst einmal Bankmanagerin sei, werde sie das Geld nutzen, um Gutes zu tun und die Gesellschaft in eine gesunde Richtung zu lenken. Es gebe so viel zu verbessern. Nachdem sie genug von ihren Träumen erzählt hat, berichtet sie von der Renovierung der *Strahlenden Perle*. Der Mann hört sich alles interessiert an und nickt mal zustimmend, mal lobend. Einmal lacht er und sagt, sie zwitschere schöner als alle Wellensittiche.

Nach den Vorspeisen greift er zum Haustelefon und sagt: »Es kann weitergehen.« Kurz danach klingelt es an der Tür, ein livrierter Chinese schiebt einen Speisewagen herein. In diesem Moment erhält Boss Hong einen Anruf. Er zieht sein Handy heraus, wirft einen kurzen Blick auf das Display, dann verschwindet er im hinteren Bereich der Wohnung, um zu telefonieren. Im Wohnzimmer steht Mendy nun allein mit dem Kellner. Als sie merkt, dass es der Chauffeur mit dem schlaffen Lid ist, erschrickt sie. Heißt er nicht Himmelsstachel? Das ist ein bedrohlicher Name. Sofort fühlt Mendy sich eingeschüchtert. Vergeblich bemüht sie sich, den kalten, lauernden Blick des Mannes ebenso kalt zu erwidern. Hat er sie durchschaut?

Wortlos schaut sie zu, wie der Mann Fisch, Fleisch, Geflügel, Gemüse, eine heiße Suppe und zwei Flaschen Wein auf den Tisch stellt und anschließend mit einer leichten, fast ironischen Verbeugung in ihre Richtung den Raum verlässt. Kurz darauf taucht Boss Hong wieder auf. Aus seinem geröteten Gesicht und seinem hörbaren Atmen schließt sie, dass er sich geärgert hat.

Doch der Goldene Drache beruhigt sich schnell, als

er eine der kostbaren Porzellanschalen nimmt und Mendy persönlich die Suppe serviert. Die dunklen Blätter, die darin schwimmen, kennt die junge Frau nicht. Neugierig fragt sie danach. Da erklärt der Mann, das seien die Blätter des Surenbaums. Früher seien sie ausschließlich Nahrung für arme Leute gewesen.

Mendy probiert einen Löffel und ist von dem Geschmack entzückt. »Ist dein Chauffeur auch dein Koch? Er kocht ganz ausgezeichnet!«

»Mein Chauffeur ist nur der Chauffeur. Aber ich wollte dich nicht zu sehr überraschen. Deshalb habe ich das Essen heute von einem Koch kochen lassen, den du gut kennst.«

Mendy sagt diesen und jenen Namen, bis ihr Gastgeber lacht. »Nein«, sagt er. »Du kennst ihn viel besser. Er hat jahrelang in der *Strahlenden Perle* gekocht.«

Jetzt sperrt sie Mund und Nase vor Überraschung auf. »Koch Lin? Das kann nicht sein!«, platzt es aus ihr heraus. »So gut hat er nie gekocht.«

»Er kann sogar noch einiges mehr, das wirst du bald merken. Nur zeigt er sein Können nicht überall. Es hängt davon ab, wem er dient.«

»Ist er jetzt dein Angestellter?«

»Nein. Nur ab und zu gebe ich ihm einen Auftrag, so wie heute zum Beispiel«, sagt der Goldene Drache.

Mendy wird nachdenklich. Sie fragt sich, seit wann Koch Lin wohl für den Goldenen Drachen arbeitet – und was er alles für ihn getan haben könnte. Boss Hong aber glaubt, genug über den Koch gesagt zu haben, und konzentriert sich wieder aufs Essen. Er atmet den Duft der Suppe ein, schlürft ein wenig vom Löffel und sagt:

»Der Surenbaum ist mein Glücksbaum. Er hat mir das Leben gerettet. Meine Familie war bitter arm, als ich klein war. Wir hatten oft tagelang nichts zu essen. Auf den Feldern konnten wir keine Nahrung finden, denn alle litten an Hunger und hatten die Erde längst dreimal durchwühlt. Dann kam eine lange Dürreperiode. Die Dorfbewohner starben einer nach dem anderen, weil sie nichts im Magen hatten. Hätten wir nicht einen dieser Wunderbäume in unserem Hof gehabt, wäre ich auch unter die Erde gegangen.«

Solche entbehrungsreichen Zeiten kennt Mendy nur vom Hörensagen. Sie will noch mehr wissen, doch der Gastgeber scheint genug gesprochen zu haben und widmet sich seiner Suppe. Kaum führt er einen Löffel Brühe zum Mund, klingelt sein Handy wieder, und der Mann verlässt erneut eilig das Wohnzimmer. Mendy hat das Gefühl, dass sich etwas zusammenbraut. Aber sie kennt ihn zu wenig, um sagen zu können, worum es geht.

Als der Mann an den Tisch zurückkehrt, scheint er mit seinen Gedanken woanders zu sein. Mendy gibt sich Mühe und setzt ihre Lippen erneut in Bewegung. Aber ihr Gastgeber zeigt sich jetzt wenig gesprächig. Das verunsichert sie. Hat der Mann gerade etwas Schlechtes erfahren? Womöglich gar über sie? Sie bricht abrupt ab und wechselt das Thema, aber Boss Hong lässt sich nicht hinreißen. Sein Gesicht bleibt undurchschaubar. Hastig wechselt Mendy noch einmal das Thema …

Der Abend schreitet voran. Mendy fährt sich mit der Hand über die nackten Oberarme, um den dünnen Kältefilm wegzuwischen, der sich darübergelegt hat.

Ihr gehen die Themen allmählich aus. Als der Goldene Drache nach zwei Stunden immer noch kein Wort über den Job gesagt hat, den er ihr anbieten will, murmelt sie schließlich, es sei ja schon spät und sie müsse allmählich nach Hause gehen. Irgendwie ist sie beinahe enttäuscht.

»Du hast meine Wohnung noch nicht gesehen«, sagt der Gastgeber plötzlich. »Die habe ich mithilfe deines Vaters gekauft. Komm, ich werd sie dir zeigen.« Mendy würde am liebsten ablehnen, aber der Mann ist schon aufgestanden, hat die Zwischentür zum hinteren Bereich der Wohnung geöffnet und ist aus ihrem Blickfeld verschwunden.

Mendy nimmt ihre Handtasche, die sie an ihren Stuhl gehängt hat, befingert kurz die kleine Pfeffersspraydose darin, dann steht sie auf. Als sie die Zwischentür passiert, ist sie überrascht, wie lang sich der Korridor vor ihr erstreckt. Boss Hong zeigt ihr sein Arbeitszimmer, sein Bad, ein exotisches Gemach extra für seinen Dobermann und seine Katze, wobei sich jetzt nur die faule Angorakatze auf einem Sessel räkelt. »Der Hund wird gerade ausgeführt«, sagt er beiläufig. Einen Moment lang krault er das üppige weiße Fell der Angorakatze.

Mendy ist beeindruckt von der Großzügigkeit der Räume und den teuren Möbeln. »Du wohnst wie ein orientalischer Prinz«, sagt sie ehrfürchtig.

Am Ende des Korridors angelangt, denkt Mendy gerade, die Besichtigung sei beendet, da nimmt Boss Hong einen Schlüssel von der Wand und öffnet die letzte Tür. Auf einmal stehen sie im hinteren Treppenhaus.

Er öffnet die Tür gegenüber. Zu Mendys Überraschung sieht sie keine Wohnung, sondern ein großes, modernes Büro mit Computern und großen Schreibtischen. Unter einem der Tische erspäht sie ein Paar feine Frauenstiefel. Soll das ihr Arbeitsplatz werden? Sie wagt einen Schritt hinein und will noch mehr sehen. Doch der Goldene Drache zieht sie zurück. »Hier arbeiten nur meine Sekretäre und Assistenten. Nichts Sehenswertes.«

»Ich dachte, deine Firma wäre in Singapur.«

»Das hier ist nur eine Zweigniederlassung«, sagt der Mann und führt Mendy in seine Wohnung zurück.

»Was macht deine Firma eigentlich?«

Boss Hong lässt sie raten. Sie tippt auf Import-/Export-Geschäft. Er nickt und muntert sie auf, in dieser Richtung zu vertiefen. Sie tippt auf Fisch, Lebensmittel, Textilien, Schuhe, Auto, Stahl, Computer ... Er hört aufmerksam zu. Hin und wieder nickt er. Erst als sie »Erdöl« sagt, lächelt er breit und meint, sie sei eine kluge Frau. »Du hast alles richtig geraten. Aber das Erdöl ist natürlich das größte Geschäft. Wir befinden uns gerade in der Expansion. Darum brauche ich auch mehr Leute.«

»Wenn ich bei meiner Bank angefangen habe, werde ich nicht mehr viel Zeit haben. Aber wenn du möchtest, kann ich an den Wochenenden für dich arbeiten«, bietet Mendy an.

»Nun, du sprichst von deiner Bank, aber du scheinst noch nicht viel zu wissen. Ich mache auch Finanzierungen.« Auf den erstaunten Blick der jungen Frau reagiert er mit einem hingeworfenen Satz. »Warum sollte deine Familie sonst so viel Geld von mir leihen wollen?«

Sie schlendern durch den langen Korridor zurück. Mendy fällt erneut auf, dass der Korridor mit Bildern von chinesischen und westlichen Gegenwartskünstlern geschmückt ist. Die Sammlung muss einiges wert sein, aber genau kann Mendy das nicht beurteilen. Ob der Goldene Drache etwas von Kunst versteht? Irgendwie gefällt ihr die Galerie. Hin und wieder bleibt sie vor einem Bild stehen, um es zu betrachten. Der Goldene Drache begleitet sie und erzählt, wann und wo er die Bilder gekauft hat.

Schließlich stehen sie vor einer Tür, die Boss Hong bislang nicht geöffnet hat. »Soll ich dir noch mehr zeigen?« Er wartet, bis sie dicht neben ihm steht, dann drückt er die Klinke herunter und tastet im Inneren nach dem Lichtschalter. In angenehm gelbem Licht taucht ein luxuriöses Schlafgemach auf. Ein großes chinesisches Bett aus dunklem Holz mit geschnitzten Verzierungen steht im Zentrum des Raums. Die anderen Möbel sind ebenfalls aus kostbaren Hölzern und zeigen dunkel schimmerndes Gold.

»Du lebst in einem Palast, Onkel Hong«, staunt Mendy mit offenem Mund und überlegt zugleich, wie sie jetzt noch entkommen kann.

»Willst du dich mal zur Probe aufs Bett legen?«, fragt er in einem Ton, als wären sie ein intimes Paar. Mendy erstarrt, als sie seine feste Hand im Nacken spürt. »Möchtest du meine Geliebte und meine private Assistentin werden, mein kleines Perlhuhn?«

Mendy hat das Gefühl, dass flüssiges, heißes Blei

ihre Adern füllt und ihre Glieder unendlich schwer werden. Einen Augenblick lang kann sie weder sprechen noch sich bewegen. Dabei ist sein Mund ihren Lippen bedrohlich nahe gekommen, und der Türrahmen lässt ihr keinen Ausweg. Doch er küsst sie nicht, sondern streichelt sie nur. Den Nacken, die Schultern, den Hals. Als seine Hand beiläufig ihre Brustspitzen streift, geht ein Ruck durch den Körper der Frau. Im nächsten Moment befreit sie sich unsanft aus seiner Umarmung. »Ich muss nach Hause. Es ist spät.« Sie flüchtet in den Korridor und rennt durch die Zwischentür, die zum Wohnzimmer führt. Erst als sie ihre Jacke schon in der Hand hält, wird ihr bewusst, dass der Goldene Drache ihr nicht gefolgt ist. Wie gelähmt bleibt sie stehen. Sie darf sich nicht wie ein Kind benehmen. Sie muss ihren Vater retten …

Boss Hong ist verärgert. Er macht zwei Schritte ins Schlafzimmer, schließt mit einem Fußtritt die Tür hinter sich und geht dann ins angeschlossene Bad, um seine Notdurft zu verrichten. Als er sich die Hände wäscht, vermeidet er es, in den Spiegel zu sehen.

Als er zurück ins Wohnzimmer kommt, erwartet ihn eine Überraschung. Mendy sitzt auf der Couch, eine Tasse Tee vor sich auf dem Tisch. Ihre Hände fahren kokett durch die Haare, als wäre sie gerade dabei, sich für einen Spaziergang hübsch zu machen.

»Nanu, ich dachte, du wolltest flüchten. Die Tür ist doch offen.«

Mendy hängt sich die Handtasche um, die neben ihr auf der Couch liegt, als wolle sie aufstehen und gehen.

Aber dann schlägt sie die Beine übereinander und spielt mit der Tasche, die sie mal öffnet und dann wieder schließt. »Onkel Hong, du bist doch ein Gentleman. Ich erwarte ein neues, anständiges Arbeitsangebot von dir«, sagt sie und schaut ihn von unten her an.

»Ein Gentleman durch und durch, du freches Perlhuhn«, beteuert der Mann. Vorsichtig nähert er sich, als ob die junge Frau wegflattern könnte. Erst als er dicht neben ihr steht, packt er sie im Nacken, schiebt ihr den anderen Arm unter die Knie und hebt sie mit einem Ruck hoch. »Du willst mit Kraft zur Frau gemacht werden? Nichts leichter als das.« Wie ein Raubtier trägt er seine Beute in Richtung Schlafzimmer.

Mendy zappelt, schlägt aber nicht kräftig zu. »Versteh mich nicht falsch. Ich erledige jede anständige Arbeit für dich, wenn du meiner Familie hilfst.«

Der Goldene Drache setzt die Frau abrupt auf den Boden und gibt ihr eine Ohrfeige. Ihr Kopf fliegt zur Seite, die Tränen schießen ihr ins Gesicht, während ihr Körper sich wie ein Kreisel dreht und ihre Hände die Tasche umklammern. »Ich habe dir den Schlüssel zu meiner Herzenskammer gegeben«, sagt der Mann zitternd. »Was willst du noch mehr?!« Da Mendy gerade mit dem Rücken zu ihm steht, bietet es sich an, ihr die Finger zwischen die Beine zu schieben.

Die Frau krümmt sich und fängt an zu schluchzen. Als sie sich zu ihm umdreht, hat sie die Dose mit Pfefferspray in der Hand, die Düse auf sein Gesicht gerichtet. Im nächsten Augenblick ist die Luft von dem ätzenden, scharfen Chiligeruch und von männlichem Gebrüll erfüllt. Mendy kriegt einen heftigen Stoß auf den Arm ab, sodass die Spraydose ihr aus der Hand fliegt, ehe sie noch einmal auf den Knopf drücken kann.

»Jetzt wirst du mich kennenlernen!« Ohne sich um seine brennenden, halb geschlossenen Augen zu kümmern, nimmt der Mann sie wie einen Sack Reis in der Mitte und wirft sie sich über die Schulter. Mit ihren vergeblich strampelnden Beinen stößt er die Türen auf. Nachdem er seine Beute aufs Bett geworfen hat, wartet er einen Moment, um zu sehen, ob sie bereit ist, sich seinem Willen zu fügen. Als Mendy aufschnellt und in seine Hand beißt, verpasst er ihr einen harten Schlag an den Kopf.

Danach muss er seinen Sieg allein genießen, denn die Frau fällt in völlige Schockstarre und bewegt sich nur noch mechanisch. Als er ihr den Schlüpfer vom Leib wegzerrt und ihren zarten Körper mit dem dicht gekräuselten schwarzen Schamhaar betrachtet, spürt er eine unbändige Lust, ihr die Nase zwischen die Beine zu stecken. Er sucht einen Duft, an den er sich aus seiner Jugend erinnert: den Geruch des Surenbaums und seiner Blätter. Was er findet, ist anders und macht ihn noch hungriger …

An diesem Abend ist auch Peipei unterwegs. Seit Tagen wird sie das Gefühl nicht los, dass man sie verfolgt und beobachtet. Dreht sie sich auf der Straße um, kann sie jedoch niemanden sehen. Einmal glaubt sie im Einkaufszentrum in der Wilmersdorfer Straße Koch Lin zu erkennen, der in gewissem Abstand hinter ihr herläuft. Aber sie kann sich nicht vorstellen, dass er sie verfolgt. Es muss ein Zufall sein. Und der Koch, mit einer Stofftasche in der Hand, ist denn auch bald in einem Laden verschwunden und lässt sich an dem Tag nicht mehr blicken.

Doch irgendwie schmeckt Peipei das Leben nicht mehr so wie früher. Ist sie allein zu Hause, häufen sich unerklärliche Vorfälle, sodass sie kaum noch ruhig schläft. Neulich hat jemand lange bei ihr geklingelt, obwohl sie niemanden erwartete. Als sie schließlich zur Tür ging und fragte, wer da sei, kam keine Antwort. Es ist, als hätte derjenige, der so dringend zu ihr wollte, sich plötzlich in Luft aufgelöst. Das Schlimmste sind die anonymen Anrufe, manchmal auch tief in der Nacht. Wenn sie »Hallo« in den Hörer ruft, ist nur der Atem des Anrufers deutlich zu hören.

Morgen erhält sie eine neue, geheime Telefonnummer. Aber was macht sie heute, wenn das atmende Tier wieder anruft? Ihr rechtes Lid zuckt jetzt schon den ganzen Tag. Soll das eine Warnung sein? Wovor? Vor ihrer eigenen Wohnung? Sie hat sowieso keine Lust, allein zu Hause zu hocken und über dunkle Dinge zu grübeln. Da bleibt sie lieber draußen in der warmen Frühlingsluft.

Am liebsten hätte sie ein paar Stunden mit Boss Hong verbracht. Der Goldene Drache ist der Mann, der ihr den nötigen Schutz bieten und ihre Träume verwirklichen kann. Erst heute hat sie wieder zwei Ladenlokale besichtigt, doch die Gegend hat ihr für ihre Boutique nicht so richtig gefallen. Enttäuscht fährt sie zur Uni, trifft auf der Wiese einige Mitglieder ihrer erotisch-historischen China-Gesellschaft und schmiedet dabei Pläne für eine Party, bei der sie neue Mitglieder werben will. Das bessert ihre Laune erheblich. Sie räkelt sich auf dem Rasen, bis im Westen die Sonne untergeht. Aber ihr von der Sonne erhitzter Körper lässt ihre Gedanken erst recht um den Goldenen Drachen kreisen. So entscheidet sie, auf gut Glück zu ihrem Gönner zu fahren.

Doch das Glück scheint sich nicht einzustellen. Genau wie gestern und vorgestern kommt keine Reaktion aus der Wohnung am Bundesratsufer, egal wie lange und fest sie die elegante, namenlose Klingeltaste am Tor drückt. Anscheinend treibt der Mann sich irgendwo draußen herum. Doch gerade daran hat Peipei ihre Zweifel. Seit Boss Guan sich vor ihrer Tür mit Oswald geprügelt hat und anschließend ins Krankenhaus eingeliefert werden musste, ist die Leitung zum Goldenen Drachen so gut wie tot. Plötzlich lässt er sich weder blicken noch von sich hören. Hat sie ihn endlich einmal am Hörer, ist der Mann schrecklich beschäftigt. Kaum hat sie sich gemeldet und einen Satz in die Sprechmuschel gehaucht, muss er das Gespräch auch schon abbrechen.

Hat sie etwas falsch gemacht? Er hat sich doch anfangs ganz übermäßig gefreut, als sie ihm sagte, ihre Periode sei ausgeblieben. Er hat sie so zärtlich berührt, als wäre sie ein frisch geborenes Baby. Sie war so entzückt, dass ein Liebhaber dermaßen fürsorglich und zärtlich sein kann. Als sie am nächsten Morgen seine Wohnung verlassen wollte, hat er ihr einen großen Scheck in die Tasche gesteckt. Das hat sie so gerührt, dass sie ihn umarmte und gleich noch einmal ins Bett zog. Es war keine leichte Arbeit, dem nicht mehr ganz jungen Mann zum zweiten Mal in kurzer Zeit volle Befriedigung zu verschaffen. Aber sie hat es geschafft. Am Ende lag er auf dem Rücken und fletschte recht glücklich die Zähne.

Doch seither scheint er ihr aus dem Weg zu gehen. Hat er irgendwelche Gerüchte gehört? Es gibt genug Landsleute in der Stadt, die sich gern ihr Maul über unkonventionelle Frauen zerreißen. Wenn sie nur mit ihm reden könnte! Aber heute lässt sich wieder nichts machen.

Was soll sie jetzt tun? Nach Hause will sie auf keinen Fall. Sie zieht das Handy heraus und wählt Oswalds Nummer. Der ist mit Freunden unterwegs. Heute Abend wollen sie zu einem Jazzkonzert in die Kulturbrauerei gehen. Wenn Peipei Lust hat, kann sie sich gern anschließen.

Peipei fährt zur Kulturbrauerei, trifft dort Oswald und lernt zwei Musikerfreunde von ihm kennen. Aber als sie das Kesselhaus wieder verlassen, stellt sich heraus, dass Peipei nicht mit zu Oswald gehen kann, weil die Freunde von auswärts kommen und bei ihm übernachten.

Es ist kurz nach elf. Peipei verabschiedet sich von den Männern. Danach fährt sie immer noch nicht nach Hause, sondern wieder zum Bundesratsufer. Sie will sich vergewissern, ob der Verdacht, dass Boss Hong ihr aus dem Weg geht, berechtigt ist oder nicht. Als sie das Licht sieht, das durch seine Fenster in die Nacht fällt, schlägt ihr das Herz bis zum Hals. Sie trippelt zu seiner Haustür und klingelt Sturm. Keine Reaktion. Was soll das bedeuten? Er ist doch offensichtlich zu Hause! Sie klingelt erneut und setzt auch das Handy noch einmal ein. Keine Reaktion!

Er hat eine andere! Und die sitzt jetzt gerade auf seinem Schoß. Diese Vermutung schießt ihr durch den Kopf und macht sie wütend und ohnmächtig. Sie ahnt nicht, dass die Wohnung des Goldenen Drachen von Dutzenden Kameras und einem Computer überwacht wird. Ihr Klingeln ist in der Wohnung gar nicht zu hören, nur Himmelsstachel nimmt es zur Kenntnis. Boss Hong hat gesagt, dass er nicht gestört werden möchte.

Peipei steht immer noch auf der Straße. Soll sie bei Nachbarn klingeln, um sich bis zur Wohnungstür des Goldenen Drachen zu mogeln? Nein, sie wird ihre Nebenbuhlerin anders verjagen. Aber zuerst muss sie herauskriegen, wer die neue Liebe von Boss Hong ist. Um ihre Gedanken zu ordnen, geht Peipei langsam am Ufer der Spree entlang Richtung Zentrum.

Die Promenade ist zwar nicht gut beleuchtet, aber es sind genug gut gelaunte Menschen unterwegs, sodass Peipei die Dunkelheit als angenehm empfindet. Als ihr ein Mann im schwarzen Anzug mit einem Zylinder entgegenkommt, macht sie sich keine Gedanken. Es gibt viele Spinner in dieser Stadt. Doch der Mann ändert plötzlich die Richtung und kommt auf sie zu. Sie will ihm gerade ausweichen, da spürt sie auch schon einen heftigen Stoß an der Schulter, sodass sie sich an einem Baum am Straßenrand festhalten muss, um nicht auf den Hintern zu fallen. Ist der Kerl besoffen? Oder hat er das absichtlich getan? Sie stößt einen leisen Protestlaut hervor, aber der Mann macht sich klein und verschwindet im Dunkeln.

Nach diesem Zusammenstoß hört Peipei ihr Herz aufgeregt mit den Flügeln schlagen. Das Gefühl, verfolgt zu werden, erfasst sie wie ein reißender Strom. Sie beschließt, nicht mehr im Dunkeln herumzuschlendern, sondern direkt nach Hause zu gehen.

Sie biegt in die helle Stromstraße ein, und gerade als sie sich in Sicherheit wähnt, erblickt sie den Mann im schwarzen Anzug erneut. Wie ist das nur möglich? So schnell kann der Mann doch nicht rennen, dass er ihr jetzt schon wieder entgegenkommt. Oder handelt es sich um einen Doppelgänger? Aufgrund seiner Gangart tippt sie auf einen Landsmann, was sie noch mehr beunruhigt. Gibt es also tatsächlich ein Komplott gegen sie? Wenn nicht, warum hat der Mann seinen Hut dann so tief ins Gesicht gezogen? Und warum hält er die ganze Zeit mit einem Taschentuch seinen Mund zugedeckt, als hätte er Goldstaub im Mund? In Peipeis Kopf schrillt eine laute Alarmglocke. Wie eine Welle überspült sie die Panik, und ihre Knie werden weich. Sie wechselt die Straßenseite.

Um die breite Straße zu überqueren, muss sie Autos aus beiden Richtungen ausweichen. Gerade als sie den Gehweg auf der anderen Seite erreicht, springt sie ein großer Hund an. Erschrocken tritt sie auf die Fahrbahn zurück und überhört ein lautlos fahrendes Auto. Der Mercedes reißt ihr die Beine weg, ihr Kopf schlägt auf die Windschutzscheibe, dann segelt sie federleicht durch die Luft und bleibt mit gebrochenem Genick in einer bizarren Blumenform liegen, während ihr blondiertes Haar sich im Blut wieder schwarz färbt.

Tubai sehnt sich danach, zu Mendy zurückzukehren und vor dem Einschlafen auf ihren Atem zu horchen, doch seine Arbeitgeberin Yeye lässt ihn nicht gehen.

Seit Michael von Unbekannten angegriffen worden ist, liegen ihre Nerven so blank, dass sie das Alleinsein mit dem Kind nicht mehr erträgt. Überall sieht sie Feinde und böse Geister und hat solche Angst, dass sie Tubai am liebsten gar nicht mehr aus dem Haus lassen würde. Es bleibt ihm nichts anderes übrig, als nachts auf dem Sofa liegend die Wohnungstür zu bewachen, damit sich kein Einbrecher Zutritt zur Wohnung verschafft und weiteres Unheil anrichtet. Erst wenn er Michael in die Schule gebracht hat, darf sich Tubai ein paar Stunden freinehmen.

Dann geht er meist eilig zu Mendy hinüber, um seine Sehnsucht nach ihrem Anblick zu stillen. Da Mendy ihm einen Schlüssel gegeben und ihr Sofa als Bett geschenkt hat, hat er jederzeit Zutritt zu ihrer Wohnung. Aber am Vormittag hat Mendy meist selbst etwas vor und befindet sich oft in Eile. Kaum haben sie ein paar kurze Sätze gewechselt, flitzt die junge Frau auch schon aus der Wohnung.

Wenn Mendy gegangen ist, hat Tubai immer das Gefühl, als wäre sein Herz fort. Aber er ist es gewohnt, nicht lange über seine Gefühle nachzudenken, sondern ununterbrochen zu arbeiten. Mit ein paar schnellen Griffen räumt er die Wohnung auf, dann widmet er sich seiner Wasser-und-Stein-Kampfkunst, dem Kung-Fu, bis er von Kopf bis Fuß geschmeidig ist wie ein Leopard. Danach fühlt er sich meist sehr unternehmungslustig. Da es aber außer der Arbeit bei Yeye nichts für ihn zu tun gibt, legt er sich noch für kurze Zeit auf sein Sofa, um den versäumten Schlaf nachzuholen. Einmal hat er sich Mendys Unterwäsche aus dem Wäschekorb gefischt und sie in seinen Kissenbezug gesteckt, um ihren Duft einzusaugen.

An diesem Abend hat Tubai wie gewohnt ein Essen für die Familie gekocht. Aber zu seiner Überraschung soll er kein Gedeck für Mendy auflegen. Verdrießlich kaut Tubai auf seinem Reis. Als er unwillkürlich auf den leeren Platz starrt, erklärt ihm die Hausherrin, Mendy müsse etwas Wichtiges für die Familie erledigen. Mütterlich fügt sie hinzu, für Mendy sei es jetzt an der Zeit, Männer kennenzulernen, die Macht und Einfluss besitzen. Mit dem Studium sei sie jetzt fertig, nun müsse sie einen passenden Mann finden, um eine Familie zu gründen …

Es ist, als hätte Yeye eine Gräte in Tubais Hals gerammt. Auf einmal kriegt er keinen Bissen mehr herunter. Er ringt nach Luft, und feine Schweißperlen treten ihm auf die Stirn. Jetzt versteht er, warum seine Herrin so strahlt, als ob sie im Lotto gewonnen hätte. Diese Stiefmutterwölfin ist gerade dabei, Mendy an einen reichen Mann zu verkuppeln, und freut sich auf ihren Lohn!

Beim Einsatz ihrer Stäbchen blickt Yeye in seine Richtung und erschrickt, als sie sein finsteres Gesicht sieht. »Bist du krank?«, fragt sie.

Tubai knurrt, er habe genug gegessen, steht auf, begibt sich in die Küche und fängt an, dort aufzuräumen. Da er schon immer sparsam mit Worten war, wundert sich Yeye nicht weiter.

Nach dem Abendessen kümmert sich Tubai um Michael. Dessen Zustand hat sich zwar normalisiert, aber er spricht noch weniger mit der Mutter als früher, und nur wenn er mit Tubai spielt, kehrt das kindliche Lachen zurück.

Nachdem er den Jungen ins Bett gebracht hat, huscht Tubai durchs Wohnzimmer, wo Yeye auf dem Sofa sitzt und in den Fernseher starrt, dann schließt er sich in der Küche ein. Hier ist sein Rückzugsgebiet. Nach der Arbeit sitzt er am Fenster und schnitzt an einem Stück Holz.

Yeye ruft nach ihm, es laufe ein lustiger Film, aber Tubai erwidert, er verstehe sowieso kein Wort Deutsch, und bleibt in der Küche sitzen. Irgendwann ist der Film zu Ende, und Yeye zieht sich in das leere Eheschlafzimmer zurück. Zuvor hat sie Tubai befohlen, er solle jetzt mit der Schnitzerei aufhören. Sie könne dabei nicht schlafen.

Tubai wartet eine Weile, und erst als von Yeye nichts mehr zu hören ist, schleicht er sich ins Wohnzimmer. Es ist kurz vor Mitternacht. Wenn er schlafen gehen will, muss er nur das Sofa ausziehen und es in ein Bett verwandeln. Doch er denkt nicht an Schlaf. Yeyes Worte sitzen ihm wie ein brennender Stachel im Magen.

Er bleibt am Fenster stehen, um sich zu konzentrieren, dann beginnt er mit einer Atemübung. Wie ein Baum im Gewitter schwingt er seine Glieder, als wären sie Weidenruten im Sturm. Wie früher in der *Strahlenden Perle* lässt er alle Möbel an ihrem Platz. Da er seine Übung stets ohne künstliches Licht macht, muss er mit all seinen Sinnen dabei sein, um nicht gegen Tische und Stühle zu stoßen. Lautlos wie ein Tiger im nächtlichen Wald bewegt er sich hin und her. Wäre jemand im Raum, würde er nur einen huschenden Schatten sehen und leise Windgeräusche hören, wenn der Kämpfer seine gestreckten Arme, Beine und Hände messerscharf durch die Dunkelheit fliegen lässt.

Kapitel 13

»Lass mich allein durch die Hölle gehen«

Am nächsten Morgen wacht Yeye früh auf und schaut gleich nach ihrem Handy, das auf dem Nachttisch liegt. Keine neue Nachricht ist eingegangen. Sie überlegt, was das zu bedeuten hat. Dann wählt sie die Nummer von Mendys Wohnung. Einmal, noch einmal, immer wieder. Keiner geht ans Telefon. Die Stieftochter ist also noch nicht zu Hause. Yeye grinst. Vielleicht wird sie ihren Mann schon heute Abend wieder bei sich haben. Sie räkelt sich ausgiebig, bevor sie ins Bad trippelt.

Als sie ins Wohnzimmer schaukelt, ist Tubai gerade erst aufgestanden. Er ist es eigentlich gewohnt, lange vor seiner Arbeitgeberin aufzustehen. Heute aber schafft er es gerade noch, sein Couchbett zurückzubauen, als Yeye auch schon vor dem großen Spiegel steht und ihr Haar bürstet.

Es ist Samstag, und Yeye kommt auf eine Idee. Gnädig sagt sie zu Tubai, er habe jetzt tagelang hart gearbeitet, er könne sich ruhig ein paar Stunden freinehmen und brauche erst am Abend wiederzukommen. Vielleicht wolle er ja ein bisschen schlafen. Wenn Mendy nach Hause komme, solle er sie aber sofort informieren.

Die Erinnerung daran, dass Mendy womöglich bei einem fremden Mann übernachtet hat, gibt ihm einen Stich. Eilig verlässt er die Wohnung und stürzt in den grauen Morgen hinaus.

Es ist ein kühler Apriltag. Die Wolken hängen tief, und Regenschauer stehen auf Abruf bereit. Tubai seufzt, ein Tränenvorhang des Himmels wäre ihm jetzt ganz recht. Den ganzen Weg stöhnt er, als bekäme er nicht genug Luft. Mendy gehört jetzt einem anderen, und er hat in dieser Stadt nichts mehr zu hoffen. Bald wird er nach Potsdam zurückkehren müssen. Jetzt ist er wieder auf der Durchreise und hat auch kein Ziel mehr. Wo ist das Stückchen Erde, auf dem er kein »Asylbewerber«, sondern ein Mensch und ein Mann ist? Ein Mann, der eine Frau gewinnt, eine Familie gründet und sie durch Fleiß und Ehrlichkeit zum Gedeihen bringt. Ein ganz gewöhnlicher Mann. Aber nicht einmal das schafft er. Er läuft noch schneller, um seine Tränen zu unterdrücken.

In der Knesebeckstraße angekommen, sieht er zuerst Mendys rote Pumps auf dem Flur. Er nimmt sie in die Hand, betrachtet sie eingehend und schnuppert sogar daran. Der Anblick lässt einen Schimmer Hoffnung in seinen Augen aufleuchten. Leise betritt er das verdunkelte Zimmer. Durch einen Spalt im Vorhang vor Mendys Bett nimmt er die Wölbung der Decke wahr. Also ist sie zu Hause! Sie schläft nicht, wie Yeyes Worte haben vermuten lassen, in einem fremden Bett.

Sein Herz hüpft und möchte am liebsten singen. Doch er beherrscht sich und schleicht sich zu seinem Sofa. Als er sich gerade hinlegen will, merkt er, dass mit Mendy etwas nicht stimmt. Er hält den Atem an und horcht. Dann weiß er, was los ist: Mendy hat die Decke über den Kopf gezogen und erstickt fast an einem schrecklichen, tonlosen Schluchzen.

Wie übergossen von Eiswasser bleibt Tubai reglos stehen. Eine dunkle Ahnung überkommt ihn und schnürt ihm die Brust zu.

»Mendy?«, ruft er leise.

Keine Antwort.

Er nähert sich Mendys Bett. Zum ersten Mal schiebt er den Vorhang ein Stückchen beiseite und späht hinein. Die Bettdecke rührt sich nicht. Nur eine schwarze Haarsträhne, die darunter hervorlugt, verrät die Anwesenheit der geliebten Frau. Tubai kniet sich vor dem Bett auf den Boden. »Mendy, sag mir, wer dich schlecht behandelt hat. Ich bin dein Bruder. Ich werde alles tun, damit du nicht weinen musst.«

Als wäre bei Mendy ein Damm gebrochen, beginnt sie plötzlich unter der Decke zu zittern und laut zu weinen. Vorsichtig schlägt Tubai die Decke ein Stückchen zurück. Was er sieht, lässt sein Herz stillstehen. Mendys Lippen sind geplatzt, ihre linke Gesichtshälfte ist bis zum Auge geschwollen. Ihr Hals ist voller tiefroter Blutergüsse und Bissspuren. Was sich ihm bietet, ist der Anblick einer gedemütigten Frau, an der ein Mann sich rücksichtslos ausgetobt hat. Tubai hat das fürchterliche Gefühl, als würde sein Kopf explodieren. Er presst die Fäuste an seine Schläfen, um sich zu beherrschen.

»Sag mir, welches Ungeheuer dir das angetan hat!«, fordert er mit halb erstickter Stimme.

Aber Mendy sagt nichts. Sie bedeckt das Gesicht mit dem Arm, presst die zerbissenen Lippen zusammen und schweigt. Dabei gibt sie ihr am Hals zerrissenes *Qipao*-Kleid dem Blick preis. Offensichtlich hat sie sich gar nicht erst ausgezogen, als sie nach Hause kam.

Tubai ballt die Fäuste. Gestern Nacht hätte er für seine Schwester da sein sollen. Aber stattdessen hat er sich zum Wachhund für die Frau von Boss Guan gemacht.

»Ich bin ein Narr. Ich hab dich ans Messer geliefert.« Er kramt ein Taschentuch aus der Tasche und wischt Mendy vorsichtig die Tränen ab, die aus den geschlossenen Augen ins wirre Haar rollen. »Schlag mich, Mendy. Ich hab es verdient.«

Da greift sie plötzlich nach seiner Hand und drückt sie an ihre Wange. Die Hitze, die von ihr ausgeht, lässt ihn zusammenzucken.

»Liebst du mich?«, fragt sie mit heiserer Stimme. Sie muss lange geweint haben. Nur zischende Luftzüge dringen aus ihrem Mund.

Schüchternheit überfällt den Mann, während sein Herz bis zum Hals schlägt. Er braucht eine Weile, bis er ein leises »Ja« zustande bringt.

Kaum hat er die Silbe herausbracht, nimmt sie seine Hand und legt sie auf ihre Brust. »Dann liebe mich jetzt. Auf der Stelle.«

Wie von einer glühenden Flamme versengt, zieht er rasch seine Hand zurück. »Du bist brennend heiß. Ich glaube, du hast Fieber – du bist dabei, krank zu werden.«

»Verachtest du mich?«, platzt es aus Mendy heraus.

»Nein, wie könnte ich? Selbst wenn ich meine beiden Arme verlieren muss, werde ich mich von nichts und niemandem zwingen lassen, dich zu verachten. Niemals.«

»Dann liebe mich jetzt und hier. Wenn du jetzt Nein sagst, bekommst du mich im Leben nie wieder.« Sie sieht immer noch verwüstet und traurig aus, doch es gibt einen schwachen Schimmer auf ihrem Gesicht, als mache sie sich wieder Hoffnungen. Ihre zerbissenen, leicht geöffneten Lippen sind wie ein drittes Auge voller Sehnsucht auf ihn gerichtet. Sie streckt ihm die Hände entgegen, umarmt seinen Hals und zieht ihn wie eine Schlingpflanze zu sich. Bevor sie ihn mit den Lippen berührt, befeuchtet sie ihren Mund mit der Zunge. Dennoch tut ihr jede Bewegung der Lippen weh. So berührt sie ihn nur ganz vorsichtig, als sie ihm einen Kuss schenkt. Doch es genügt, um den zurückhaltenden, schüchternden Mann in einen Vulkan zu verwandeln. Er umarmt sie und schlingt sich um sie, bis sie fast gänzlich unter seinem Körper verschwindet. Als er ihr vor Schmerzen verzerrtes Gesicht sieht, weicht er zurück, aber sie drängt sich in seine Arme und lässt ihn nicht mehr los.

Er nimmt allen Mut zusammen und streichelt ganz zart ihren Bauch. Das tut ihr aber nicht gut. Sie zuckt unter seiner Berührung zusammen, als hätte sie einen Stromschlag erhalten. Verlegen zieht er die Hand zurück, doch sie ergreift sie und zieht sie zu sich heran. Er unternimmt einen Versuch, in sie einzudringen, aber kaum presst er sich halbwegs in ihre Tür, verschwinden ihr Lächeln und ihre Lust, und ihr Gesicht verzieht sich vor Schmerzen zu einer Grimasse. Beunruhigt und etwas ratlos will er sich wieder zurückziehen. Aber sie lässt es nicht zu. Ihre Scheide brennt fürchterlich seit gestern Nacht. Aber das ist ihr egal. Umso mehr will sie jetzt Tubai haben, um den Brand in ihrem Unterleib samt der bitteren Erinnerung durch neue Schmerzen zu löschen. Sie hat sich lange aufgespart für eine große Liebe, für den Mann, der perfekt zu ihr passt. Und was hat sie vom Leben erhalten? Eine grausame Vergewaltigung!

Die ganze Zeit, als sie im Bett des Goldenen Drachen festgehalten wurde, hat sie an Tubai gedacht. Nun will sie ihn von Herzen und mit jeder Faser ihres Körpers lieben. Sie hält ihn mit Armen und Beinen in sich fest und spricht sanft zu ihm. »Ganz langsam. So, wie du deine Kampfkunst übst.«

Das Klingeln des Telefons reißt die Vereinten aus ihrem tiefen Schlaf. Mendy rührt sich, bleibt aber liegen. Tubai, der am äußeren Rand der schmalen Matratze liegt, fällt zu Boden, kriecht aber gleich wieder ins Bett zurück. Er greift nach seiner Armbanduhr und hält sie sich dicht vor die Augen. Es ist kurz nach elf. Ihm fällt ein, dass er bei Yeye zum Dienst muss.

Der Anrufbeantworter springt an, und tatsächlich ertönt Yeyes Stimme. »Hallo, Tubai, hast du verschlafen? Komm sofort rüber. Und Mendy, melde dich sofort, wenn du wieder da bist. Wir haben noch viel zu tun.« Der Ton ist gebieterisch, und die Verärgerung ist zu spüren.

Tubai will aus dem Bett hochschnellen, aber Mendy

hält ihn zurück. An Schlaf ist allerdings nicht mehr zu denken. So beginnt Tubai die Frau im schwachen Licht zu betrachten, das durch den Vorhang hereindringt. Mendys Züge sind etwas entspannter, die Schmerzen scheinen nicht mehr so schlimm zu sein. Immer noch hält sie die Augen geschlossen, als wolle sie mit ihrem Willen den Tag in die Nacht verwandeln. Ermattet und kraftlos liegt sie da. Aber wunderschön. Wie eine Seerose im Wasser. Voller Ruhe und Anmut. Nur an ihrem von Tränen verklebten Haar scheinen noch Schmerzen zu haften.

Tubai schämt sich. Er hat sie nicht beschützt, als sie in Gefahr war. Ein Glassplitter ist er. Wertlos, nutzlos, leichtgläubig und durchsichtig. Mendy ist so viel stärker. Tubai steht auf, holt aus dem Bad eine hölzerne Bürste, richtet Mendy vorsichtig auf und kämmt ihr behutsam das Haar glatt.

Mendy fragt, ob er ihr etwas zu sagen hat. Er bricht den Damm des Schweigens und erzählt ihr von dem bedrückenden Abendessen. »Yeye hat schreckliche Angst. Sie fürchtet sich vor Erpressung und Einbrechern. Sie will, dass ich die ganze Zeit Wache halte.«

»Ich bin froh, dass du meine Familie beschützt«, sagt Mendy mit leiser Stimme.

»Dich würde ich lieber beschützen«, sagt er. »Was ist gestern Abend passiert? Bei wem bist du gewesen?«

»Das geht dich nichts an«, sagt sie und dreht sich von ihm weg. »Das ist allein meine Sache.« Im nächsten Moment presst sie sich die Hand vor den Mund und fängt erneut an zu weinen.

Aber Tubai kann jetzt nicht aufhören. »Yeye hat von

reichen und einflussreichen Männern gesprochen …«, sagt er. »Mir kam es so vor, als wollte sie dich verheiraten …«

Mendy schüttelt den Kopf. »Nein, ich werde nicht heiraten. Aber ich bin auch nicht mehr frei. Ich muss eine Stelle antreten, um das Geld für die Kaution zu verdienen, die wir brauchen, um meinen Vater aus dem Gefängnis zu holen.«

»Eine Stelle antreten? Bei wem? Ich denke, du gehst bald zur Bank?«

»Ja, aber da ist noch etwas anderes …«, sagt Mendy. »Es ist ein Job bei … Boss Hong.« Sie weint noch mehr und flüstert, er solle aufhören. Sie könne darüber nicht sprechen.

»Hat *er* dich so zugerichtet?« Tubai springt auf und greift nach seinen Kleidern. »Diese Bestie! Ich werde ihn zwingen, vor dir auf dem Boden zu knien!«

Mendy wischt sich heftig die Tränen ab, um Tubai klar sehen zu können. »Willst du mit Wachteleiern nach einem Stein werfen?«, fragt sie. »Boss Hong ist stark und brutal. Er hat nicht nur einen Leibwächter, sondern jede Menge weitere Handlanger. Du bist kein Gegner für ihn.«

»Lass das meine Sorge sein.«

Mendy greift nach der hölzernen Bürste, die er hat fallen lassen, und wirft sie nach seinem Kopf. »Ich brauche keinen dummen Draufgänger, sondern einen Mann mit Verstand. Wenn du Boss Hong jetzt herausforderst, richtest du nur Schaden an. Dann musst du wahrscheinlich aus Berlin verschwinden, und du wirst mich nie wiedersehen. Willst du das?«

Tubai starrt sie an. Bestürzung und Wut weichen aus seinem Gesicht. Er kniet sich vor das Bett und sagt: »Du hast recht. Ein echter Mann kann die Sache auch später regeln.«

Mendys Gesicht wird weich. Sie winkt ihn zu sich, berührt sein Gesicht und sagt: »Vielleicht wendet sich die Sache auch von allein zum Besseren. Geh jetzt zu meiner Stiefmutter!«

Da klingelt es auch schon an der Tür. Es klingelt und klingelt, als wolle es gar nicht aufhören. Mendy schickt Tubai zur Sprechanlage. Es ist Yeye, die vor der Haustür steht.

Mendy bittet Tubai, die Fenster zu öffnen und notdürftig aufzuräumen, ehe er aufmacht. Dann hört sie Yeye auch schon schimpfen: »Wie kannst du nur tagsüber schlafen wie ein totes Schwein? Du hast meinen Tag total durcheinandergebracht. Hier, Michael schreit schon lange nach dir. Geh mit ihm an die frische Luft!«

Mendy hört, wie Tubai sich die Jacke anzieht und mit dem Jungen die Treppe hinuntergeht. Dann platzt Yeye auch schon ins Zimmer. Als sie Mendy wie eine Kranke im Bett sitzen sieht, bleibt sie überrascht stehen. Doch ihre Verblüffung geht schnell in Verärgerung über.

»Aha, du bist also zu Hause! Ich habe mir die ganze Zeit Sorgen um dich gemacht und nach dir gesucht, und was tust du?! Du liegst im Bett wie eine Prinzessin. Was denkst du dir denn dabei?«

Mendy presst die Lippen zusammen und schweigt.

Daraufhin wird Yeye noch lauter, als wäre die Stieftochter schwerhörig. »Der Goldene Drache geht heute gar nicht ans Telefon. Du hast die Sache versaut, nicht wahr? Jetzt täuschst du vor, krank zu sein, damit ich Mitleid mit dir habe und dir keine Vorwürfe mache.«

Sie mustert die Stieftochter eingehend, sucht nach den Spuren der Nacht. »Du hast dich selbst in die Lippen gebissen. Gib's zu.«

Mendy keucht, sagt aber nichts. Das macht die Stiefmutter noch wütender als zuvor. Mendy sei eine unnütze Tochter, eine herzlose, ausgetrocknete Öllampe. Nicht einmal ihren Vater wolle sie retten, keift sie.

Mendy lässt sie toben. Mit ihrer heißen, gebrochenen Stimme kann sie sich ohnehin kein Gehör verschaffen. Erst als Yeye zu husten beginnt und sich eine Pause gönnt, sagt sie mit gepresster Stimme: »Boss Hong hat mich vergewaltigt.«

Yeye macht eine Geste, als wolle sie den schiefen Himmel zurechtrücken. »Wie ist denn das möglich? Der Goldene Drache ist doch charmant. Frauen schwärmen von ihm. Er hat es nicht nötig, Gewalt anzuwenden. Bist du dir sicher? Du hast nicht viel Erfahrung mit Männern, nicht wahr?«

Aber Mendy weint nur stumm. Yeye versucht, sie zu trösten. »Es war sicher nur deine Jugend und Unerfahrenheit, was Boss Hong so gereizt hat«, sagt sie, setzt sich an den Bettrand und legt Mendy den Arm um die Schultern. Diese schüttelt sich, als hätte eine Ratte sie angesprungen.

Als die fremde Hand sich nicht zurückzieht, streift sie die Stiefmutter mit der Begründung ab: »Meine Haut kann momentan keine Berührung ertragen. Sonst wird mir schlecht.« Sie würgt.

Yeye zeigt ein wütendes Gesicht. Sie werde zu Boss Hong gehen und ihn zur Rechenschaft ziehen. Aber dafür müsse sie von Mendy Einzelheiten über den Hergang der »Sache« erfahren. Doch die junge Frau sagt nur: »Der Goldene Drache wird uns kein leichtes Geld leihen. Er will so viel aus uns rausholen, wie er nur kann. Geh lieber nicht hin.«

Sie presst die blutigen Lippen zusammen und denkt daran, wie es gewesen ist: Mitten in der Nacht, als ihr Schluchzen ihn weckte, hatte Boss Hong sie mit den Worten entlassen: »Nun haben wir uns ja endlich zusammengerauft. Ich erwarte dich in drei Tagen wieder zum gleichen Zeitpunkt wie heute. Kommst du mit Fröhlichkeit und Freude zu mir, werde ich mich um eure Familienangelegenheiten kümmern. Kommst du nicht, wissen wir beide, was das zu bedeuten hat, nicht wahr?«

Diese Worte brennen ihr immer noch in den Ohren. Das war der Gipfel ihrer Demütigung. Wenn sie nur daran denkt, tun ihr die zerbissenen Arme und Beine, die Brüste, der Mund, der Hals und die Scheide weh. Nein, das möchte sie niemandem erzählen, schon gar nicht der Stiefmutter, die sie in die Drachenhöhle geschickt hat.

Doch das, was Mendy über den Goldenen Drachen gesagt hat, genügt, um Yeye in Aufruhr zu versetzen. »Was? Der Kerl hat dich vergewaltigt und will uns dennoch kein Geld leihen? Hast du ihn gebissen oder zwischen die Beine getreten, oder was?«

Aber Mendy will kein Wort mehr sagen. »Stiefmutter Yeye«, sagt sie mit ernster Stimme. »Wir müssen die Häuser verkaufen, um schnell ans Geld für die Kaution zu kommen. Natürlich müssen wir den Preis niedrig ansetzen.«

»Du hast leicht reden, du Küken«, erwidert Yeye. »Die Häuser gehören zwar uns, aber dein Vater hat sie mit Hypotheken belastet. Der Verkauf kann Monate dauern. Bis das Geld für die Kaution da ist, ist von deinem Vater nur noch ein Gerippe geblieben. Willst du das?«

»Rede nicht in diesem Ton mit mir«, sagt Mendy. »Ich bin kein Kind mehr. Entweder wir verkaufen die Häuser, oder du kümmerst dich allein darum, wie dein Mann aus dem Gefängnis kommt.«

Wie angestochen springt Yeye auf und schlägt mit den Armen um sich. Wie Mendy auf eine solche Idee käme? Die Familie habe sie immer ernährt und ihr ein Zuhause gegeben. Ohne die Familie hätte sie auch nicht studieren können. »Ohne uns hätten dich längst die wilden Hunde gefressen. Also stell dich bloß nicht so an, du Prinzessin!«

Mendy hat Yeyes feindselige und vulgäre Art langsam satt, und jetzt merkt sie, dass sie diese Frau schon seit Langem verabscheut. »Geh jetzt. Ich brauche Ruhe«, zischt sie. »Noch etwas. Du wirst Tubai jeden Tag tagsüber sechs Stunden Freizeit geben, wenn er dich nachts bewachen muss. Denk daran, ich habe ihn hergeholt, ich kann ihn auch wieder aus deiner Sklaverei befreien.«

Am liebsten hätte Yeye sich auf die Stieftochter gestürzt und sie durchgeprügelt, um ihr Respekt beizubringen. Das Mädchen soll ihr gefälligst gehorchen! Aber als die Stiefmutter einen Schritt auf das Bett zumacht, zieht Mendy eine spitze Nagelschere unter ihrer Matratze hervor.

»Komm mir nicht zu nah. Sonst steche ich mir in den Hals.« Sie dreht sich zur Wand und wendet Yeye den Rücken zu. Die Schere verschwindet mit ihrer Hand unter der Decke.

Wie angewurzelt bleibt Yeye vor dem Bett stehen und starrt Löcher in den Hinterkopf ihrer Stieftochter. Aber sie wäre nicht Yeye, wenn sie nicht schnell in eine andere Rolle schlüpfen könnte. »Meine Sorge um deinen Vater macht mich verrückt«, jammert sie. »Wir können ihn doch nicht im Kerker eingehen lassen! Die Leute werden mit Fingern auf uns zeigen. Das könnte ich nicht ertragen. Vielleicht kann ich ja doch eins der Häuser …«

Mendy will sich gerade wieder umdrehen, da klingelt das Telefon, und noch ehe Mendy danach greifen kann, hat Yeye den Hörer schon in der Hand. Das muss der Goldene Drache sein, denkt sie.

Aber kaum hat sie ein sinnliches »Hallo!« in die Muschel gehaucht, gefriert das Lächeln auf ihrem Gesicht.

»Es ist deine Eisenschwester Yulin«, sagt sie erschrocken. »Sie sagt, Peipei ist tot!«

Für zwei Tage verdrängt der Tod Peipeis alles andere. Weil Peipei keine Verwandten in Deutschland hat, müssen sich Yulin und Mendy um ihre Hinterlassenschaft kümmern. Damit haben sie plötzlich viel zu tun. Telefonate nach China mit Peipeis Eltern, von denen nicht sicher ist, ob sie ein Visum bekommen und wovon sie den Flug bezahlen sollen. Peipeis Vereinsmitglieder informieren, Kleidung für die Tote besorgen, die Wohnung kündigen und das Telefon abmelden …

Als sie am Montag gerade dabei ist, die Anzeige zum Verkauf der Häuser vorzubereiten, platzt Yeye aufgeregt in ihre Wohnung herein. Mendy zuckt innerlich zusammen. So, wie die Stiefmutter aussieht, muss wieder ein Unheil die Familie heimgesucht haben. Sie führt Yeye in die Küche, um ihr ein Glas Wasser zu geben, da betupft sich Yeye die rot angeschwollenen Augen mit einem Taschentuch und fängt an zu jammern. Obwohl ihre Sätze immer wieder von Schluchzen und Schimpfen unterbrochen werden, weiß Mendy bald, was passiert ist.

Ihr Vater scheint in der Haft einen zweiten Schlaganfall erlitten zu haben. Als er heute aufwachte, konnte er sein linkes Bein nicht mehr bewegen und musste auf die Krankenstation gebracht werden. »Mendy, wir müssen deinen Vater da rausholen!«, sagt Yeye keuchend und schreiend und lässt sich nicht beruhigen. »Er isst kaum etwas, liegt einfach nur da und starrt in die Luft. Ich fürchte, er ist in eine tiefe Depression gefallen und will sich etwas antun. Der Anwalt hat von Selbstmordgedanken gesprochen. Mendy, verkauf alles, auch mich, damit nur dein Vater nach Hause kommt.« Sie bricht erneut in Schluchzen aus.

Mendy geht auf und ab wie ein gefangenes Pantherweibchen, ohne etwas zu sagen.

»Oder redest du vielleicht noch mal mit Boss Hong?«, fragt Yeye vorsichtig. »Mir hat er gesagt, er hat die Tür zu dir nicht zugeschlagen. Wenn du zu ihm gehst und ihn um Hilfe bittest …«

»Ich möchte nichts mehr von Boss Hong hören«, erwidert Mendy. Doch ihr Gesicht ist blass wie Papier, und ihr Gang ist der einer blutenden Antilope. Ihre Freundin ist nur ein paar Hundert Meter von der Stelle gestorben, wo sie mit dem Goldenen Drachen im Bett lag, das weiß sie inzwischen und wagt nicht, daran zu denken.

»Wenn dein Vater weg ist, sind wir alle verloren. So wie die Regenwürmer auf der Straße werden wir von anderen zertreten, und niemand trauert uns nach. Verstehst du das nicht, Kind?«

»Lass mich bitte allein.« Mendy beißt sich auf die Lippen, um nicht loszuweinen. Sie merkt nicht, dass ihre Lippen, die gerade geheilt sind, wieder zu bluten anfangen.

Am Nachmittag findet die Trauerfeier für Peipei statt. In einem gemieteten Raum treffen dreißig Kommilitonen und Freunde zusammen, um von ihr Abschied zu nehmen. Da Peipeis Eltern selbst nicht nach Deutschland kommen können, haben sie einen Neffen, der gerade ein Auslandssemester in England verbringt, als Vertreter der Familie geschickt. Dass Peipei bei ihrem letzten Gang auf fremdem Boden doch noch von einem Familienangehörigen begleitet wird, findet Yulin sehr tröstlich. Denn sie macht sich bittere Vorwürfe, weil sie sich nicht genug um ihre Freundin gekümmert hat, als Peipei noch lebte.

Mendy erscheint mit schwankenden Schritten und geschlossenen Lippen. Sie schüttelt allen die Hände, doch ihr Geist scheint abwesend zu sein. Den Cousin von Peipei nimmt sie kaum wahr, obwohl dieser mehrmals Blickkontakt mit ihr sucht. Als sie von Peipeis Leichnam Abschied nimmt, hat sie plötzlich das Gefühl, dass tief aus den dunklen Augenhöhlen der Freundin zwei würfelgroße, pechschwarze Pupillen sie anstarren. Sind das nicht die Augen des Totengottes Jama, die Ausschau nach ihr halten? Mendy fährt hoch. Nein, die Freundin sieht friedlich und jung aus. Ihre Lider sind fest geschlossen, von Todesangst, Schmerz und Verstümmelung ist nichts mehr zu sehen. Das Bestattungsunternehmen hat gute Arbeit geleistet.

Als die Zeremonie vorbei ist, nimmt Yulin ihre kleine Eisenschwester beiseite und legt ihr die Hand auf die Stirn. Zum Glück hat sie kein Fieber. Als Yulin fragt, ob sie sich nicht wohlfühle, antwortet Mendy, sie sei nur überarbeitet. Wenn sie sich ausgeschlafen habe, werde alles gut sein.

Abends sitzt Mendy in ihrer Wohnung und starrt in den Hof. Die beiden Linden dort haben schon alle Blätter. Bei jedem kleinen Wind tanzen die Äste sanft auf und nieder, als könnten sie nicht genug davon kriegen. Mendy betrachtet das zarte Grün und weiß doch nicht, was sie gesehen hat. Irgendwann wischt sie sich die Tränen ab. Dann greift sie zum Telefon.

»Stiefmutter Yeye«, sagt sie mit heiserer Stimme. »Ich werde heute Abend Boss Hong besuchen. Sag bitte nichts, lass mich aussprechen. Wenn du bis Mitternacht noch nichts von mir gehört hast, dann schalte die Polizei ein. Aber wenn Boss Hong uns nun doch hilft, dann möchte ich, dass ihr mir die *Strahlende Perle* schenkt.«

»Das Restaurant gehört deinem Vater. Aber ich bin sicher, er wird dir den Wunsch nicht abschlagen«, sagt Yeye schmeichelnd. Sie erinnert sich ganz genau, dass sie das Restaurant schon dem Goldenen Drachen versprochen hat. Aber daran will sie jetzt nicht denken. »Bitte tu bei Boss Hong nichts Unüberlegtes, mein Kind«, sagt sie. »Der Mann ist sehr mächtig.«

»Natürlich nicht«, sagt Mendy. Dann geht sie duschen und zieht sich um.

Ein Schlüssel wird in der Tür gedreht. Unerwartet kommt Tubai nach Hause. Der Anblick der Freundin lässt ihn wie vom Blitz gerührt stehen bleiben. Wie schön sie ist. Er geht auf sie zu und möchte sie in den Arm nehmen, doch sie weicht ihm aus.

»Gehst du zu einer Party?«

»Ein Cocktailempfang. Es kann spät werden. Ich werde lange dort bleiben. Mach dir keine Sorgen.«

Doch Tubai lässt sich nicht täuschen. »Gehst du zu ihm?«

»Nein«, sagt Mendy gleichgültig. »Du musst jetzt gehen.«

Tubai bohrt nach, wer sonst noch zu diesem Empfang komme.

Mendy wird ungeduldig. »Ich lege dir eine Liste mit Namen hin«, sagt sie. »Wenn ich morgen Vormittag nicht wieder da bin, kannst du sie alle anrufen. Pass gut auf Yeye und Michael auf, aber denk an nichts anderes.« Dann schenkt sie ihm einen fliegenden Kuss und schickt ihn fort, auch wenn tausend Fragezeichen in seinen Augen stehen.

Der Goldene Drache macht große Augen, als Mendy im schwarzen Kostüm mit engem Bleistiftrock vor seiner Tür steht. Ihr weiß geschminktes Gesicht ist wie eine Maske. »Hat ein Vampir dir das Blut ausgesogen?«, fragt er. »Du kommst über eine Stunde zu spät. Ich hatte schon gar nicht mehr mit dir gerechnet.«

»Oh, ich stand pünktlich vor deiner Haustür«, sagt Mendy. »Aber dann habe ich gemerkt, dass ich mein Lächeln zu Hause vergessen habe. Deswegen musste ich noch einmal umkehren.« Sie zaubert ein Lächeln auf ihr Gesicht, als wäre sie eine geübte Schauspielerin. Auch ihr Körper biegt sich zu ihm. Diese Haltung reizt ihn so sehr, dass er ihr seine Hand um die Taille legt und sie ins Wohnzimmer führt. Sie lässt ihn gewähren. Erst als er beginnt, ihren Rücken zu streicheln, schiebt sie ihn sacht von sich weg. »Lass uns zuerst das Geschäftliche regeln.«

»Gut. Sag, wie willst du mich haben? Auf dem Tisch? Auf dem Boden? Oder einfach im Bett?«, grinst der Goldene Drache zufrieden und setzt sich auf den Tisch, dicht neben die Frau.

»Ich bin ab heute zwei Wochen lang deine Geliebte. Dafür lässt du sofort Yeye die vereinbarte Summe zukommen. Alle Vereinbarungen über Geld, die du mit Yeye getroffen hast, bleiben unverändert.« Mendy wandert rund um den Tisch, um den Abstand zu dem Mann zu vergrößern. Aber sie lächelt dabei und tut so, als hätte sie eine kindliche Freude daran.

»Nur zwei Wochen? So geizig bist du? Das passt nicht gerade zu meiner Großzügigkeit. Soll ich dich wieder zur Tür bringen?«

»Als Geschäftsmann solltest du fair sein. Du kriegst all deine Kredite plus Zinsen zurück. Finanziell machst du garantiert Gewinn. Für den Gefallen, den du meiner Familie tust, kann ich dir nicht mehr als zwei Wochen anbieten.« Sie schlägt die Beine übereinander und streichelt das schimmernde Nylon an ihrem Knie.

Der Goldene Drache starrt auf den schmalen Ausschnitt ihrer schwarzen Kostümjacke, wo man einen lachsfarbenen Spitzen-BH sieht. Er kennt sie wirklich nicht wieder. Ist sie noch das naive Mädchen, das er vor drei Tagen zu seiner Beute gemacht hat? Doch jetzt will er sie erst recht wieder haben. »Drei Monate«, fordert er.

»Boss Hong, du scheinst noch nicht informiert zu sein. Heute haben sich mehrere Interessenten bei uns gemeldet, die unsere Häuser kaufen möchten. Wenn ich jetzt aus deiner Wohnung gehe, schöpfst du mit einem Weidenkorb Wasser.« Sie spricht in einem Ton, als hätte sie eine ganze Reihe von reichen Männern zu ihrer Verfügung.

Aber natürlich durchschaut Boss Hong sie. »Warum bleibst du dann noch sitzen, wenn das Gehen dir Vorteil verschafft?«, fragt er und legt ihr ganz langsam die Hand auf den Schenkel.

Mendy steht auf und streicht sich mit der Linken durchs Haar. »Ich bin mit einem Angebot gekommen, um Frieden zwischen dir und meiner Familie zu schließen«, sagt sie. »Lässt du uns in Ruhe leben, werden wir nichts gegen dich unternehmen.« Sie wirft ihm einen vielsagenden Blick zu.

Er will sie, will sie unbedingt. Das spürt er bis in die

Fingerspitzen, die sich nach ihrer zarten Haut sehnen. Nein, er will sie auf keinen Fall gehen lassen. Und solange sie bereit ist, bei ihm zu bleiben, so lange kann er Einfluss auf sie nehmen. Dann wird sie eines Tages ganz bei ihm bleiben. »Drei Monate«, sagt er. »Und keinen Tag weniger.«

»Mein Angebot ist großzügig. Zwei Wochen. Oder ich gehe.« Sie wirft ihre Handtasche über die Schulter und wippt auf die Tür zu, als wäre sie in einem Tanzstudio. »Sei ein Gentleman, Boss Hong, und mach mir die Tür auf.«

Der Goldene Drache starrt die Frau an, die sich wartend im Kreis bewegt. Seine Fingerspitzen brennen wie Feuer, er muss sie an ihrer Haut kühlen. »Weil du es bist, will ich großzügig sein. Gut, machen wir einen Monat daraus, okay?« Als sie zögert, klatscht er in die Hände. »Du wirst es schon nicht bereuen. Ich werde gut zu dir sein. Jetzt komm her und zieh deinen Rock hoch. Ich will dich hier auf dem Tisch liegen sehen.«

»Nein. Du willst eine Freundin, nicht eine Sklavin. Außerdem muss erst das Geld bei Yeye sein, dann bekommst du, was du willst«, beharrt Mendy. Während sie weiter im Kreis geht, schwenkt sie ihre rot-gold schimmernde Tasche.

Boss Hong springt auf und stürmt auf sie zu. Sie reagiert schnell, indem sie zur Tür rennt, ihren Mantel von der Garderobe nimmt und auf ihn schleudert. Der Mantel öffnet sich und bedeckt sein Gesicht. Während er sich zu befreien versucht, ist Mendy wieder hinter den Tisch geflüchtet. »Wenn du glaubst, du musst mich noch einmal schlagen, töte ich mich selbst auf der Stelle. Du wirst mich nicht noch einmal mit Gewalt nehmen.« Sie holt eine Rasierklinge aus ihrer Tasche und hält sie über ihr linkes Handgelenk. »Es gibt einige Personen, die wissen, dass ich bei dir bin, und die der Polizei sagen können, wo sie mein Blut suchen muss.«

Der Goldene Drache schaut weg. »Nein, nein. Wir haben das Geschäft abgeschlossen. Wozu jetzt noch Blut vergießen? Steck sie ein, dummes Kind. Du hast immer solche verrückten Ideen.« Er gibt ihr zu verstehen, dass er sich für einen Augenblick in sein Büro zurückziehen will, um das abgeschlossene Geschäft abzuwickeln.

Mendy setzt sich aufs Sofa und wartet. Kurz darauf kommt Himmelsstachel herein, serviert ihr Tee und vier kalte Vorspeisen, dann geht er wieder hinaus.

Mendy nippt an der Tasse und horcht. Durch die geschlossene Tür glaubt sie Schritte und eine gedämpfte Unterredung zu hören. Es muss jemand durch die Hintertür in die Wohnung gekommen sein, um Anweisungen von Boss Hong entgegenzunehmen. Dann lange nichts mehr. Obwohl der Raum sorgfältig klimatisiert ist, beginnt sie zu frösteln. Sie wartet und wagt nicht, daran zu denken, was gleich geschehen wird.

Als der Goldene Drache endlich ins Zimmer tritt, spricht er gerade mit breitem Lächeln ins Handy. »Gut, lass es mich wissen, wenn dein Mann wieder zu Hause ist. Ich will ihn natürlich als Erster begrüßen.« Dann gibt er Mendy das Handy.

»Mendy?«, spricht Yeyes Stimme aus dem Gerät. »Boss Hong ist ein wunderbarer Mensch, nicht wahr?

Er hat uns das Geld gerade geschickt. Was für ein Glück!«

Als Mendy das Handy zuklappt, hat Boss Hong seine Arme schon um ihre Taille gelegt. »Na, was kriege ich zur Belohnung?«

Mendy streichelt den starken, von Fett und Muskeln gepolsterten Nacken des Mannes und drückt ihre Lippen leicht auf sein Ohr. »Ich bin deine Schaukelprinzessin, ich werde dich schaukeln. Hoch, höher, bis in die Wolken.« Eine halbe Stunde später öffnet sie ungeschickt ihre Beine und hilft ihm dabei, in sie einzudringen …

Am nächsten Morgen erreicht Mendy völlig erschöpft ihre Wohnung. Als sie die Tür aufschließt, erblickt sie einen verstörten Tubai, der anscheinend gerade eine Hausdurchsuchung veranstaltet. »Was machst du, Tubai? Willst du die Wohnung auf den Kopf stellen?«

Tubai schaut sie verdattert an. Er hat heute Morgen zuerst Michael in die Schule gebracht und dann Yeye mit einem Koffer Geld zum Gericht begleiten müssen. Danach ist er hierhergekommen.

»Du bist wieder da? Ich dachte, dir ist etwas Schlimmes passiert. Ich wollte nach dir suchen. Aber deinen Zettel finde ich nirgendwo.«

»Ach, den Zettel, den habe ich vergessen zu schreiben«, sagt sie und schiebt sich in die Wohnung.

Tubai starrt sie an. Sie geht so eigenartig, als hielte sie ein Messer zwischen den Beinen. »Was hast du? Bist du verletzt?«

»Ich habe die ganze Nacht durchgetanzt. Jetzt wollen sich meine Beine nur flach legen«, murmelt sie und lässt sich auf ihren Arbeitsstuhl fallen. »Mir tun alle Knochen weh.« Angestrengt hebt sie das linke Bein, um ihre Pumps abzustreifen.

Tubai kniet sich vor sie hin und will ihr helfen. Doch sie zappelt die Füße frei und dreht sich weg. »Lass meine Füße. Sie riechen nach Schweiß.« Sie rappelt sich auf und taumelt dem Bett entgegen. Als Tubai sie stützen will, stößt sie ihn weg. »Fass mich nicht an. Merkst du nicht, dass ich stinke?«

Wie von einem Stromschlag getroffen, zieht Tubai die Hand zurück. Ratlos bleibt er hinter ihr stehen. Mendy sieht ihm sein Zaudern an und schraubt die Härte in ihrem Tonfall noch höher. »Du denkst an deine Portion Liebe, nicht wahr? Heute gibt's nichts mehr zu holen. Heute bin ich so leer wie ein blutloses Blatt Papier. Lass mich jetzt schlafen.« Sie zieht mit viel Lärm den Vorhang zu und lässt sich auf die Matratze fallen.

Tubai bedeckt die Augen mit den Händen und krallt die Finger in seine Kopfhaut. Die Frau ist wie ausgewechselt. Bis gestern war sie noch eine sanfte Schönheit wie aus der klassischen Malerei, heute ist sie ein müdes Stück Fleisch und riecht, als hätte sie in Bier und Schweinezungen gebadet. Was für ein Cocktailempfang kann das gewesen sein? »Bei wem bist du gewesen?«, fragt er kleinlaut.

»Das geht dich nichts an.« Sie nuschelt immer mehr, als würde sie gleich einschlafen. »Wenn du an meiner Haut schnuppern willst, dann warte gefälligst so lange, bis ich mich gewaschen habe. Ein Monat ist doch nicht lang. Jetzt geh und lass mich allein durch die Hölle gehen.« Sie dreht sich im Bett um, kurz darauf sind röchelnde Atemzüge zu hören.

Sorgen und Zweifel nagen an ihm. Dennoch verlässt er wie geheißen die Wohnung. Ziellos streicht er in der Stadt umher. Was hat er denn von diesem Leben? Ist er dazu verdammt, auch bei Mendy den Hund zu spielen?

Als er den Kopf hebt, merkt er, dass er wieder einmal im Tiergarten gelandet ist. Er klettert auf eine Linde und versteckt sich in ihrer üppigen Krone. Von hier aus kann er über den Kanal hinweg die Kamele im Zoo sehen. Er ist gern mit den schweigsamen Tieren allein, wenn er sich einsam fühlt.

Kapitel 14
Die Übergabe

Am Abend sind alle Formalitäten erledigt, und der Geschäftsmann Guan Baohan wird aus der Untersuchungshaft entlassen. Als er, von Yeye gestützt, die Wohnung betritt, starrt Michael ihn an und will sich dem Vater nicht nähern. Mit den ungepflegten, spärlichen Barthaaren, der schlaffen Haut und seiner unter den linken Arm geklemmten Krücke ist er eine fremde Erscheinung geworden. Erst auf das Drängen der Mutter hin stößt der Junge ein zaghaftes »Papa« hervor.

Aus der Küche kommt ein angenehmer Duft. Aus einem Topf hört man leises Blubbern. Im nächsten Augenblick erscheint Mendy mit einem Lächeln, sie wischt sich die Hände an ihrer Schürze ab. Über einen halben Monat hat sie den Vater nicht mehr gesehen. Als sie seinen gekrümmten Rücken und die schlotternde Kleidung an seinem Körper erblickt, trüben sich ihre Augen. »Wie schön, dass du wieder zu Hause bist, Papa.« Sie nimmt ihm die Krücke ab und hilft ihm, auf seinem alten Stuhl Platz zu nehmen. »Du bist dünner geworden, Papa. Aber das wird sich bald ändern.«

Die Heimkehr soll in der Familie gefeiert werden. Um ihren Vater nicht zu ärgern, ist Tubai von Mendy rechtzeitig aus der Wohnung geschickt worden. So zählen sie am Tisch nur vier Köpfe. Da das Kind nicht viel beitragen kann, müssen die beiden Frauen ordentlich um den Mann herumzwitschern, um eine fröhliche Atmosphäre zu schaffen.

Sie lächeln und bedienen ihn mit Eifer. Doch das Familienoberhaupt scheint keinen Appetit zu haben, jedenfalls schenkt er dem reichlich gedeckten Tisch keine Beachtung und hält die Augen geschlossen. Erst auf Drängen der Ehefrau lässt er sich eine Schale Suppe auf seinen Teller stellen. Mit gerunzelter Stirn führt er ein paar Löffel Brühe zum Mund, als wäre es bittere Medizin. Doch dann wird sein Gesicht milder, und er leert wortlos die Schale. Die beiden Frauen wechseln einen erleichterten Blick und loben wie aus einem Mund seinen Appetit. Nachdem er drei Schalen Suppe hintereinander gegessen hat, sind sie in bester Stimmung. »Papa, wenn du solchen Appetit hast, wird auch dein Bein bald gesund werden«, prophezeit Mendy.

»Wer hat denn die Hühner-Lotuswurzel-Suppe gekocht?«, will der Patriarch wissen.

»Ich«, meldet die Tochter stolz.

»Du? Um so etwas zustande zu bringen, musst du noch mindestens zehn Jahre üben«, erwidert der Vater mit ruhiger Stimme.

»Ich habe Mendy ein wenig geholfen«, behauptet die Ehefrau. Als sie seine herablassende Miene sieht, fügt sie schnell hinzu: »Das Rezept habe ich mir von Koch Lin sagen lassen.«

»Dein Kochniveau gleicht einer dreibeinigen Katze. Und du willst dich als Lehrmeisterin ausgeben?« Der Mann grinst ein wenig und scheint zum Scherzen aufgelegt zu sein. »Wisst ihr nicht, dass eine Lüge rund sein muss wie ein Fußball? Sonst wird sie sofort durchschaut.«

Die Frauen wechseln einen vielsagenden Blick. Das Essen hat in Wirklichkeit Tubai gekocht, und erst als das Familienoberhaupt nicht mehr weit von der Haustür war, wurde er aus der Küche entlassen. Mendy hat sich dann rasch die Schürze umgebunden, um dem Vater die fleißige Köchin vorzuspielen, als er in die Wohnung kam.

Da der Mann sie durchschaut, erzählen ihm die Frauen ein Märchen. Der Küchengott habe bemerkt, dass er im Gefängnis gelitten habe, und ihm etwas Gutes tun wollen. Michael habe mit eigenen Augen gesehen, wie er himmlische Gewürze in die Töpfe gestreut hat. Am Ende müssen sie selbst lachen.

Boss Guan lässt es gelten. Nach drei Schalen Suppe fühlt er sich so wohl, dass er sich von seiner Familie anstecken lässt und gutmütig mitlacht. »Ihr müsst den guten Koch nicht vor mir verstecken«, sagt er.

Nach dem Essen setzt Boss Guan sich aufs Sofa. Ehefrau Yeye beschäftigt sich mit Sohn und Küche. Mendy setzt sich zu ihrem Vater.

»Papa, du brauchst jetzt Ruhe für deine Genesung. Willst du die *Strahlende Perle* nicht mir überlassen?«

»Wozu brauchst du ein Restaurant, wenn du in ein paar Tagen die Arbeit bei deiner Bank aufnimmst? Das Restaurant wäre für dich doch nur ein Klotz am Bein.«

»Papa, als ich dich vertreten durfte, habe ich mich ganz wohlgefühlt. Und ich habe das Restaurant auch nicht schlecht geführt, nur mit dem …« Ihr fällt ein, dass sie heute lieber kein unheilvolles Wort wie »Konzert« oder »Brand« in den Mund nehmen sollte, und sie bricht den Satz ab. »Papa, ich glaube, ich habe Talent fürs Geschäft. Ich möchte mein Glück mit der *Strahlenden Perle* versuchen.«

»Du bist nicht der Typ fürs Restaurant«, meint der Vater und wendet sich von der Tochter ab. Weitere Erklärungen gibt er nicht ab.

»Papa, du hast sowieso kein Interesse mehr an dem Restaurant. Das habe ich schon gemerkt. Ich will, dass die *Strahlende Perle* bald wieder geöffnet wird. Ich habe sogar einen richtigen Koch.«

»Meinst du Tubai?«

Mendy gibt keine Antwort. Da ihr Vater sich müde zurücklehnt, kniet sie sich aufs Sofa und massiert ihm die Schultern.

Yeye hat einiges von dem Vater-Tochter-Gespräch mitgekriegt. Ihr fällt etwas ein. »Ach«, sagt sie, »das habe ich fast vergessen. Boss Hong will das Restaurant auch haben. Ich habe ihm gesagt, die Entscheidung liege in deiner Hand. Aber wir werden ihm natürlich entgegenkommen, nicht wahr?«

Mendy starrt Yeye an, als wäre sie eine glitschige Schnecke. Dann macht sie eine eigenartig obszöne Geste: Sie hebt zwei Finger ihrer linken Hand an die Nase und schnuppert angewidert daran. Yeye wird blutrot und wendet sich hastig ab.

»Der Goldene Drache soll zu mir kommen, wenn er das Restaurant haben will«, sagt Boss Guan gleichgültig. »Halte dich nun von ihm fern.«

Wortlos verschwindet die Ehefrau in der Küche. Nur

das etwas zu laute Klirren des Geschirrs zeigt ihre Unzufriedenheit.

Boss Guan wendet sich seiner Tochter zu. »Tubai ist ein Asylant und darf hier nicht arbeiten. Er wird uns eine Menge Ärger bringen. Ich habe ihn deshalb weggeschickt. Aber du hast ihn wieder zurückgeholt, nicht wahr? An der Suppe habe ich gleich gemerkt, wer hier in der Küche gekocht hat.«

»Papa, Tubai ist der beste Koch, den wir je hatten. Und ich glaube fest daran, dass sein Asylantrag in diesem Jahr noch genehmigt wird. Er hat sieben Jahre gewartet, und die Sieben ist eine magische Zahl.«

Der Vater pfeift durch die Zähne. »Eine Träumerin bist du immer noch. Und dazu noch von Kopf bis Fuß in deinen Koch verknallt. In diesem Zustand willst du Geschäfte machen?«

»Wenn du mir nichts geben willst, möchte ich jetzt gehen. Und du sollst nicht mehr nach mir rufen. Denn ich werde dir keine Antwort geben.« Sie bricht die Massage ab und sucht nach ihren Schuhen. Tränen treten ihr in die Augen. Sie verbirgt es, indem sie den Kopf senkt.

Der Vater verschluckt sich. Er hustet und tastet in der Tasche nach Zigaretten, findet aber nichts. »Wenn du so schnell aufgibst, wirst du nie eine erfolgreiche Geschäftsfrau werden«, sagt er und zieht die Tochter aufs Sofa zurück. »Du hast recht, du hast dein Studium hinter dir. Du bist jetzt erwachsen. Ich werde dich von nun an anders behandeln.« Er macht eine Denkpause. Mendy hält den Atem an.

»Gut. Das Restaurant gehört dir ein Jahr lang«, sagt der Vater. »Das ist mein Geschenk für dein Erwachsensein. Du brauchst mir keine Pachtgebühr zu zahlen, aber für alle Kosten musst du selbst aufkommen. Machst du Gewinn, wird das Besitzverhältnis verlängert. Machst du Verlust, übernehme ich das Restaurant wieder.«

Mit einem Siegerlächeln öffnet Mendy ihre Wohnungstür. Doch was sie sieht, lässt ihr Lächeln gefrieren. Tubai sitzt zusammengesunken auf seinem Sofa. Sein Kopf hängt kraftlos herunter und berührt fast die Knie. Neben ihm stehen ein kleiner Koffer und ein gepackter Rucksack bereit.

»Was machst du da? Willst du wieder weg?«, fragt Mendy erschrocken.

Tubai hebt den Kopf. Er sieht aus wie ein Mann mit zertrümmertem Rückgrat. Panisch hält sie ihn an der Schulter fest, als könnte er jeden Augenblick aus der Wohnung verschwinden. »Was ist passiert? Ist jemand gestorben?«

»Ich muss morgen nach Potsdam zurück«, sagt Tubai mit bleierner Stimme. »Die Ausländerbehörde hat es herausgekriegt.«

»Was denn?«, fragt Mendy.

»Dass ich falsche Angaben gemacht habe. Ich war doch gar nicht verheiratet. Deshalb habe ich so getan, als ob ich mein Bruder wäre. Aber jetzt wissen sie, dass der mit Frau und Kind noch in China ist.«

»Und wer bist du?«

»Ich heiße Tudong.«

Mendy steht wie eine Salzsäule da. »Warum hast du mir das nicht gesagt?«, fragt sie tonlos.

»Du bist so rein wie die weißen Wolken am Himmel. Ich habe mich oft geschämt, weil ich so ein grober Klotz bin.« Tubai vergräbt das Gesicht in den Händen. Nur die zitternden Haarspitzen zeigen, wie verzweifelt er ist.

Mendy setzt sich auf das Sofa. Ihr Gesicht ist finster. »Und warum hast du die Behörde angelogen?«

»Ich wollte weg aus der Heimat. Die rattenfetten Investoren dort haben mein Restaurant einfach abreißen lassen. Und die Lokalbehörden haben mich zwei Tage eingesperrt, weil ich protestiert habe. Das war der wahre Grund meiner Flucht. Aber der Schlangenkopf, der mich hierhergeschleust hat, sagte, ich sollte mir lieber eine Geschichte über Ein-Kind-Politik und Behördenwillkür ausdenken. Die Deutschen hätten ein Herz für solche Geschichten. Da mir nichts Besseres einfiel, habe ich einfach die Geschichte meines älteren Bruders genommen.«

»Und wie soll ich dich jetzt nennen?«

»Gib mir einen Namen. Ich werde immer antworten, wenn du nach mir rufst.«

»Gut, für mich bleibst du Tubai.« Mendys Stimme bleibt unterkühlt. »Gibt es noch etwas, das ich wissen muss?«

»Der Anwalt hat gesagt, er kann zwar Einspruch einlegen, aber dann muss ich sehr wahrscheinlich in den Knast, um auf den Prozess zu warten.« Tubai reibt sich die Wangen und seufzt. »Ich glaube, die Flucht war von Anfang an falsch. Jetzt will das Schicksal wieder geradebiegen, was ich krumm gemacht habe.« Tubais Stimme zittert. »Ich will nicht in den Knast. Dazu bin ich doch nicht hierhergekommen. Lieber lasse ich mich freiwillig abschieben.«

»Was? Nach all den Jahren willst du nach China zurück? Glaubst du, die warten auf dich und bereiten dir einen freudigen Empfang? Wahrscheinlich werden sie dich vom Flughafen direkt in den Knast bringen, als einen Verräter.«

»Das wird wohl mein Schicksal sein. Ich muss die Suppe auslöffeln, die ich mir eingebrockt habe.« Tubai ringt die Hände, und sein Gesicht ist von Kummerklumpen erfüllt wie eine Bittermelone.

Eine Weile schweigen die beiden. Als Mendy den Mund wieder aufmacht, ist ihre Stimme voller Traurigkeit. »Was ist mit mir? Willst du mich allein zurücklassen?«

»Nein, niemals möchte ich dich verlassen. Aber was kann ich gegen einen Abschiebungsbefehl tun?« Als wäre ein Damm gebrochen, beginnt er nun doch zu weinen. »Ich habe all die Jahre ausgehalten, nur weil du da bist. Und nun ist es aus. Nun werde ich doch abgeschoben.«

Mendy springt auf. In ihrem Kopf dröhnt es, als redeten mehrere Stimmen gleichzeitig. Wut? Trauer? Enttäuschung? Ratlosigkeit? Alles brandet in ihrer Brust auf. Doch für Gefühlsausbrüche ist keine Zeit. Sie muss ganz nüchtern sein, wenn sie einen Ausweg finden will.

Sie lässt den Mann mit seinem Schluchzen allein und schleppt sich in die Küche. Lange steht sie am Fenster und starrt in die Bäume, bis sie eine Idee hat: Sie wird Oswald anrufen und ihn um Rat bitten. Deutschland ist ein Rechtsstaat. Also muss sie einen Rechtsweg finden, um Tubai zu behalten.

Sie greift nach dem Hörer. Was für ein Glück! Oswald meldet sich gleich am Telefon. Nach einem langen Gespräch hat er ihr die Lösung genannt: Sie muss eine Deutsche finden, die Tubai heiratet, und diese Frau muss bereit sein, vor den Behörden aufzutreten und zu beschwören, dass sie Tubai liebt und für ihn sorgen wird, wenn er keine Arbeit hat. Nur wenn sie die Behörden überzeugen kann, dass es keine Scheinehe ist, werden diese Tubai erlauben, in der Stadt zu bleiben und hier zu arbeiten.

Und wie soll man einen Mann heiraten, der seine Identität durcheinandergebracht hat? Auch dafür weiß Oswald Rat. Die Heiratswilligen sollen nach Dänemark fahren und dort heiraten. Dort ist das Standesamt nicht so streng und verlangt viel weniger Unterlagen als die deutschen Behörden. Wenn der Mann einen Ausweis und eine Aufenthaltsgenehmigung vorlegen kann, können die zwei auf dänischem Boden noch am selben Tag Mann und Frau werden.

Als Mendy sich Tubai zuwendet, spricht sie in zuversichtlichem Ton. »Mach dir keine Sorgen. Ich werde eine Lösung finden. Leg dich schlafen. Ich muss noch ein bisschen nachdenken.«

Zum Nachdenken verkriecht Mendy sich ins Bett und zieht den Vorhang zu. Tubai würde so gern die letzte Nacht in ihrer Nähe verbringen, aber er wagt nicht, sich zu ihr zu legen. Ohne sich auszuziehen, wirft er sich auf das Sofa, findet aber genauso wenig Schlaf wie seine Zimmergenossin. Beide wälzen sich hin und her und seufzen, als befänden sie sich in einem Wettkampf der Schlaflosigkeit.

Es vergeht eine Ewigkeit, bis Tubai in einen Albtraum gleitet. Auf einmal befindet er sich an einem Ort, der fremd und verlassen ist. Als er über eine bröckelnde Mauer steigt, erstreckt sich unerwartet eine Wildnis vor ihm. In der Ferne grasen Stiere und Mammuts, und es scheint, als wären sie hier zu Hause. Tubai hat Durst und macht sich auf die Suche nach einem Fluss. Aber der Fluss ist gelb und schlammig. Und jetzt kommen die wilden Tiere auch noch auf ihn zu. Sie senken die Hörner und heben die Stoßzähne. Wohin soll er flüchten? Die Tiere bilden eine breit gefächerte Front, sodass sie alle Fluchtwege abschneiden. Er versteckt sich hinter einem jungen Baum, weiß aber, dass ihn die tonnenschweren Tiere trotzdem zermalmen werden. Er macht sich ganz klein und hofft, dass sie ihn übersehen. Vielleicht wollen sie ja nur Wasser trinken. Aber ein Mammut mit riesigen Stoßzähnen kommt direkt auf ihn zu. Es streckt ihm den Rüssel entgegen und berührt seinen Arm. Er stößt einen Schrei aus …

Um ihn herum ist alles dunkel. Doch er spürt tatsächlich eine Berührung an seinem Arm.

»Bist du das, Mendy?« Er greift nach der fremden Hand und hofft, dass sie nicht gleich wieder zurückgezogen wird.

»Willst du mich heiraten?«, fragt die schattenhafte schlanke Figur, die sich auf das Sofa gesetzt hat.

»Heiraten?« Tubai glaubt, er träume jetzt erst recht. »Du bist ein Sonnenstrahl, ich bin nur ein Staubkorn. Wie sollen wir heiraten können?«

»Red keinen Quatsch«, befiehlt der Schatten. »Ich hab einen deutschen Pass. Ich bin Deutsche. Wenn ich dich heirate, ist dein Aufenthaltsproblem hier gelöst. Willigst du ein oder nicht?«

Tubai zögert. Dann fragt er vorsichtig: »Liebst du mich denn?«

»Darum geht es nicht. Es geht um dein Bleiberecht.«

»Ich hab's geahnt. Du liebst mich nicht«, sagt er enttäuscht. Er lockert den Griff seiner Hände, doch ganz will er nicht loslassen.

»Das habe ich nicht gesagt«, sagt die vertraute Stimme.

»Nein?«

»Nein.«

»Aha«, macht der Mann. Plötzlich streckt er die Hände aus, zieht Mendy im Dunkel zu sich auf die Couch und stürzt sich auf sie wie ein Ertrinkender. Sie wehrt sich und schlägt um sich. Aber ihre Fäuste sind für Tubai wie Watte. Er küsst sie, drückt sie fest an sich und streichelt sie, bis sie ganz weich wird und schmilzt.

Zwei Tage später weiß Tubai, wie die Ausländerbehörde zu ihrer Entscheidung kam. Sein Anwalt hat Einsicht in seine Akte bekommen.

Vor einem Monat hat ein Chinese namens Lin Yaonan den Asylsuchenden Zhao Tubai bei der Ausländerbehörde angezeigt. Er informierte die Behörde, dass Tubai Schwarzarbeit im Chinarestaurant *Strahlende Perle* in Berlin geleistet habe. Außerdem heiße Tubai in Wirklichkeit gar nicht Tubai, sondern Tudong. Und der echte Tubai sei vier Jahre älter und lebe in China.

Nach sieben Jahren der Prüfung war die Behörde eigentlich zu der Entscheidung gekommen, Tubai Asyl zu gewähren. Aber jetzt sieht alles ganz anders aus. Man bittet die chinesische Botschaft um Amtshilfe, und durch eine Verkettung unglücklicher Umstände – ein allzu tüchtiger Konsulatsbeamter, ein übereifriger Polizist in Fujian, eine ahnungslose Verwandte am Telefon in Dahu – erhält die Behörde tatsächlich bereits nach zwei Wochen Auskunft: Tubai hat geschwindelt. Er ist jetzt ein »Wirtschaftsflüchtling«. Und Deutschland soll er verlassen, sonst wird er abgeschoben. Für die Schwarzarbeit muss er auch noch bestraft werden. Aber dazu ist die Behörde bisher nicht gekommen.

Mendy ist erschrocken, als sie abends nach Hause kommt und erfährt, dass Koch Lin derjenige ist, der Tubai denunziert hat. Steckt womöglich der Goldene Drache dahinter? »Woher kennt Koch Lin die Geschichte deiner Familie?«

»Er war am Anfang nett zu mir und hat mir geholfen. Ich habe gedacht, er wäre ein großer Bruder für mich, und habe ihm alles anvertraut.«

»Hast du eine Ahnung, warum er dich denunziert hat?« Mendy schenkt sich ein Glas Wasser ein und trinkt es in einem Zug leer.

»Nein«, sagt Tubai, ohne den Blick von der Pfanne abzuwenden.

Mendy nickt nachdenklich. Dann nähert sie sich dem Herd und wirft einen prüfenden Blick in Tubais Gesicht. »Hasst du ihn jetzt?«

»Nein. Mich heiratet bald die schönste Frau. Ich habe keinen Platz für Hass«, grinst Tubai. »Komm, probier mal. Dein Lieblingsessen, Reisscheibennudeln.« Tubai hält ihr auf dem Wender ein Stückchen hin.

Mendy saugt es gierig mit ihren Lippen ein, aber kaum ist sie fertig damit, drückt Tubai ihr einen Kuss auf den Mund. Sie lässt ihn kurz gewähren, dann schiebt sie ihn von sich. »Ich muss nach dem Essen weg. Warte nicht auf mich. Ich komme heute nicht nach Hause.«

»Musst du wieder tanzen gehen?«, fragt Tubai.

»Ja, ich muss wieder tanzen gehen«, sagt Mendy mit belegter Stimme. »Und du gehst zum Deutschunterricht, versprichst du es mir?«

Nach sieben Tagen sind die nötigen Unterlagen zur Heirat da. Den Ausweis unter seinem richtigen Namen hat Tubai von seiner Familie eilig geschickt bekommen, und die nötige Aufenthaltsgenehmigung hat Mendy für ihn erbettelt. Sie ist zur Ausländerbehörde gegangen und hat erklärt, dass sie Tubai heiraten wolle. Als der Beamte nach Tubais Schwarzarbeit fragt, gesteht sie, Tubai im Restaurant ihres Vaters bei der Arbeit gesehen und kennengelernt zu haben. Die fällige Geldstrafe werde sie gern bezahlen. Der Beamte ist über ihre kooperative Haltung erfreut. Da wegen Tubais Schwarzarbeit noch ermittelt wird, könne er Deutschland noch nicht verlassen, sagt er. Er werde als Zeuge gebraucht. Man werde ihm eine Aufenthaltsgenehmigung für einige Tage erteilen …

Als sie aus dem nüchternen Backstein-Rathaus in Tønder heraustreten und sich zum Atemholen unter die

Linde stellen, die ihre Blätter über den Rathausplatz breitet, strahlt Tubai über das ganze Gesicht. Noch nie hat er so glücklich ausgesehen wie heute. »Du bist ab jetzt meine Frau, Mendy«, sagt er voller Stolz. »Ich habe die schönste Perle der Welt.« Er ist wie berauscht.

Mendy sieht dagegen nüchtern aus wie ein Glas Wasser. »Ich habe dir gesagt, du sollst die Heirat als eine formelle Sache betrachten. Ich stecke bis zum Hals in Schulden. Eine Strafe wegen Schwarzarbeit kommt auf dich zu. Und eine viel größere wird mein Vater bekommen, weil er dich beschäftigt hat. Und dann habe ich auch noch andere … Verpflichtungen. Ich will dich damit nicht belasten.« In Mendys Stimme schwingt Bitterkeit mit.

»Mach dir keine Sorgen. Ich werde wie ein Elefant arbeiten. In zwei oder drei Jahren sind bestimmt alle Schulden weg. Dann gründen wir eine Familie.« Tubai lässt sich seine Begeisterung nicht verderben.

Mendy lächelt. »Jetzt wirst du erst mal mein Geschäftsführer. Und das feiern wir mit einem Glas Wein.«

Kapitel 15
Die Neueröffnung

Am 2. Juni soll Mendy ihre Arbeit bei der Bank aufnehmen. Tubai will seine Frau am ersten Tag unbedingt bis zur Pforte begleiten. Aber Mendy lächelt verlegen. »Jetzt, da du der Chef unseres Restaurants bist, brauchst du einen ordentlichen Anzug. Aber ich bin so arm, dass ich dir keinen schenken kann. Und mit deinem schweißfleckigen T-Shirt kannst du nicht mit zu meiner Bank kommen.«

Tubai schluckt. »Nun, dann gehe ich ein paar Meter hinter dir. Niemand wird merken, dass wir Mann und Frau sind.«

Mendy krault ihm das Haar. Eigentlich nur ein kleines Zeichen der Zuneigung, aber für Tubai das Signal, seine Frau in die Arme zu schließen und seinen Anspruch auf sie zu erneuern.

Zur Bank darf er trotzdem nicht mitgehen, denn am nächsten Morgen kommt alles ganz anders. Himmelsstachel, der Chauffeur des Goldenen Drachen, holt die junge Frau mit dem schwarzen BMW seines Dienstherrn ab und fährt sie zur Arbeit. Tubai darf seine Frau noch nicht einmal zur Haustür begleiten. Ihm bleibt nichts anderes übrig, als mit einem sehnsüchtigen Blick vom Fenster aus zuzusehen, wie Mendy mit ihren Stöckelschuhen über den Hof geht und in der Ausfahrt verschwindet.

Tagsüber beschäftigt er sich weiter mit der Innenausstattung des Restaurants. Denn er weiß, solange die *Strahlende Perle* geschlossen bleibt, so lange wächst der Schuldenberg weiter. Am Abend kocht er ein feines Essen, um Mendy den ersten Arbeitstag zu versüßen. Um sieben Uhr ist er mit Kochen fertig. Doch seine Frau ist noch immer nicht da. Genauso wenig um acht. Stattdessen klingelt das Telefon. Mendy teilt ihm in kurzen Sätzen mit, der erste Arbeitstag sei gut gelaufen. Aber sie werde nach der Arbeit abgeholt und könne heute nicht nach Hause kommen. Er solle nicht auf sie warten.

Mendys Stimme klingt wie immer vertraut und betörend. Doch Tubai hat das Gefühl, dass sie auch etwas erstickt und gehetzt klingt, als hätte sie vorher geweint. Sie zappelt wie ein Vogel in einem Käfig aus Glas, und er ist wie ein hässlicher, dummer Maulwurf, der nicht weiß, wie er sie befreien soll. Ein Gefühl der Ohnmacht lähmt seine Glieder. Er beißt sich auf die Fäuste, bis das Blut fließt und der Schmerz groß genug ist. Solange Mendy bei einem anderen Mann ist, wird er keine Ruhe finden.

Erst am nächsten Abend ist Mendy wieder zu Hause. Sie kommt direkt von der Arbeit und sieht erschöpft aus. In Tubais Richtung schickt sie ein Lächeln, doch sie berührt ihn nicht, sondern bleibt auf Distanz. Was Tubai als Erstes auffällt, ist, dass sie ein Kleid trägt, das er überhaupt nicht kennt. Zu seinem Kummer muss er zugeben, dass es ihr sehr gut steht. Man sieht sofort, dass es keine billige Ware ist. Auch die Kette an ihrem Hals ist neu. Tubai hat das Gefühl, als schnüre ihm ein Python den Körper zusammen.

»Wo ist dein Kostüm geblieben?«, fragt er mit tonloser Stimme.

»Ah, ich muss heute zu einer Party«, erklärt Mendy erschöpft. Sie hat sich an ihren Schreibtisch gesetzt und kramt gerade in ihrem Schmuckkästchen. So, wie es aussieht, hat sie nicht das gefunden, was sie sucht. Sie blickt nervös um sich und merkt, dass Tubais Hand blutig ist.

»Hast du dich mit jemandem geprügelt?«

Tubai versteckt die Hand und tut so, als ob nichts wäre. Aber Mendy ahnt, was ihn quält. »Wenn ich ein wenig Geld verdient habe«, sagt sie, »dann gehen wir woandershin, an einen besseren Ort, und fangen noch einmal ganz neu an.«

»Nein, es gibt keinen heilen Ort auf der Erde«, sagt Tubai kalt. Obwohl sie dicht neben ihm sitzt, rührt er sie nicht an. »Du musst doch bei deiner Bank bleiben, und ich will bei dir bleiben. Ich bin mir ganz sicher: Die *Strahlende Perle* wird unser Glück.«

»Wir bleiben für immer zusammen, Tubai. Aber du musst noch Geduld haben.« Ehe sie weitersprechen kann, klingelt auch schon ihr Handy. Es heißt, das Auto warte unten auf sie, um sie zum Friseur zu bringen.

Auch wenn ihr manche Stunden wie Jahre vorkommen, irgendwann hat die Qual ein Ende. Mendys Herz hüpft bis zum Hals, als es Mitternacht schlägt. Die Stunde null! Die vereinbarte Zeit für den Liebesdienst bei Boss Hong ist vorbei. Sie ist jetzt frei, frei wie ein Vogel. Und sie darf wieder fliegen, wohin sie will. Am liebsten möchte sie aus der Wohnung stürmen und durch die nächtliche Stadt tanzen, um ihre wiedergewonnene Freiheit zu feiern.

Doch sie beherrscht sich und bleibt still liegen. Die Freiheit liegt zwar vor der Tür, aber sie muss noch dahin gelangen. Ob sie das schaffen wird? Ob der Goldene Drache sie gehen lassen wird? Alles ist ungewiss.

Neben ihr schnarcht der Mann mit offenem Mund und schlappen, wulstigen Lippen vor sich hin und scheint keine Ahnung von ihren Gefühlen und Ängsten zu haben. Gegen fünf Uhr wacht er auf, weil ihn die Blase drückt. Als er vom Bad zurückkommt, sitzt Mendy am Bettrand und angelt nach ihrer Kleidung. Ihr strahlendes Gesicht ist wie ein Stachel in seiner Seele.

»Täubchen, willst du schon gehen? Es ist doch noch Schlafenszeit«, sagt er.

»Die Sonne steht bald vorm Fenster, der Tag rattert durch die Luft, und die Arbeit ruft. Ich kann nicht mehr schlafen.« In jedem ihrer Worte hüpft die Freude wie ein elastisches Bällchen mit.

Der Goldene Drache lässt sich ins Bett fallen und umfasst Mendy von hinten. »Wenn ich dich aber nicht gehen lasse?«

»Dann begehst du Vertragsbruch. Das wird ein böses Nachspiel haben«, sagt sie mit gespieltem Ernst. Seine Hand gleitet unter dem Pyjama zu ihrer Brust. Sie hält kurz inne, lässt ihn jedoch gewähren. Dann beugt sie sich vor und versucht ihre hauchdünnen Strumpfhosen anzuziehen. Doch er zieht sie zu sich heran und streift ihr die gerade angezogene Strumpfhose wieder herunter.

»Empfindest du gar nichts für mich?«, fragt er und drängt mit dem Knie zwischen ihre geschlossenen Beine. Seine Augen suchen nach ihren. Doch sie weicht seinem Blick aus.

»Wenn du nach meinen Empfindungen fragst, dann kann ich nur sagen, ich empfinde momentan einen beklemmenden Druck auf meinem rechten Bein. Ich glaube, es wird bald taub, wenn du dich weiter darauflegst«, sagt sie kühl.

Der Goldene Drache verlagert zwar sein Gewicht, drückt sie aber weiter fest an sich. Ihr warmer Körper reizt seine Sinne und weckt das Verlangen in ihm. Er beginnt sie zu küssen. Dann dringt er in sie ein und stöhnt bei jeder Bewegung. Aber sie ist nicht aktiv mit dabei, sondern liegt da wie ein abgefallenes Blatt. Ihr Blick ist leer, und ihre Kehle bleibt stumm. Die vereinbarte Zeit ist vorbei. Sie lässt ihn spüren, dass sie mit ihrer Seele schon fort ist. Auf einmal wird ihm klar, wie ausgelaugt er eigentlich ist. Bis auf den letzten Tropfen hat sie ihn ausgequetscht, eigentlich muss sie ganz voll von ihm sein. Jetzt tun ihm sogar die Knochen weh, als wäre kein Mark mehr darin. Sein fünftes Glied schrumpft rasch zusammen. Er rollt sich zur Seite und lässt ihren Körper frei.

»Ich habe alles getan, was ich für dich tun sollte. Ich habe sogar mehr getan als vereinbart. Jetzt werde ich gehen«, sagt Mendy und setzt sich auf. Die Dämmerung dringt durch den Vorhang herein und lässt die Gegenstände im Zimmer erkennen.

»Merkst du nichts? Ich habe dir einiges beigebracht, habe deine Sinnlichkeitszone erweitert, habe dich vor Lust schreien hören. Tu nicht so, als wäre ich gar nichts für dich. Du bist nicht pünktlich um Mitternacht weggelaufen. Das sagt doch, dass du etwas für mich empfindest.«

»Wozu reden wir über Gefühle? Sie verfaulen bei dir so schnell wie Bananen.« Mit dem Rücken zu ihm zieht sie sich ihren Büstenhalter an. »Wir hatten eine Vereinbarung. Das Herz und die Gefühle waren nicht Gegenstand dieser Vereinbarung.«

»Wenn ich dich eines Tages aber dermaßen vermisse, dass ich krank werde, wirst du schon zu mir kommen und mich trösten, nicht wahr?«, bohrt der Mann.

»Wenn du drei Jahre lang wie eine Nachtigall vor meinem Fenster singst, werde ich es mir überlegen«, sagt Mendy lächelnd. »Wann fängst du denn mit dem Singen an?«

»Glaubst du etwa, dieser dürre Hungerleider und Analphabet ist der richtige Mann für dich?«, fragt er.

»Wir haben ein Restaurant, und Tubai ist ein Koch. Ein Restaurant braucht Köche, genauso wie dein Unternehmen die Angestellten braucht.« Eine leichte Ungeduld schwingt in Mendys Stimme mit.

Lustlos kratzt Boss Hong sich zwischen den Beinen. »Kann ich auch etwas für dein Restaurant tun, Täubchen?« Er setzt sich auf und schaut der Frau unglücklich beim Ankleiden zu.

»Nein, danke.«

»Komm schon. Ich habe gehört, du brauchst immer noch Geld, um euer Restaurant auszustatten.«

»Du hast überall Ohren«, sagt Mendy. Sie muss nur noch die Schuhe anziehen, dann ist sie wieder eine korrekte Bankangestellte. Sogar die Bluse, die sie über Nacht auf einen Stuhl gehängt hat, ist sauber und glatt.

»Täubchen, sei nicht so eilig. Ich habe noch ein Geschenk für dich.« Er zieht die Schublade des Nachttisches auf und holt einen Scheck heraus. »Für deinen Start in die Zukunft.«

Mendy geht barfuß um das Bett, nimmt den Scheck in die Hand und starrt ihn an. »Zwanzigtausend Euro«, steht darauf geschrieben. »So ein teures Geschenk habe ich nicht verdient.« Sie steckt den Scheck in die Schublade zurück. Nach einer kurzen Überlegung setzt sie sich neben den Mann und küsst ihn auf die Lippen. »Wenn du mir wirklich ein Geschenk machen willst, dann möchte ich dich bitten, uns keinen Schaden zuzufügen und auch andere davon zurückzuhalten.«

»Aha, du willst meinen Schutz«, stellt der Goldene Drache fest. Man spürt, es geht ihm wieder besser.

»Nur ein klitzekleines Geschenk. Die gefährlichsten Männer in dieser Stadt stehen alle in deinem Dienst. Dein Wille steht über allem, nicht wahr?« Sie trippelt zu ihrer Seite des Betts zurück und steckt ihre Füße in die hochhackigen Schuhe. »Ich bin keine undankbare Frau. Ich werde mich revanchieren.« Sie holt einen hölzernen Kamm aus ihrem Nachttisch und glättet sich damit das Haar. Dann ist sie fertig. Jetzt könnte sie gehen. Doch sie spielt mit dem Kamm und bleibt zögernd neben dem Bett stehen.

»Gut. Auf diesen Satz habe ich gewartet«, sagt Boss Hong. »Ich werde dir den Schutz geben, den du brauchst.«

Mendy legt den Kamm ab und greift nach ihrer Tasche. An der Tür bleibt sie stehen und winkt ins Zimmer zurück. »Danke für alles. Die Stunden mit dir sind unvergesslich«, sagt sie und lächelt wie ein Kind, das keine Last und keinen Kummer kennt. Und gerade dieses reine Lächeln lässt den Adamsapfel des Mannes anschwellen. Er ist sich sicher, er wird sie noch einmal in die Arme schließen. Aber das Beste wäre, er bekommt sie, wenn er Lust dazu hat.

Er gibt ihr zu verstehen, dass sie noch nicht gehen soll, steht auf, holt den Scheck aus der Schublade, geht zu ihr hin und drückt ihn ihr in die Hand. »Das ist für dein Restaurant, okay? Jetzt, wo du mich als Schutzpatron hast, kann ich es doch nicht zulassen, dass du als Unternehmerin scheiterst.«

»Als Geschenk kann ich es wirklich nicht annehmen, und kreditwürdig bin ich derzeit auch nicht«, entgegnet Mendy. Da der Mann den Scheck nicht zurücknimmt, geht sie zurück zum Tisch und legt ihn dort ab.

»Komm, mach kein Theater! Ich weiß doch, dein Diplom ist gekauft, und das musst du auch noch bezahlen …«

Mendys Augen versprühen Gift und Galle. Voller Zorn hebt sie die Hand und verpasst ihm eine schallende Ohrfeige, aber er lacht nur. Mit zusammengekniffenen Augen holt Mendy erneut aus, aber der Goldene Drache hält ihren Arm fest.

»He, das war doch ein Scherz«, grinst er. »Eine gute Geschäftsfrau darf niemals die Fassung verlieren.«

Keuchend schaut Mendy weg. Sie hört auf, mit ihm zu ringen.

Der Mann lässt sie los. Er faltet den Scheck und steckt ihn in ihre Handtasche. »Fallst du irgendwann heiratest, werde ich dir eine Mitgift geben.« Dann macht er die Tür auf. »Du kannst noch viel von mir lernen. Kommst du wieder?«

Mendy nickt stumm und küsst automatisch die Lippen, die er ihr zum Abschied hinstreckt. Schwankend geht sie hinaus, als ob sie betrunken wäre.

Zwei Tage später wird Hochzeit gefeiert. Nein, nicht die von Mendy, sondern die ihrer Freundin Yulin.

Das Restaurant *Strahlende Perle* ist neu ausgestattet und wartet nur noch auf seine Eröffnung. Yulin und Mendy haben beschlossen, dass die bösen Geister der Vergangenheit am besten durch eine große Feier verscheucht werden können.

An einem Samstagabend strömen die Gäste ins Restaurant: Chinesen, Deutsche, Koreaner, Franzosen … Jung und Alt, frische Gesichter und welke Körper, eine bunte Mischung, die in Berlin keine Seltenheit ist. Sie begrüßen sich, scherzen miteinander und machen fröhlichen Lärm. Es dauert nicht lange, dann ist die *Strahlende Perle* brechend voll. Einige strömen wieder hinaus und unterhalten sich mit einem Glas in der Hand vor der Tür. Der Sommer hat zwar noch nicht begonnen, aber der Abend ist warm genug.

Als ein laut hupender Autokorso vor der Tür hält und Braut und Bräutigam aus ihrem mit Blumen geschmückten Wagen aussteigen, johlt und jubelt die Menge, und Feuerwerkskörper werden gezündet. Der Lärm ist so groß, dass der Boden bebt.

Im Lokal ertönt Hochzeitsmusik. Auf der Bühne stehen Oswald, Marcel und ein paar Freunde von ihnen und heizen die Stimmung an. Als Mendy in einem roten Kleid auf die Bühne tritt und eine kurze Begrüßungsrede hält, gibt es lauten Applaus. Anschließend beginnt das Programm mit einer Liebeserklärung des frisch vermählten Ehepaars vor allen Gästen, dem Tausch der Eheringe, gemeinsamem Trinken aus einem Glas, Umarmungen, Küssen und zahlreichen Glückwünschen …

Dann taucht der Chefkoch Tubai im schneeweißen Hemd auf. Die schwarze Fliege, die Mendy ihm zum Geburtstag geschenkt hat, verleiht ihm geradezu westliche Eleganz. Als er das Menü für den heutigen Abend verkündet, brechen die Chinesen im Publikum in lautes Gelächter aus. Denn die Namen einiger Gerichte klingen recht anzüglich.

Während des Essens tritt Mendy erneut auf die Bühne und singt Liebeslieder für ihre Freundin und deren Mann. Man könnte meinen, sie wollte nun doch noch eine Karriere als Sängerin starten. Ihre Stimme ist klarer und reiner denn je, aber zugleich auch gebrochen und sinnlich. In ihrem Auftritt steckt so viel Leidenschaft, dass den Zuhörern das Blut in den Kopf steigt. »Komm zu mir heute Nacht. Meine Tür steht einen Spalt offen …«, haucht sie mit geschlossenen Augen ins Mikrofon.

Unter den Gästen befinden sich auch der Goldene Drache und seine Leute. Während seine Männer nur Stehplätze haben, sitzt er am Tisch und speist zusammen mit Boss Guan, seiner Ehefrau Yeye und anderen Unternehmern. Dass er sich von Mendys Stimme verzaubert fühlt, steht ihm ins Gesicht geschrieben. Er ist selbst überrascht, wie ihn diese junge Frau immer noch in ihren Bann zieht, obwohl er jeden Zoll ihres Körpers erkundet hat. Als er merkt, dass Mendy manchmal nach hinten verschwindet, um in ein neues Kostüm zu schlüpfen, hat er eine Idee.

Da die Szenen auf der Bühne schnell wechseln, bietet sich bald eine Gelegenheit für ihn. Mendy verlässt gerade die Bühne, um Yulin und Anton für ein Liebesduett Platz zu machen. Durch die offene Küchentür registriert er, dass die junge Frau in die Küche geht und dann durch die Hintertür in den Hof verschwindet. Es liegt nahe, dass sie sich im Sonnenzimmer im Hinterhaus umziehen will.

Inzwischen haben sich die meisten Gäste den Bauch vollgeschlagen und bleiben nicht länger an ihren Tischen sitzen, sondern wandern hierhin und dorthin, um sich zu unterhalten. Der Goldene Drache gibt seinem Leibwächter ein Zeichen, dass er ihm nicht folgen soll. Dann steht er auf, tut so, als wäre es ihm zu heiß, und schlendert mit einem Glas in der Hand in den Hof.

Es ist ein schöner Hof mit Bäumen, Hecken und Bänken. Drei Paare stehen unter den Bäumen und plaudern. Ihre Gesichter kann der Goldene Drache in der Dunkelheit nicht erkennen, aber Mendy ist nicht darunter. Schnurstracks geht er auf das Hinterhaus zu. Er stellt sich vor, wozu das Sonnenzimmer gut ist, und grinst schon vor Freude.

Aber als er die Tür zum Hinterhaus aufreißt und die Treppe zu Guans Sonnenzimmer hinaufschleicht, fliegt plötzlich ein Tuch aus dem Dunkel und nimmt ihm die Sicht. Bevor er sich befreien kann, erhält er einen Fausthieb aufs rechte Ohr und taumelt die Treppe hinunter.

Als er wieder zu sich kommt, liegt Boss Hong tatsächlich im Sonnenzimmer. Rücklings auf der Couch und benommen.

Mehr als ein halbes Dutzend Gesichter beugen sich über ihn: Guan Baohan, Yeye, Himmelsstachel, sein Leibwächter, Gingko, Mendy und Tubai. Alle sehen besorgt aus.

»Was ist los?«, fragt er kläglich.

»Du bist die Treppe hinuntergefallen«, sagt Guan Baohan ernsthaft.

»Und warum ist meine Hose so nass?«

Guan Baohan schweigt verlegen. Auch Mendy will ihm nicht sagen, dass er die Kontrolle über seine Blase verloren hat.

»Wir haben dir einen Eisbeutel zwischen die Beine gelegt«, sagt sie errötend. »Für den Fall, dass du dir bei deinem Sturz die Hüfte verstaucht hast.«

Der Goldene Drache richtet sich auf, sein Steißbein tut höllisch weh. »Ich glaube, ich fahre besser nach Hause«, sagt er und schlägt die Augen nieder.

Sofort springen Himmelsstachel und der Leibwächter an seine Seite und helfen ihm auf. Als auch Tubai ihm helfen will, winkt Boss Hong müde ab. Er will zum Schaden nicht auch noch den Spott haben. Mühsam humpelnd geht er die Treppe hinunter, während die anderen ihm folgen wie der Hofstaat einem gestürzten Tyrannen.

»Ein schönes Fest«, sagt er würdig, während ihn der

Leibwächter stützt und Himmelsstachel den Wagen herbeiholt.

»Wir danken dir, dass du gekommen bist«, sagt Mendy höflich.

Vorne in der Gaststätte neigt sich indessen die Feier dem Ende entgegen. Es ist kurz vor Mitternacht. Das frisch vermählte Paar will sich in seine Wohnung zurückziehen und dort weiterfeiern. Auch viele Gäste steigen in ihre Autos. Nach chinesischer Sitte muss das Brautgemach vor der Brautnacht mit Lärm und Leben gefüllt werden. Mendy und Tubai stehen vor dem Restaurant und winken dem Tross zu.

»War das nicht eine schöne Hochzeitsfeier?«, fragt Mendy. »Das war ein guter Start für die neue *Strahlende Perle*.«

»Wir haben auch geheiratet«, erwidert Tubai bedrückt. »Ich bin dein Mann, aber niemand weiß es außer der dummen Behörde! Du bist meine Frau. Hast du das schon vergessen?«

Mendy wirft ihm einen scharfen Blick zu. »Nein, Tubai, gar nichts hab ich vergessen«, sagt sie mit fester Stimme. »Ab morgen hat unser Restaurant normale Öffnungszeiten. Wenn du die *Strahlende Perle* ein Jahr lang gut führst und wenn du mich bis dahin immer noch lieb hast, heiraten wir noch einmal. Und wir werden so prächtig feiern, dass sich ein lachendes Meer um uns bildet.«

»Und was ist, wenn ich keinen Erfolg habe?«

»Dann wird mein Vater uns beide rausschmeißen, und wir müssen flüchten, um nicht seine Wutanfälle ertragen zu müssen«, sagt Mendy kichernd. »Dann können wir uns nur eine Mäusehochzeit leisten.«

»Weißt du was? Nächstes Jahr wird das Meer schäumen!« Tubais Augen beginnen zu leuchten.

»Bist du dir sicher?«

»Mäusesicher!« Er zieht Mendy aus dem Licht der Straßenlaternen ins Dunkel und schließt ihren Mund mit einem innigen Kuss, der sie beinahe erstickt.

Epilog

Nach der Feier packt Oswald seine Gitarre ein und macht sich auf den Heimweg. Um sich abzukühlen, wählt er die bewährte Methode, zu Fuß nach Hause zu gehen.

Es ist kurz nach Mitternacht. Auf der Straße sind kaum Menschen unterwegs. Die Luft riecht feucht und frisch. Oswald mag diese nächtliche Leere. Er braucht einen klaren Kopf. Denn er hat sich heute Abend von Neuem gewaltig in Mendy verliebt.

Eine kühle Brise umschmeichelt ihn, und eine neue Melodie fällt ihm ein: *Tam, ta, tatam, ta* … Es ist, als hätte man ihm an einem heißen Sommertag ein Glas frisches Wasser gereicht. Er ahnt nicht, dass ihn der Himmelspförtner zum Lieblingsspielzeug erkoren hat und ihn mit himmlischen Gaben beschenkt.

Heute ist hier oben ein heißer Tag. Der Diensthabende sitzt vor dem Himmelstor und fächelt sich frische Luft zu. Als er das langhaarige Männlein mit der Gitarre da unten entdeckt, wedelt er vor Freude so heftig mit dem Fächer wie ein Hund mit dem Schwanz.

Dass er damit Ideen, Träume, Melodien und Lieder erzeugt, ahnt der dumme Riese natürlich nicht. Man muss aber wissen, dass der Fächer des Himmelspförtners kein irdischer Gegenstand ist. Seine Streifen werden aus Himmelsbäumen geschnitten und mit einer Windschnur zusammengehalten. Paradiesblumen wachsen aus jedem Streifen, die mit himmlischem Nektar gefüllt sind, der Musiker, Dichter und Maler ernährt. Nicht nur sein Anblick, sondern auch seine Wirkung ist himmlisch. Bekommt ein Irdischer nur einen einzigen Hauch dieses Fächers zu spüren, wird alle Müdigkeit weggefegt. Beim zweiten Hauch kann er sich von der Erde erheben und das Flüstern der Steine verstehen. Beim dritten fühlt er sich so stark, dass er glaubt, sich und anderen jeden Wunsch erfüllen zu können. Ja, für einen kurzen Moment fühlt der Mensch sich zum Halbgott erhoben.

Auch für Oswald ist der Himmelswind eine einzige Inspiration. Wie auf Flügeln schwebt er durch die Stadt und träumt davon, Mendy wieder für die Musik und für sich zu gewinnen.

Eben war er noch bekümmert und bedrückt, jetzt tänzelt er durch die Straßen. Doch als er zur Spree kommt, weht ihm ein kalter Wind von der Wasseroberfläche entgegen, und Nüchternheit überkommt ihn. Einem leeren Bohnensack gleich hängt er am Geländer und starrt in den schwarz glänzenden Fluss. Seine Gedanken kreisen noch immer um Mendy, um ihr musikalisches Talent, mit dem sie das Publikum im Handumdrehen verzaubern kann.

Wie kann er Mendys Liebe zur Musik bloß wieder entfachen? Heute Abend hat sie nur von der Bank, von der Neueröffnung des Restaurants und von Schulden geredet. Aber dann hat sie so herrlich gesungen, dass es ihm fast das Herz im Leibe zerrissen hat. Er weiß doch, dass sie ein großes Talent ist, die wahrhaft *Strahlende Perle*!

Der Himmelspförtner hört Oswald seufzen, sieht ihn am Ufer stehen wie ein zerknitterter Luftballon und fragt sich, was wohl mit ihm los ist. Um ihn aufzuheitern, fächelt er ihm noch einmal Himmelsluft zu.

Und siehe da: Oswald spitzt auf einmal die Ohren. Hört er die Glöckchen einer Karawane, die im Sonnenuntergang auf ihn zukommt? Oder rascheln die Sterne bei ihren wilden Drehungen? Er hebt den Kopf, hält das Gesicht gen Himmel gerichtet und wartet. Aber augenblicklich steht die Luft still. Der himmlische Hauch ist verschwunden.

Der Himmelspförtner ist hocherfreut über die ehrfürchtige Haltung des Männleins. Er weiß, dass es verboten ist, einem Menschen auf dem Planeten Erde dreimal mit dem Fächer zu winken. Doch sein Männlein gefällt ihm so sehr, dass er das Verbot ein Mal brechen will. Um nicht erwischt zu werden, schleicht er sich aus seinem Wächterhäuschen und schlendert ein Stückchen in Richtung Erde hinunter. Als er sich unbeobachtet glaubt, richtet er seinen Fächer nach unten und winkt dem jungen Mann ein drittes Mal zu.

Oswald möchte vor Freude schreien. Aber er beherrscht sich und lauscht. Himmel, was für eine Melodie! Wunderschön! Es ist, als erzähle sie von einer zarten, goldblattfeinen Liebe für Luftwesen. Er streckt die Arme aus, um sie zu umfangen. Aber dann greift er hastig in seine Tasche, sucht Stift und Papier und skizziert, was der himmlische Wind ihm diktiert. Dann springt er auf und läuft denselben Weg zurück, auf dem er gekommen ist. Noch in dieser Nacht soll ihm Mendy das neue Lied vorsingen …

Am Himmel ertönt die Glocke zum Schichtwechsel. Der Himmelspförtner faltet seinen Fächer zusammen und winkt noch einmal grinsend zum Abschied. Er hat sein Männlein, sein Pfefferkorn, glücklich gemacht. Es hüpft und singt und fliegt zu seinem angebeteten Weibchen, als ob sie allein auf der Welt wären. Wie lustig! Solange die Pfefferkörner da unten durcheinanderspringen und tanzen, wird das Leben hier oben nicht langweilig werden.

MIX
Papier aus verantwortungsvollen Quellen
FSC® C014496

Dieser Titel ist auch als E-Book erschienen

Quadriga Verlag, Berlin,
in der Bastei Lübbe GmbH & Co. KG

Originalausgabe

Umschlaggestaltung: fuxbux, Berlin
Umschlagmotiv: plainpicture/Bobo Olsson
Herstellung und Satz: fuxbux, Berlin
Gesetzt aus der Trump Mediaeval und der Tarzana Narrow
Druck und Einband: GGP Media GmbH, Pößneck

Printed in Germany
ISBN 978-3-86995-050-1

5 4 3 2 1

Sie finden uns im Internet unter: www.quadrigaverlag.de